飴村　行

角川ホラー文庫
17280

目次

鉄血	五
肉弾	三七
石榴	一九
極光	一九三
凱旋	二三五
解説　村上貴史	二八一

鉄血

陸軍軍曹・丸森清《まるもりきよし》は師団司令部二階の廊下を歩いていた。

廊下は板張りで一直線に五十メートルほど延びていた。左側の壁には木製の簡素なドアが等間隔で並び、右側の壁には両開きの窓が連なっていた。

辺りはしんと静まりかえっていた。廊下の中程で一人の兵が四つん這《ば》いになり、廊下に雑巾《ぞうきん》掛けをしているだけで後は誰もいなかった。

丸森はゆっくりと歩きながら右側の窓に目を向けた。開け放たれた窓外には一面に草原が広がり、その奥には鬱蒼《うっそう》とした叢林《そうりん》が見えた。時折頬を撫《な》でる程度の微風が吹き込んできたが、それは内地のものとは違ってじっとりと熱を帯びており、南国特有の熟れた果実のような匂いがした。

やがて丸森はあるドアの前で立ち止まった。

それは金光《かねみつ》大佐の部屋であり、ドアには『金光源三郎《げんざぶろう》』と墨で書かれた小さい木札が下げられていた。

丸森は右前方五メートル程にいる兵に目を向けた。兵はブリキのバケツの側で四つん這いになったまま、何かに取り憑《つ》かれたように一心不乱に雑巾掛けを続けていた。

（ようやるわ……）

丸森は胸中で呟《つぶや》き苦笑すると、戦闘帽を脱いで小さく咳払《せきばら》いした。

しかし兵は気付かなかった。丸森は再び小さく咳払いをしたが無反応だった。廊下を磨くのに夢中で忘我の境地に達しているようだった。丸森は苛《いら》立ちを覚えた。兵が下士官を見かけたら、たとえ何百メートル離れていても直ちに敬礼するのが常識だった。

「おいっ」

丸森は押し殺した声で言った。それに兵が反応した。ぎょっとした顔でこちらを振り向いた途端弾《はじ》かれたように立ち上がり、限界まで背筋を伸ばすと素早く敬礼した。

「気付かずに申し訳ありませんでしたぁ！」

兵が上擦った声で叫んだ。防暑用の迷彩服の襟章を見ると二等兵だった。まだ二十歳《はたち》そこそこのあどけない顔をしていた。丸森の脳内が熱を帯びた。兵が軍隊で『最底辺』の二等兵だったことで苛立ちが増大して怒りになった。

「油断するなっ。常に周囲を警戒せいっ」

丸森は語気を強めて叱責《しっせき》した。兵の顔が強張《こわば》り、目に怯《おび》えの色が浮かんだ。

「気付かずに申し訳ありませんでしたぁ！」

兵が同じ言葉を叫んだ。声が震えて、語尾が掠《かす》れた。

「貴様のような注意散漫な奴がおるから戦地で友軍に対する誤射や誤爆が起こるのだ。暫時であれ油断するな！」

「はっ。肝に銘じましたっ！」

兵は深々と頭を下げた。

「腕立て百回始め！」

丸森が叫んだ。

兵は「はっ」と答えた瞬間廊下に腕二本を突いて伏せ、素早く腕立て伏せを開始した。

丸森はその姿を見て溜飲《りゅういん》を下げた。

軍隊にとって最も重要なのは上官の命令に絶対服従することだった。命令を受けたら即時遂行であり、どんな状況でも例外はなかった。「小便を飲め」と命じられれば飲み、「糞《くそ》を喰《く》え」と命じられれば喰い、「親兄弟を殺せ」と命じられれば殺す。それが軍人の鉄則であり日常だった。

兵は最初から最後まで一度も速度を落とすことなく腕立て伏せ百回を遂行し、また弾かれたように立ち上がった。

「完了いたしましたっ！」

兵は直立不動で叫んだ。

「よし。作業を再開せよ」

「はっ」

兵は瞬時に廊下にしゃがみ四つん這いになると、何事もなかったかのように雑巾掛けを再開した。

丸森は満足すると左側の壁を向き、ドアを丁寧に二回ノックした。

「誰かっ?」

中から張りのある声がした。

「丸森軍曹、入りますっ!」

丸森が大声で言った。

「よし、入れっ」

声が即答した。

丸森は素早くドアを開けて入室し、素早くドアを閉めた。そして直立不動の姿勢をとり、右の指先をピンと伸ばして敬礼した。中は広かった。二十畳近くある洋室で床には赤い毛《もう》氈《せん》が敷かれていた。正面の壁の前には巨大な木製の机があった。机上には黒い電話機と地球儀、そして大理石でできた四角い置時計があった。後ろの壁には大きなナムール国の地図が貼られていた。地図の至る所に頭に赤い玉の付いた針が刺してあった。それは抗日ゲリラの拠点のある地域を示しており、赤い玉の数は優に五十を超えていた。机の手前には籐《とう》製のテーブルがあった。高さ五十センチほどで長方形をしており、中央に分厚い硝子《ガラス》の灰皿が置かれていた。その左右には黒い革張りの二人掛けのソファーが置かれ、左側に防暑用の迷彩服を着た金光大佐がふんぞり返るように座っていた。将校長靴《ちょうか》は机の前に脱ぎ棄てられ、裸足《はだし》の足をだらしなく投げ出していた。

「おう、来たか」

大佐はにやりと笑みを浮かべると咥《くわ》えていた煙草を取り、硝子の灰皿に強く押し付けて消した。

「ここに来ることは誰にも言わなかったろうな？」

「はっ。一切他言しておりません」

丸森は直立不動のまま明瞭《めいりょう》な声で答えた。

「うむ、よろしい。実は今日な、ワシの当番兵が直腸炎になって寝込んでしまい難儀しておったのだ。まったく、近頃の兵はぶったるんどる。病気ぐらいで寝込むなんぞ帝国軍人にあるまじき有様だ。ワシも若い頃マラリアになったが、下痢糞を撒《ま》き散らしながら戦場を駆け回り、機銃を撃ちまくって敵を皆殺しにしたもんだ。どうだ軍曹、凄《すご》かろう？」

大佐がこちらを覗《のぞ》き込むように見た。

「はっ、感服いたしますっ」

丸森は即答した。それが事実なのかどうかなど問題ではなかった。常に大佐が求めている返答をするのが丸森の勤めだった。

「そうか、感服するか。せい、どんどんせい、感服して感服しまくって貴様も戦場で下痢糞をせいっ」

大佐は嬉《うれ》しそうに言い、またにやりと笑った。

「はっ。自分も感服を極め、戦場で下痢糞をいたしますっ」

丸森は背筋を伸ばし、一礼した。

今年で五十一歳になる大佐はえらの張った四角い顔をしていた。吊り上がった一重の目は針のように細く、典型的な獅子《しし》鼻のため左右の小鼻が横に大きく広がっていた。口角はなぜかいつもぐっと下を向いており、厚い下唇が前方に突出していた。そのため常に必死で泣くのを堪《こら》えているように見えたが、それは基本的に笑った時も変わらなかった。

「ところで昨日、新式の拳銃《けんじゅう》を交付されたそうだな？」

「はっ。受領いたしました」

「ワシはまだ見とらんのだ。見せてくれ」

大佐はソファーの上でふんぞり返りながら右手を差し出した。

「はっ」

丸森は四歩前に進み出てテーブルの前に立つと、腰の帯革に付けた革嚢《かくのう》から素早く七五《ななごう》式自動拳銃を取り出し、手渡した。

「ほう、これが噂の七五式か」

大佐は右手に持った銀色の自動拳銃を物珍しげに眺めた。

「思ったより軽いな。しかも中々こじゃれた恰好《かっこう》をしておる。口径が一ミリ増えて九ミリになったが撃った時どうだ？」

「それが逆に反動が小さくなりました。とても撃ちやすく命中精度も上がり、みな喜んでおります」

「ふーむ、陸軍技術本部はまた腕を上げおったな。開発しとる頭でっかちの奴らは虫が好かんが、これは称賛に値するのぅ」

大佐は感心したように言うと拳銃をソファーの横に置いた。そして右の胸ポケットから銀色のシガレットケースを取り出し、中から一本の煙草を摘《つ》まみ出した。

「いや、いいものを見せてもらった。いい、いいな、実にいい拳銃だ。お陰で難儀してモヤモヤしとった気分もすっかり晴れて爽快《そうかい》になった。軍曹、礼に駄賃をやる。受け取れ」

大佐が煙草を差し出した。

それを見た丸森は驚いた。一目で高級品と分かる艶《つや》やかな白い巻紙に、十六の重弁をあしらった小さな菊の御紋が金色で印刷されていた。言うまでもなく『恩賜の煙草』だった。

丸森はあまりのことに思わず躊躇《ためら》ったが、慌てて「はっ」と答えると深々と一礼しながら両手で押し戴《いただ》いた。

「貴様、それを吸ったことはあるか？」

大佐は恐縮する丸森を面白そうに眺めながら訊《き》いた。

「いえ、ありません。あまりの僥倖《ぎょうこう》に言葉もありません」

「言葉もないと言いながらちゃんと話しておるではないか」

大佐がからかうように言った。丸森は照れ笑いを浮かべてまた大佐に深々と一礼すると、迷彩服の右の胸ポケットを開け、いつも吸っているゴールデンバットの箱を取り出した。

「今吸わんのか？」

「勿体《もったい》なくて吸えません。自分の人生を左右するような重大な局面を迎えた時、意を決するために吸わせていただきます。大佐殿、ありがとうございました」

丸森はまた深々と一礼しようとしたが、過度の礼節はかえって見苦しいと判断し、敢《あ》えて通常の一礼をした。そしてゴールデンバットの箱に慎重にその一本を入れると、折れないようにゆっくりと右の胸ポケットに戻した。

「貴様はナムールに来てどの位だ？」

大佐もシガレットケースを胸ポケットに戻し、ソファーに凭《もた》れかかった。

「半年であります」

丸森は明瞭な声で答えた。嬉しさのあまり自然と口元が緩んだ。金光大佐といえば部隊内でも最も凶悪な将校の一人として有名だった。なので十分ほど前に突然司令部内の電話で、しかも直接大佐本人から呼び出された時は正直陰鬱《いんうつ》な気分になった。しかもこのことは誰にも言うなと厳命されたため、陰鬱な上に漠とした不安も覚えていた。しかし実際来てみればなぜか異様に機嫌が良く、その上あろうことか『恩賜の煙草』まで貰《もら》えたのだ。丸森は金光大佐のような『鬼』でも、感情の起伏によっては『仏』になるのだと初めて知った。

「慣れたか？」

「慣れました。初めの一ヶ月は水が合わなくて腹をくだしていましたが、もう平気です」

「それは良かったではないか、人間は健康が何よりだ。ワシは我が軍がナムールに進駐した年からおるからもう三年になるが初日から絶好調でな、現地の水を死ぬほどガブ飲みしたが何ともなかったわい。それどころか不思議なことにナムール料理の全てがワシの舌にバチコーンと合いまくっての、何を喰《く》っても美味《うま》くて美味くて仕方がないのだ。ナムールにどっぷりハマったワシは権力を乱用して全国を巡り、ありとあらゆるナムール料理を喰いまくった。しかし喰っても喰っても、もっと美味い料理が、想像を絶する究極のナムール料理があるに違いないという、根拠のない確信があったのだ。そしてこの地に来てちょうど一年が経った頃、ワシはついに究極のナムール料理を〝発見〟した。それを喰った結果、ワシは奇跡の肌艶を手に入れたのだ。ほれ、どうだ、これを見てみよ」

大佐は自分の顔を突き出した。

丸森は戸惑った。下士官が将校の肌艶を観察するなど通常ではあり得ないことだったが、命じられれば応じるのが勤めだった。まさに『顔色を窺《うかが》う』とはこのことだった。

「……では、失礼いたします」

丸森は一礼すると、遠慮がちに目を凝らして見た。見て驚いた。その皮膚は本当に二十代の若者のように肌理《きめ》が細かく艶やかで、てかてかと光っていた。しかしその相貌《そうぼう》は五十歳のいかつい男のものであり、その視覚的な不均衡から生じる不気味さはかなりのものがあった。丸森はなぜ今までこのことに気付かなかったのかと思ったが、すぐに思い当たった。それは二人の関係性だった。丸森のような下士官にとって佐官、それも大佐となると決して大袈裟《おおげさ》ではなく主人と奴隷に等しい主従関係にあった。そのため近距離でまともに顔を直視することはなく、視点は常にその傍らのどこかにあり、目の端で器用に喜怒哀楽の表情を捉《とら》えていた。その『控え目な視線』の状態で顔を直視するのは十メートル以上離れた時のみであり、それはこの部屋に入ってからも続いていた。つまり大佐の顔をこの距離でまじまじと見るのは初めてであり、知らなくて当たり前だった。丸森は改めて大佐の顔をじっくりと観察し、改めて不気味極まりないと思った。それは絵巻物に描かれた鬼や般若《はんにゃ》の憤怒《ふんぬ》の形相を遥《はる》かに上回る非現実的なものだった。

「どうだ？」

大佐が楽しげに訊いた。

「……おっしゃる通りです。本当にきれいというか、美しい肌をされております」

丸森は少しだけ上擦った声で言った。

「だろう？　将校仲間もみなそう言っとるんだ。もしかしたらワシの前世はナムール人だったのかもしれんなぁ」

大佐は笑みを浮かべると大口を開け、ガハハハハハと濁声《だみごえ》を上げて笑った。

丸森は幽霊やもののけの類《たぐい》を一切信じなかったが、それでもその非現実的な顔を見ていると、ナムールに太古から伝わる奇怪な秘薬でも飲んだのではないかと本気で疑いたくなった。

「……ナムール進駐からもう三年か、あっという間だったのう。この地に上陸したのがつい昨日のことのようだ」

大佐は呟《つぶや》くように言い、ソファーに凭れたまま遠くを見るような目をした。

（本当に大佐殿のおっしゃるとおりだ。この三年はあっという間だった……）
丸森は胸中で呟き、微《かす》かに頷《うなず》いた。

＊

米英との関係悪化により南方での作戦基地を確保する必要に迫られた日本軍が、フランスと外交交渉を始めたのは三年前の二月二日だった。当時フランスは対独要塞《ようさい》線のマジノ線を突破して侵攻してきたドイツ軍に国内を蹂躙《じゅうりん》されており、混乱の極みにあった。政府はパリを放棄して首都を南部の地方都市に移し、死に物狂いで抵抗を続けていたが敗戦は時間の問題だった。

そこに注目したのが日本だった。

陸軍は米・英・蘭との開戦と同時に三つの大作戦を開始する計画を立てていた。それはイギリスが統治していたアジアの三つの地域、つまり「マレー・シンガポール」「香港」「ビルマ」に対する電撃的攻略だった。そしてこれらの地域を占領後、最後に蘭領インドネシアを攻略占領し、膨大な石油資源を確保するのがその最大の目的だった。

このいわゆる『南方作戦』を遂行するにあたり、最も脅威となるのがシンガポールに駐留するイギリス軍だった。地上には精鋭部隊約一万、海上には英国東洋艦隊が配備されていた。通常ならば海軍に支援を要請するところだが、開戦当日連合艦隊の主力はハワイ方面に集結しており対抗できる艦船がなかった。それゆえ陸軍のみで英軍を掃討せねばならなかったが、大きな問題が二つあった。一つはシンガポール湾に配備された二十七門にも及ぶ大口径要塞砲で、将兵を満載した輸送船の接近を完全に阻んでいた。もう一つは空母を持たぬ陸軍が作戦に航空機を投入できないことだった。上空からの爆撃以外、英国東洋艦隊への有効な攻撃方法はなかった。陸軍参謀本部では作戦会議が開かれ、その結果、陸路で英領マレー連邦に侵攻し、そのまま一気に南下、ジョホール水道を渡って防備の手薄な後方からシンガポールに攻め入るという作戦が立案された。

そこでにわかに注目されたのがフランス領のナムールだった。マレー半島の中部に位置し、九州とほぼ同じ面積を持つこの国の南部一帯はマレー連邦と隣接していた。ナムールを拠点にできれば大規模な上陸部隊を速やかにシンガポールに向けて進撃させることができた。また南部の国境付近に航空基地を設営すれば空母に頼ることなく、陸軍の戦闘機と爆撃機を直接攻撃地点に投入することが可能だった。そしてそれらの航空兵力によって英国東洋艦隊を殲滅《せんめつ》し、突入した上陸部隊がシンガポール全土を制圧すれば蘭領インドネシア攻略に王手をかける状態となるのだ。

つまりナムールは『南方作戦』を展開する上での橋頭堡《きょうとうほ》であり、絶対に確保せねばならぬ地点だった。

それに次いで重要なのがこの国の天然資源だった。石油の産出量は東南アジアにおいて第二位であり、ゴム、スズ、鉄なども豊富にあった。迫りくる開戦に備え、これらの潤沢な資源を確保するのは目下の急務だった。

そのため日本軍の外交交渉は極めて強硬だった。ドイツの同盟国である日本に初めから弱腰のフランス政府に対し、日本軍のナムール進駐と、日仏による植民地共同統治を有無を言わせぬ強引さで要請した。対独戦で国家存亡の危機に瀕《ひん》するフランスは困惑したが、そのままずるずると引き摺《ず》られるように日本軍のナムール進駐及び共同統治を承認する議定書に調印した。それにより三月十八日、陸軍一個師団約一万二千名がナムール北部に上陸したが、形式上はあくまで平和進駐という形をとったため国内は平穏だった。

翌日、現地の植民地総督と日本軍司令官が軍事協定を取り交わしたが、そこで司令官が「ナムールにおける統治権、及び全権益を放棄せよ」という途方もない要求を突き付けた。それは議定書に掲げた共同統治を無視した、事実上の軍事侵略だった。しかし死に体のフランスに抗《あらが》う余力は残っておらず、二日後に日本政府の要請を受諾した。その結果現地の統治権は日本軍が掌握し、ナムールで産出される天然資源も日本軍が管理することになった。

統治国が日本になってもナムール国民に動揺は見られなかった。

むしろ同じアジアの一員である日本を歓迎する雰囲気すらあった。

しかし二ヶ月が経った頃、ある問題が持ち上がった。日本統治後もナムールではフランスの貨幣が通貨として使用されていたが、油田などの様々な採掘所で働く労働者には全て軍が発行する軍用手票、つまり軍票で給料が支払われていた。これに現地の知識層が嚙《か》みついた。もし日本が戦争に負ければ軍票はただの紙切れになる。つまり労働者は日本のためにタダ働きする羽目になると主張した。それは現地で大きく報道され、たちまち国民の論争の的となった。世論は日本が勝つと見る親日派と、負けると見る反日派に二分された。反日派は全国でデモを行い、日を追うごとに規模を拡大していった。

そんなある日事件は起きた。デモの警備にあたっていた憲兵隊が数百人の暴徒に取り囲まれ、恐怖のあまり錯乱した一人の憲兵が拳銃《けんじゅう》で五人を射殺した。これを機に世論は大きく反日に傾き、デモは加速度的に拡大していった。そして一ヶ月後、投擲《とうてき》された手榴弾《しゅりゅうだん》により警備中の憲兵三人が爆死するに至り、事態は後戻りのできない深刻なものとなった。現地の日本軍司令官は全てのデモを禁じ、違反者は女子供でも容赦なく処罰するとしたが、それは全くの逆効果となった。表面的な抗議ができなくなった反日分子は地下に潜り、より過激な抗日ゲリラとなって本格的な破壊活動を開始した。軍の車両や施設、軍人、軍属などを銃撃、放火、爆破などのありとあらゆる手段で攻撃した。日本軍も圧倒的な軍事力で次々とゲリラを殲滅したが、殺戮《さつりく》は殺戮しか生まずゲリラの数は全国規模にまで拡大していった。人々は破壊活動を続けるゲリラ達を、敬意と畏怖《いふ》の念を込めてルミン・シルタと呼んだ。ルミンとはナムール語で「情熱」を意味し、シルタは「蠍《さそり》」を意味した。

あれから三年が経った今、事態は完全に泥沼化し、ナムールの日本軍は完全に行き詰まっていた。

丸森がナムールの首都カノアの郊外にある、この師団司令部に赴任したのは半年前だった。見晴らしのよい草原に建つ建物は、以前フランス人学校だったものを接収して使用していた。木造三階建てでコの字形をしており、純白の壁に深紅の屋根が映える瀟洒《しょうしゃ》な佇《たたず》まいだった。そのため元の校庭に翻る巨大な日章旗がなかったら、とても日本軍の軍事施設には見えなかった。

*

「いやいや、しかし時が過ぎるのは本当に速いのぅ」大佐が遠い目をしたまま言った。

「この年になると一年が、若い頃の一ヶ月ぐらいの体感時間でズギュンと過ぎていく。速い。実に速い。まさに『陰茎、茸《きのこ》の如し』じゃ」

丸森は『陰茎、茸の如し』の意味が分からず考えた。そして五秒ほど経って、『光陰、矢の如し』をもじった大佐なりの戯言《ざれごと》だと気付いた。丸森は決めあぐねた。大佐が何か言えば、それに対して反応を示さねばならなかった。つまりこの場合、戯言に『ウケた』という反応を示さねばならなかったが、逆に『ウケすぎて』もそれは嫌味となった。その結果丸森は穏やかな笑みを浮かべ、ゆっくり二回頷きながら「同感であります」と明るい声で言った。

　その反応を見た大佐は満足そうに頷き、ソファーから上体を起こした。

「ところで貴様、出身はどこだ？」

「はっ。滋賀県であります」

「ほう、そのわりには関西訛《なま》りが全くないな」

「尋常小学校を卒業して、すぐに東京の米屋に丁稚《でっち》奉公に出たので自然と消えました」

「なるほど。ちなみに貴様の下の名前は何だ？」

「清です。丸森清といいます」

「丸森清か。ぽいな。実に貴様っぽい名前だ」大佐はなぜかにやりと笑った。「ちなみに貴様に渾名《あだな》はあったか？」

「ありました。子供の頃はベカやんと呼ばれていました」

「ベカやん？　何じゃそれは」

「丁稚に出た米屋の主人の友人に、自分にそっくりだった人がいたみたいで、それで付けられました」

「ふーむ、なるほど。ベカやんか。いいではないか。貴様の本名よりもさらに貴様っぽいぞ。よし、これからワシの部屋では貴様をベカやんと呼ぶ。いいな？」

「はっ。よろしくお願いいたします」

丸森は軽く一礼した。

「ではベカやん、貴様が童貞を喪失した状況を簡潔に述べよ」

大佐が低い声で言った。

「はっ」

丸森は反射的に答えた後、五秒ほど沈黙した。大佐の命令が本当なのかどうか逡巡《しゅんじゅん》したためだった。しかし大佐の目にも表情にも、戯言を言っているような弛緩《しかん》したものは一切見られなかった。

「自分は十七歳の時に吉原で女を買い、四畳半の個室で性交し、童貞を喪失いたしました」

丸森は普段と変わらぬ事務的な口調で答えた。

「性交時の体位と性交回数を答えよ」

「正常位で、二回であります」

「どの程度の快感を覚えた？」

「自分で処理する時の……」丸森は記憶を辿《たど》った。「約五十倍、ほどの快感を覚えました。勿論《もちろん》これは十七歳当時のことです」

「なるほど」

大佐は大きく二回頷《うなず》くと、笑みを浮かべた。

「極めて平凡ではないか、クソつまらん」

「申し訳ございません」

丸森は目を伏せた。

「ワシが童貞を喪失したのは十五の時だ。ちょうど村の夏祭りの夜でな、しこたま酒を飲んで火照った体を冷ましに一人で村外れを歩いておった。ちょうど墓地に来た時、近くの墓石の前で何かが動いた。驚いて立ち止まると、ちょうど夜空で花火が炸裂《さくれつ》した。その真っ赤な閃光《せんこう》に照らし出されたのが浴衣《ゆかた》をめくり上げて尻《しり》を出し、座り小便をする若い女だった。しかも後ろ向きだったが、浴衣の柄で誰かも分かった。誰だと思う？　なんと村一番の器量良しと言われていたキクという二十歳の女だった。その瞬間ワシの全身が火達磨《ひだるま》になってな、瞬時に陰茎が極限まで勃起《ぼっき》したのだ。ワシはそのまま飛び掛かって殴りつけ、気が済むまで手籠《てご》めにしたのだ。どうだベヵやん、ワシの童貞喪失の状況に対して簡潔に感想を述べよ」

「はっ。実に大佐殿らしい、勇猛果敢な行動だと思いました」

丸森は無表情で答えた。事実かどうかなど問題ではなかった。

「うむ。ではベヵやんが今までに行った悪事の中で、その度合が最も大きいものを簡潔に述べよ」

「はっ」

丸森はまた記憶を辿った。勿論それは軍人になる前の、一個人としての体験だった。なぜなら軍隊は絶対的な存在であり、軍隊のやることに『悪事』など皆無だからだ。

「童貞喪失体験をする時に、米屋の主人の財布から現金を密《ひそ》かに盗み取ったことであります」

「金額は幾らか？」

「一円であります」

「二十八年間生きておって最大の悪事がそれか。本当に骨の髄まで平凡極まりない男だな、輪を掛けてクソつまらん」

大佐が呆《あき》れたように言った。

「申し訳ございません」

丸森は再び目を伏せた。

「ワシが今までに行った悪事の中でその度合が最も大きいものは、墓場で手籠めにしたキクが気付いたら死んでおったので、その財布を奪い取って特級酒を一本買い、朝まで飲み明かしたことだ。どうだベヵやん、ワシの最大の悪事に対し簡潔に感想を述べよ」

「はっ。感心いたしました。これが他の者なら取り乱して逃亡するところ、豪胆な大佐殿は冷静に状況判断をなさり、御自分にとって最善の行動をお取りになったと思います。まさに『言うは易く行うは難し』で庶民には到底真似のできぬ神業だと感じ入りました。見事としか言いようがございません」

丸森は目を閉じると、ゆっくりと頭を左右に振った。その感激の度合が極めて高いことを強調するための演技だった。

「簡潔ではなかったが中々こじゃれたことを言うではないか、こしゃくな奴め。ではその場で死亡したキクに対する感想を述べよ」

「はっ。人と人とは『合縁奇縁』、これも運命というものであります。そして人間は『七転び八起き』。キク様はまたこの世に転生し、今度こそは幸せになるものと思われますので心配は無用かと存じます」

丸森は大佐を見て微《かす》かに頷いた。

「なるほど、そういう解釈があるとは気付かなんだ」大佐が虚を衝《つ》かれたような顔をした。

「いや、この前ふと当時のことを思い出してみての、あの時キクに対してちいとばかしやりすぎたんではないかと思ったのだ。さすがに死体から財布を失敬したのは、人としていかんのではないかと心がモヤモヤしておったんだが気のせいか？」

「気のせいであります」

丸森は即答した。

「そうか、やはり気のせいか。いやいや、ワシも年よのう」

大佐は照れたような笑みを浮かべると大口を開け、ガハハハハと濁声《だみごえ》を上げて笑った。

「ではベカやん、ナムールで殺した敵兵数を述べよ」

「はっ。ゼロであります」

「だと思ったわ、腑《ふ》抜《ぬ》けが。呆れ果てて眩暈《めまい》がする」

大佐は不快そうに迷彩服のボタンを上から二つ外した。

「不徳の致すところであります」

丸森は低い声で言い、顔を伏せた。

「ワシがナムールで殺した敵兵数はもう憶《おぼ》えておらん。百人までは数えておったんだが、途中から分からんようになった。最近だと昨日十七、八の若造をぶち殺したな。いつものルミン・シルタで、木刀でぶん殴っておったらワシに向かって、『腐った豚』とナムール語で言いおった。ちょうど寝不足で疲れておったから拷問はやらんつもりだったんだが、注文されたら受けねばならん。さっそく後ろ手に縛って手足の関節をバットで叩《たた》き折ってやった。どうなったと思う？　蛸《たこ》になった。蛸になりおったのだ。そいつは激痛に泣き叫びながら、クニャクニャになった手足を蛸のように動かして床の上で蠢《うごめ》いておった。いや、絶景かな。絶景かな」

大佐は満足そうに言って大きく頷いた。

それは事実だった。同僚の軍曹がその時補佐についており、今朝廊下で聞いた話と一致していた。大佐の拷問好きは部隊内での常識であり、完全に日常の風景と化しているため丸森は当然のこととして聞いた。

「で、次は頭蓋骨《ずがいこつ》に穴を開けようと思い補佐の軍曹にドリルを取りにやらせてな、その間煙草を吸いながら小便をしに行って、帰ってきたら若造が死んでおった。ワシに『腐った豚』と言うくらいだからどれだけ肝の据わった豪傑かと思ったが、見込み違いのようだった。人は見掛けによらんのう」

大佐はつまらなそうに首を左右に振った。

「大佐殿、豪傑という言葉は、大佐殿のためにのみこの世に存在するのです」

丸森はお世辞を言った。少々直球すぎたが、今は機嫌が良いため問題はないと判断した。

「ほう、さらにこじゃれたことを言うではないか貴様。やはりワシが見込んだだけのことはあるのぉ」

大佐は納得したように言い、大きく二回頷いた。

丸森は嬉《うれ》しかった。予期した通り『直球のお世辞』が見事功を奏し、さらに大佐の機嫌が良くなっていた。このままどこまでも大佐が求めている返答ができるような気がし、気分が高揚するのを覚えた。

「ところでベカやん、貴様は性欲が強いか？」

大佐が抑揚のない声で言った。

「はっ。自分では世間一般でいうところの『並』だと思っております」

丸森は明朗に答えた。

『『並』だと？　あやふやなことを言いおって。もっと具体性をもたせるために将棋の駒で譬《たと》えよ」

「はっ。自分の性欲を将棋の駒に譬えると」丸森は三秒ほど思案した。「『桂馬《けいま》』であります」

「『桂馬』っ」大佐は吐き捨てるように言った。「二十八の男の性欲が『桂馬』かっ。貴様はどれだけの腑抜けなのだ？　貴様はどれだけの破れた便所紙なのだ？　カノアの路地裏で交尾しとる薄汚い雄猫のほうがまだましだわ、戯《たわ》けがっ」

「慙愧《ざんき》に堪えません」

丸森は一礼した。

「ワシの性欲を将棋の駒に譬えるとな、『竜神』だ。分かるか？」

「……いえ、分かりません」

丸森は五秒ほど記憶を辿《たど》って答えた。聞いたことのない駒だった。

「飛車が成ると『竜王』になる。角が成ると『竜馬《りゅうめ》』になる。そして王将が『成る』と『竜神』になるのだ。ワシの性欲はな、王将が『成る』ぐらい凄《すさ》まじいのだ。具体的に言うと一日最低でも三回は射精せんと夜眠れん。多い時など十二回射精したことがある。べカやん、ワシの凄まじい性欲に対して簡潔に感想を述べよ」

「誉れであります。日出《い》づる国の誉れであります。大佐殿のお陰で無数の神童様が御降臨あそばされ、我が国が世界最高の国家になると信じております」

「よくぞ言ったっ！」大佐が目を見開いて叫び、立ち上がった。「よくぞ言ったぞベカやん！　それでこそ真の帝国陸軍兵士！　やはりワシの目に狂いはなかった！」

「ありがとうございますっ、光栄ですっ」

丸森は深々と頭を下げた。まさかここまでの大正解の返答ができるとは予期していなかったため、嬉しさのあまり自然と頬が緩んだ。

「きをつけっ！」

突然大佐が叫び、立ち上がった。

丸森は反射的に背筋をぴんと伸ばしたが頬は緩んだままだった。

大佐は左腕に巻いた腕時計を見た。

「本日一四〇八《ヒトヨンマルハチ》、べヵやんこと丸森清軍曹はこの場において、ワシの勃起《ぼっき》した陰茎を右手でしごき、可及的速やかに射精させよっ」

大佐は叫ぶと腰のバンドを外して軍袴《ぐんこ》を下ろし、褌《ふんどし》を剥《は》ぎ取った。赤黒いそれはいつの間にか限界まで膨張しており、あちこちに太い血管が浮き出ていた。

丸森は声が出なかった。頭の中が真っ白になり、思考が停止した。

「何をしておる、早くここへ来い！」

大佐がソファーの左側を指さして叫んだ。丸森はその姿をぼんやりと眺めた。頭の中が真っ白なため「何をしておる、早くここへ来い！」という声が「ナニヲシテオル、ハヤクココヘコイ！」という『音』で聞こえた。そのためそれが一体何を意味するのか理解できなかった。

「丸森軍曹、駆け足っ！」

大佐が怒鳴った。その怒声に丸森の脳に染み込んだ軍人精神が反応した。丸森の口が勝手に「はっ」と答え、足が勝手に駆けだして三秒ほどで指定された場所に立った。

大佐は丸森の右手を取り自分の陰茎を握らせた。それはゴムタイヤのように硬く、妙につるつるしていて生温かった。

「丸森軍曹、しごき方始めっ！」

大佐がさらに大声で怒鳴った。丸森の口が勝手に「はっ」と答え、陰茎を握る右手が勝手に前後に動いた。大佐はすぐに息を荒らげ、丸森の肩を両手で摑《つか》んだ。

「丸森軍曹、もっと速くしごけ」

大佐が呻《うめ》くように言った。丸森の口が勝手に「はっ」と答え、右手の動きが勝手に速くなった。大佐の呼吸がさらに荒くなった。ぎゅっと目をつぶり丸森の肩を摑む両手に力がこもった。

「丸森軍曹、もっとしごけ、もっとしごけ」

大佐がうわ言のように繰り返した。丸森の右手がさらに強く速く動いた。ちゃっ、ちゃっ、ちゃっという陰茎をしごく音が響いた。突然大佐が大きく唸《うな》り足を突っ張らせた。同時に亀頭の先から大量の白い精液が飛び出した。精液は丸森の軍袴を掠《かす》め、硝子《ガラス》の灰皿が載った籐《とう》製のテーブルの上に音を立てて落ちた。

大佐は大きく息を吐き丸森の肩から両手を離した。

丸森の右手が勝手に陰茎から離れた。

「やっぱり小太りの手は柔らかくていいのう」

大佐が満足そうに言った。

不意に鼻を突く青くさい臭いが漂ってきた。籐製のテーブルに飛び散った大量の精液が放つ異臭だった。

そこで丸森は我に返った。同時に思わず息を呑《の》み、数歩後ずさった。右の掌《てのひら》には大佐の陰茎の感触が生々しく残っていた。

「ベカやん、御苦労であった。楽にせい」

大佐は満足そうな笑みを浮かべると、ソファーの上にどっかと腰を下ろした。

「はっ」

丸森は反射的に答えたが、立ち尽くしたまま動けなかった。漸《ようや》く脳内が正常に回復し思考能力が復活した。そこで丸森は、大佐にあの命令を受けた瞬間なぜ自分の頭が真っ白になったのかを理解した。下士官は常に将校から命令を受けて行動していた。それは起床ラッパが鳴り響く午前五時から消灯ラッパが鳴り響く午後九時まで途切れることはなかった。そのため戦時は別として平時の場合、今自分が置かれた状況で一体どんな命令がくるかほぼ百パーセント予測できた。それはつまり平時の師団司令部内で自分に下される命令の数は限られており、環状線を走る電車のようにいい意味で弛緩《しかん》した精神状態でいた。しかし先程大佐から下された命令は今までの軍隊生活で一度も経験がないものであり、しかも相手が金光源三郎ということで、譬えて言えば環状線の線路が突然寸断され電車が脱線したような精神状態となり思考が停止したのだ。

しかし「べカやん」ではなく「丸森軍曹」として、「駆け足」「しごけ」と極めて単純な動作の命令をされたため軍人として体が勝手に反応し、大佐に手淫《しゅいん》を施して射精へと導いていた。

「おい、ベカやん大丈夫か?」大佐がこちらを見上げ怪訝《けげん》な顔をした。「顔色がすぐれんぞ」

「はっ。少し立ちくらみがしただけです。心配御無用であります」

丸森は平静を装って答えると、小さく息を吐いた。いつの間にか脇の下に大量の汗をかいており、迷彩服の内側がひんやりと冷たくなっていた。

「先程言った通り、ワシの当番兵が直腸炎になって寝込んでしまい難儀しておったのだ。なのでベカやんにその代役をやらせたという訳だ。いや、お陰ですっきりした。爽快《そうかい》爽快」

大佐は当然至極の口調で言い、右の胸ポケットから銀色のシガレットケースを取り出した。そして蓋《ふた》を開け、ずらりと並んだ『恩賜の煙草』の一本を無造作に摘《つ》まむと口に咥《くわ》えた。

丸森は迷彩服の左の胸ポケットから銀色のライターを取り出し、その先端にそっと火を点《つ》けた。

「貴様は予想以上にいい仕事をしてくれたので、取り敢《あ》えず酒保の方に清酒の特級を二本確保するよう連絡しておく。後で貴様の部屋に届けさせるから今夜は存分に飲め」

大佐は抑揚のない声で言うと勢い良く紫煙を吐き出した。

「あ、ありがとうございます」

丸森は驚きながら一礼した。思ってもみない言葉だった。

「それに貴様の月給を今月から二十パーセント上げるよう主計課の方に連絡しておく。あとはそうだな、今から司令部正面玄関の左側に停めてある四輪起動車を貴様の専用車にしてやる」

大佐は軍袴の右ポケットに手を突き入れると銀色の鍵《かぎ》を取り出し、籐製のテーブルの上に放り投げた。それは硝子の分厚い灰皿に当たって跳ね返り、飛び散った大量の精液の上に落ちた。

丸森は啞《あ》然《ぜん》とした。さらに予想外の展開だった。脳内が激しく混乱し、考えがまとまらなかった。

「どうした？　なぜ取らん？　貴様は車の運転ができんのか？」

大佐はまた怪訝な顔をした。

「はっ。遠慮なくいただきます」

丸森は慌てて身を屈《かが》めると、テーブル上の四輪起動車の鍵を取り自分の軍袴のポケットに入れた。精液が付着しており指先がぬるぬるしたが、それを気にしている余裕はなかった。

「初めはワシの当番兵が回復するまでの限定要員にするつもりだったんじゃが、貴様は実に筋が良くて気に入った。これからはワシの当番兵と隔週で担当してもらう。貴様は軍曹になってどれくらいだ？」

「二年であります」

「そうか、では来年度中に曹長に加級できるよう話をつけてやる。それにワシが内地に戻る時は貴様も当番兵として同行させてやる。船ではなくて爆撃機で行くのでたった一日で帝都に到着じゃ、いやいや便利な時代になった。ナムールに来て半年では内地の食い物が恋しかろう？　銀座にワシの行きつけの寿司《すし》屋があるので連れて行ってやる。好きなだけ喰《く》うがよい」

大佐は事もなげに言い、また勢い良く紫煙を吐き出した。

不意に後ろの机の上に置かれた黒電話がけたたましく鳴った。大佐は小さく舌打ちすると煙草を硝子の灰皿に押しつけた。そして大儀そうに立ち上がると歩いていき、受話器を取った。

丸森は低い声で会話を交わす大佐の姿を見つめた。下半身は裸のままで、標準よりも大きめの陰茎がだらりと垂れ下がっていた。

丸森は大佐の言葉を反芻《はんすう》した。

清酒の特級二本贈呈に始まり、今月から月給の二十パーセント増給、自分専用の四輪起動車の提供、来年度中の曹長への加級、そして大佐が内地へ戻る時の同伴。しかも爆撃機に搭乗するためたった一日で東京に着くのだ。

（……本当なのか？）

丸森は胸中で呟《つぶや》いた。

うま過ぎた。あまりにも話がうま過ぎた。通常では一笑に付す、まさに大佐の言う戯言《ざれごと》そのものだった。確かに大佐の持つ権力をもってすれば充分可能な事ではあったが、自分のような何の取り得もない『中の下』程度の軍曹に対してこれほどの特典を与える理由が分からなかった。

（……しかし、もし本当だとしたら……）

丸森はまた胸中で呟いた。

理由はどうであれ、もし大佐の言った戯言を本当だと仮定してみた場合、それはまさに夢をも遥《はる》かに凌駕《りょうが》する現実の極楽浄土に自分が住むことを意味した。同時に自分のとった、正確にはとってしまった行為によって生じた結果は『怪我の功名』などという生易しいものではなく、まさに『神佑天助《しんゆう》』そのものだった。丸森が命じられてやったことは、勃起《ぼっき》した大佐の陰茎を手でしごいて射精させただけだった。時間にして数分であり、肉体的疲労も痛みも皆無だった。

これをどうとらえるかだった。

これを『行為』ととらえた場合、そこには『男色』という問題が発生した。

しかしこれを『作業』ととらえた場合、丸森にとって特に問題はなかった。

極端な話、今日大佐にしたことを『極めてグロテスクな牛の乳搾り』として何とか受け入れることができた。そしてその『作業』を、事務的に淡々と続けていけばいいだけだった。

たったそれだけのことで、自分はこの忌々しい南方の小国で極楽浄土に住めるのだ。しかも大佐は自分に電話を掛けてきた時、誰にも言うなと厳命していた。それはこの特殊な命令を、自分と以前からの当番兵しか知らないということを意味した。つまり自分とその当番兵さえ黙っていれば誰にもばれないのだ。

脳裏に、銀座の寿司屋でお猪口《ちょこ》を片手に寿司を摘まむ自分の姿が過《よぎ》った。

それは眩暈《めまい》がするほど甘美な姿だった。

「では、またな」

大佐は低い声で言い、受話器を置いた。そしてぶつぶつと何かを呟きながら戻ってくるとソファーにどっかと腰を下ろした。

「最近ワシの短剣がどっかにいってしまっての、ずっと捜しておったのだ。士官学校の卒業時に拝受した記念品で大のお気に入りだったので、どこに行くにも持ち歩いておった。それがやっと見つかったという電話が今入ったのだ。どこにあったと思う?」

大佐がこちらを窺《うかが》うような目をした。

「……カ、カノア以外の地方都市でありますか?」

丸森は上擦った声で答えた。まだ先程の命令に対する動揺が体内に色濃く残っており、全身が微《かす》かに震えていた。

「それがの、東京だったのだ。二週間前に爆撃機で内地に戻った時陸軍省で会議があったのだが、その時会議室に置き忘れたのだ。それを見つけた職員が短剣の柄に刻印された卒業年度と教錬番号から、やっとナムールにおるワシを割り出しよったという訳だ。中央官庁のエリート共の中にも奇特な奴がおるではないか。半分諦《あきら》めておったので代わりにドィツの短剣を一本買ってみたのだが、どれだけ切れ味が良くてもワシの手にはどうしてもなじまなくての、色々と難儀しておったのだ。いやいや、爽快である。極めて爽快な気分である。まるで冷え切ったヴァルシュタイナー麦酒が流れ落ちる滝に全身をうたれているが如く、爽快な気分である」

大佐は満足そうに大きく頷《うなず》くと迷彩服の中に手を入れ、内ポケットから一枚の白黒写真を取り出した。

「これを見よ」

大佐が写真を摘まみ、こちらに向けた。

「はっ」

丸森は一礼すると上体を二十度ほど前傾させ、遠慮がちに目を凝らした。

写真には一目で高級と分かる寿司屋の店内が写っていた。大佐と、何度か見かけたことのある例の当番兵がカウンターに並んで腰掛け、酒の入ったコップを片手に楽しげな笑みを浮かべていた。二人の手元には握りたてと思われる赤身の握りが二貫ずつ置かれ、傍らには女将《おかみ》と思われる着物姿の上品な女が立っていた。

「その時に行った銀座の馴染《なじ》みの寿司屋での、店の若い者に撮らせたのだ。ちょうど黒鮪《まぐろ》の活きのいいのが入ったというので、久しぶりに喰ったが美味《うま》かった。あまりの美味さにゾワゾワと鳥肌が立ちおったわい。同行した当番兵なんぞ五十貫を喰らった挙げ句、気分が悪いといって便所で全部吐きおった。そして吐いた後、さらに六十貫も喰らいよった。

今度は貴様も行くのだから、何が喰いたいか今から考えておけ」

大佐は事も無げに言った。

「はっ」

丸森はまた一礼した。大佐は「爽快爽快《そうかい》」と呟きながら写真を内ポケットに戻した。

本当なのだ、と丸森は思った。

思った途端、硬直していた全身の筋肉が緩み、温かいものが体内を駆け巡った。

大佐が言った『特典』の全てが、あの命令を遂行したことによって自分に付与されるのだ。未《いま》だに有り得ないという思いが頭の片隅にあったが、あの写真を見せられた今、もはや信じざるをえなかった。

写真に写っていた寿司屋のカウンターで、大佐とコップ片手に寿司を摘まむ自分の姿が過った。

その眩暈がするほど甘美な姿が実現するのだと思うと、本当に軽い眩暈がした。

やろう、と丸森は決心した。

迷いは完全に消えていた。

決心した途端、胸中には安堵《あんど》と高揚が湧き上がってきた。一線を越えるまでは逡巡《しゅんじゅん》したが、いざ一線を越えてみるとこんなに楽になるとは知らず、拍子抜けした気分になった。

「大佐殿」

丸森が明瞭《めいりょう》な声で言った。

「何だ？」

大佐がこちらを見上げた。

「あの、自分はまだまだ未熟者ですが今後ともよろしくお願いいたします」

丸森は深々と頭を下げた。

「うむ、よい心掛けだ。これからは御国のためだけではなく、ワシのためにも立派に御奉公するのじゃ。分かったな？」

「心得ました」

丸森は大きく頷いた。急に眼前の視界がパッと明るくなったような気がした。

「大佐殿、質問があるのですが」

丸森が遠慮がちに訊《き》いた。

「何だ？」

大佐がまたこちらを見上げた。

「なぜ司令部内で、自分を選んでくださったのですか？」

「それはな、貴様が小太りだからだ」大佐が楽しそうに言った。「ワシは元々女しか興味がなかったんじゃが、先程言った究極のナムール料理を喰ったおかげで肌艶《つや》だけではなく性欲も異様に増しての、『精力絶倫』ならぬ『精力絶絶倫』になったのだ。それからというもの、なぜか貴様のような小太りで人の良さそうな男を見ると睾丸《こうがん》がカッカと熱くなって辛抱たまらんようになる。まったくナムールという国は摩訶不思議《まかふしぎ》よのう」

大佐は笑みを浮かべると大口を開け、ガハハハハと濁声《だみごえ》を上げて笑った。丸森はそこでハッとした。先程写真で見た当番兵も、自分のように小太りで人の良さそうな顔をしていた。

「ところでまた頼みたいのだがどうだ？　疲れておるならもう少し後でもいいが」

大佐が低い声で言った。

丸森は一瞬何のことか理解できなかったが、すぐに特殊な命令だということに気付いた。大佐の剝《む》き出しの下半身を見るといつの間にか屹立《きつりつ》し、限界まで膨張していた。一回目の射精からまだ一時間も経っておらず、丸森はその異様な性欲の強さに驚きを通り越して呆《あき》れ果てた気分になった。

「いえ、大丈夫であります。遠慮せずにおっしゃってください」

丸森は明瞭な声で答えた。

すでに丸森の中ではあの行為は『手淫《しゅいん》』ではなく『極めてグロテスクな牛の乳搾り』と認識されていた。しかも望外としかいいようのない様々な『特典』に浴することとなり、通常の業務よりやる気が漲《みなぎ》っていた。

「そうか、ではさっそくお願いするぞ」

大佐はソファーに座ったまま「きをつけっ！」と叫んだ。

丸森は反射的に背筋をピンと伸ばした。

「本日一四五〇《ヒトヨンゴーマル》、ベカやんこと丸森清軍曹は入室時に初めて敬礼した場所において、軍袴《ぐんこ》、褌《ふんどし》を脱衣し、四つん這《ば》いとなって可及的速やかにこちらに肛門《こうもん》を向けよっ！」

丸森は後頭部をバットで強打されたような衝撃を受け、絶句した。

今度は頭が真っ白になる代わりに、みぞおちの奥がひやりと冷たくなり両腕に鳥肌が立った。大佐の命令が激化していた。しかも自分が『する』のではなく『される』側になるとは想定していなかった。

「どうしたベカやん、何をしておる？」

大佐が怪訝《けげん》な顔をした。

丸森はパニックに陥った。陥りながら自分の犯したミスに気付いた。突然数々の特典を与えられたことで舞い上がってしまい、普段の冷静さが消え失《う》せていた。そのためその特典の裏にある代償も、当然それ相応のものだという判断ができなかったのだ。

自分は夢をも超えた極楽浄土を与えられた。それはつまり、自分も肉体の全てを使って大佐を極楽浄土の気分にしなければならないということだった。当然手も口も肛門も、望まれれば鼻の穴や耳の穴も使って大佐が満足するまで、大佐が「もういい」と言うまで、何時間でも何日でも何週間でも御奉公し続けなければならないのだ。

つまり自分は大佐に何をされてもいいという契約書にサインしたようなものであり、たとえその結果殺されても笑って死んでいかなければならないのだ。

丸森の手足が小刻みに震えだした。

同時に涙が込み上げてきて、ぽろりと零《こぼ》れ落ちた。

「ほう、貴様泣いておるのか？」

大佐が楽しそうに言い、ゆっくりと立ち上がった。

「やっと自分の本当の使命に気付きおったな軍曹。そうだ、その通りだ。貴様はワシの性欲を満たすためにその身を捧《ささ》げるのだ。今の当番兵が直腸炎になったのもワシに一週間に亘《わた》って御奉公し続けた結果、ある理由で肛門が裂けてしまい、傷口に黴菌《ばいきん》が入ったためなのだ。でもな軍曹、真の御奉公とはそういうものではないか。真の御奉公とは献身的に、自己の利益を顧みないで力を尽くすことが、つまり自己犠牲こそが本当の御奉公なのだ。貴様がどうなるかは知らん。なぜならここはナムールだからだ。ナムールとはな、その地の全てが、この師団司令部内も含めて百パーセント戦場なのだ。そして戦場で生きるか死ぬかは全て貴様の運しだいだ。

でもな軍曹、もし貴様が死んでもそれはただの死ではない。名誉ある死なのだ。ワシのために死ぬということは称賛に値することなのだ。それを片時も忘れるでない。内地の家族のことも心配するな。上の方には戦死と報告するから、ちゃんと遺族恩給を受け取れる。どうだ、これで安心したか。何も問題はないのだ。何一つ問題はないのだ。貴様は何も心配することなく、ただただ無心でワシに御奉公しさえすればよいのだ。分かったか？」

大佐は鷹揚《おうよう》に言った。

丸森は答えられなかった。止めどなく溢《あふ》れる涙にむせび、声が出なかった。丸森は仕方なく、大きく二回頷いた。

「よし。ではさっそく下された命令を遂行せい」

大佐が満足そうに言い、手足を伸ばしてソファーにふんぞり返った。

丸森は嗚咽《おえつ》を漏らしながら目を開けた。眼下には限界まで膨張した赤黒い陰茎が屹立していた。それは機銃から発射された燃え盛る焼夷弾《しょういだん》のように見えた。

不意に丸森の背中一面が冷たくなり、同時に背骨の中がびりびりと痺《しび》れ出した。それは数本の電光が放電しながら、蛇のように激しくのたくっているような感覚だった。

生まれて初めての経験だったが、丸森はなぜか即気付いた。

それは警告だった。

丸森の本能が自分自身に発している、生命の危機を知らせる警告だった。

しかし絶望に打ちひしがれ思考の停止した丸森に、生命の危機を回避する方法など思いつく訳がなかった。

丸森は無言で大佐の前を離れ、足を引きずるようにして歩いていくと、入室時に初めて敬礼したドアの前で立ち止まった。そこで小刻みに震える指で腰のバンドを外し、軍袴を脱いだ。そして白い越中褌の紐《ひも》を解《ほど》いて取り去ると、垂れ下がった陰茎が蝸牛《かたつむり》のように縮こまっているのが見えた。丸森は緩慢な動作で床に両膝《りょうひざ》を突き、両手も床に突くと大佐に向かって尻《しり》を向けた。

「……準備が、完了いたしました」

丸森は掠《かす》れた声で呟《つぶや》き、振り向いた。

大佐は「おう」と答えると立ち上がった。

丸森はその姿を見た途端強い恐怖と恥辱を覚え、吐き気に襲われた。たちまち吐瀉物《としゃ》が喉元《のどもと》に込み上げてきて口内に胃液の苦い味が広がった。しかし嘔吐《おうと》すると叱責《しっせき》を受けることに気付き、慌てて飲みこんだ。

「ついにこの時がきたか」

大佐はなぜか感慨深そうに言い、薄ら笑いを浮かべた。そして迷彩服の内ポケットに右手を入れると一本の短剣を取り出した。

丸森の心臓がどくりと大きな音を立てた。

大佐は革鞘《かわさや》から短剣を引き抜いた。それは全長三十センチ、刃渡り十七センチほどで、刃が中程から先端に掛けて弓形に反り、切っ先が十五度ほどの角度で上向いていた。表面は念入りに研がれていて異様なまでの光沢があり、鏡のように室内の風景を映していた。

「これはドイツのゾーリンゲンで長い歴史を誇る、ピューマという工房で作らせた一品物だ。輸送費を含めると、総額でその辺のサラリイマンの年収の半分に匹敵する高級品じゃ」

大佐は自慢げに右手を掲げ、革鞘を床に落とした。

丸森にはそれが刃物には見えなかった。魔界に棲《す》む化け物の禍々《まがまが》しい鉤爪《かぎづめ》に見えた。同時に背骨の痺れが一気に倍増した。腰に電極を押し当てられ高圧電流を流されているような激烈な痺れだった。生命の危機を知らせる警告が限界に達しているのが分かった。

丸森はあの短剣で自分が殺害されるのだと確信した。

確信した途端また吐瀉物が込み上げてきた。丸森は堪《こら》え切れず、音を立てて嘔吐した。

「ほう、吐いたか。なかなかの洞察力だな」大佐が楽しそうに言った。「そうだ、その通りだ。貴様はこれからこの短剣で切り裂かれるのだ。ベカやん、このゾーリンゲンの由緒ある短剣を見た感想を簡潔に述べよ」

丸森は声が出なかった。

自分の死が確定した今、圧倒的な恐怖と絶望に羽交締めにされ全身の筋肉が極限まで硬直していた。四つん這いで後ろを振り向いたまま瞬き一つできず、ただ呆《ほう》けたように大佐の顔を凝視していた。

「もう答える余裕もないようだな」大佐は鷹揚な声を上げて笑った。「本来ならワシの長年の相棒がこの役に相応《ふさわ》しいのだが、東京から届くまで辛抱しとる忍耐力はワシにはない。なのでこの新しいドイツの相棒が代役を務める。

手短に説明しとくが、これで切り裂く部位は今貴様がこちらに向けとる、その睾《こう》丸《がん》の付け根から肛門までの間だ。そこを一直線に縦に深く裂き、できた裂創を花弁のように横に押し広げるのだ」

大佐はゆっくりと歩いてきて丸森の背後、一メートル程で立ち止まった。

丸森の耳の奥では心臓の巨大な拍動音がドッ、ドッ、ドッと鳴り響いており、大佐の声が酷《ひど》くくぐもって聞こえた。

「なぜそうするか。その理由はただ一つ、究極の人間に成るためじゃ」大佐はそう言うと、裸足《はだし》の右足で丸森の尻を踏みつけた。「ワシはな、ナムール料理と同様に、以前から究極の性の快楽をも探求し続けておった。そのため女とも死ぬほどヤッたし、男とも死ぬほどヤッた。世界各地に伝わるありとあらゆる性技を研究し、実行し続けた。そのためありとあらゆる男女とひたすらヤッてヤッてヤッてヤリまくってヤリ尽くしたが、それでもワシは満足せんかった。それでもまださらに上の快楽が、想像を絶するさらなる快楽があるのではないかと思い、あくなき探究心を維持し続けた。そしてワシはあの日、あの場所で、あのナムールの『宝』をついに入手したのだ」

大佐は力強く言うと、目をゆっくりと閉じた。

「今思えば、あれは入手したように見えただけで、実際には授けられたのだ。ナムール料理を極めんと邁進《まいしん》し続けるワシの努力に、そして性の快楽を極めんと驀進《ばくしん》し続けるワシの努力に感服したナムールの精霊が、その褒美にと授けてくれた正真正銘の『秘宝』だ。

ワシは歓喜した。生まれて初めて心の底から歓喜した。まさに天にも昇るとはあの時のワシの心境を言うのじゃのぉ。

それからワシは『秘宝』を小瓶に入れ、毎日眺めた。眺めながらこれを使用するためには何か特別な儀式が必要なことに気付いた。それもただ特別なだけでは駄目だ。究極の快楽を得ることのできる、この世で唯一無二なる儀式を執り行う必要があったのだ。

そして一昨日《おととい》の晩、小瓶に入れた『秘宝』をいつものようにうっとりと眺めていた時、ワシはこの儀式、つまり『男体股《また》ぐら泉責め』を思いついたのだ。勿論《もちろん》これも正確に言えば、思いついたように見えただけで、精霊に授けられたのだ。この『男体股ぐら泉責め』ほど、あの『秘宝』を使用する際に執り行う儀式として相応しいものはない。ワシは究極の快感を体感し、その後究極の人間に成るのだ。

そして昨日、ワシは全てを実行に移した。まず自分の当番兵に『男体股ぐら泉責め』を執り行い、その後ついに『秘宝』を使用する予定じゃった。しかし興奮しすぎて手元が狂い、裂かない筈《はず》の肛門《こうもん》を切り裂いてしまったのだ。完璧《かんぺき》でなくてはならぬ儀式が一瞬で台無しになってしまったワシは酷く落ち込み、負傷した当番兵を残して酒保に酒を買いに行ったのだ。そして一時間ほど手酌で飲んで帰ってきたら、奴が出血多量で死にかけとった。慌てて病院に搬送して一命は取り留めたが、傷口に黴菌が入って直腸炎になったという訳だ。

どうだ、手短だったが理解できたか？」

大佐が鷹揚な口調で言った。

丸森は無言だった。

しかし答えは出ていた。

『理解できなかった』と『理解できた』の二つだった。

『理解できなかった』のは話の全てだった。初めから最後まで意味不明であり支離滅裂だった。

『理解できた』のは大佐が完全に精神に異常をきたしていることだった。以前からかなり特異な性格だと認識していたが、まさかここまでの域に達しているとは夢想だにしなかった。

丸森は大佐が『イカレている』と分かり、少しだけだが冷静になれた。

『イカレている』ため常識が通用しなかったが、それは視点を変えれば非常識は通用する可能性があった。つまり大佐が今滔々《とうとう》と述べた妄言に同調し、それに類したことを言えば、また違った方向に事態が動く気がした。勿論それでこの危機的状況から脱し得るとは思えなかったが、少なくとも殺害されるまでの時間稼ぎにはなるという確信はあった。

「大佐殿、自分は今の話を聞き、理解できました」

丸森は絞り出すような声で途切れ途切れに言った。

「ほう、理解できたか」

大佐は少し驚いたように言った。

「はい。初めは驚きましたが、最後までお聞きしてやっと理解できました。究極のナムール料理と究極の快楽を一心不乱に探求し続けるその御姿は、俗事に現《うつつ》を抜かす俗人には到底理解のできぬ崇高なものであり、まさしく偉業と呼ぶに相応しいと痛感いたしました。そして自分がいかに視野狭窄《きょうさく》で、さもしいことに心を奪われていたかも痛感いたしました」

丸森は可能な限り穏やかな声で言い、軽く一礼した。

「貴様見た目は愚鈍だが、意外と言語読解能力があるようだの」

大佐は感心したように言った。

「そこで大佐殿、この崇高なる儀式に参加させて頂く前に一つだけお訊《き》きしたいことがあるのです」

丸森はまた、可能な限り穏やかな声で言った。

「何だ？」

大佐が抑揚のない声で言った。

「その、大佐殿がナムールの精霊様から拝受された『秘宝』とは一体何かをどうしても知りたいのです。そしてそれが何かを知る事によって、より崇高な気持ちで『ナンタイマタグライズミゼメ』をお受けできると確信しております」

丸森はそこまで言うと、ゆっくりと床から両手を離した。何とか全身の筋肉の硬直が解け、緩慢ながら手足が動くようになっていた。丸森は四つん這《ば》いの状態から体を起こして大佐の方を向き、またゆっくりと両手を床に突くと、そのまま深々と土下座をした。

「どうかお聞かせください。お願いいたします」

丸森がゆっくりと静かに言った。

「ふうむ。なるほど、そういう訳か」大佐が納得したように呟《つぶや》いた。「言われてみれば確かにそうであるな。貴様は『秘宝』が何であるか知る権利がある。よし、分かった。特別に聞かせてやろう」

「ありがとうございます」

丸森は額を床に擦《こす》り付けながら、これで何分かは寿命が延びたのだと思った。これからどうなるかは分からなかったが、ここまで追い詰められたお陰で、僅《わず》かだが居直ったような気持ちにもなっていた。全く戦うことはできなかったが、何とかもがくことはできた。それは溺《おぼ》れた者が、死にたくないと手足を動かし続ける程度の微弱なものだったが、それでも最後の最後までもがき続けようと決心した。

「ナムールに来て一年目のある日、ワシはカノアから西へ五十キロの地点にあるチャランという村落に行ったのだ」

大佐が抑揚のない声で言い、遠くを見るような目をした。

丸森は（あそこか）と胸中で呟いた。ナムール国内には広大なケシ畑が幾つも点在しており、チャランもその一つだった。それを原料に毎日各地の工場で大量の阿片《あへん》が製造されていたが、それを依頼しているのがナムールに駐屯する日本陸軍だった。勿論いわゆる裏稼業で極秘扱いだったが、司令部の人間はみな重々承知していた。

「村に常駐しとる司令部の兵が何名かおって、奴らを慰問に行ったのだ。えらく暑い日で熱風が吹いとっての、どこか涼しい場所はないかと尋ねると、村の北側にある竹林の中は涼しいと言う。それで何人かで連れ立って行ったのだが、日差しが遮られる上、すぐ側をウラージとかいうでかい河が流れとったから涼風が吹いてきて確かに快適じゃった。そこに軍用毛布を敷いて胡坐《あぐら》をかき、運ばせた椰子酒《やしざけ》を飲んどったら、竹林の奥から一匹のへルビノの子供が出てきたのだ。常駐する兵に訊くと何でも河の上流に奴らの棲家《すみか》があると言うんじゃ。貴様、チャランにヘルビノの棲家があると知っておったか？」

「いいえ、自分は知りませんでした」

丸森は頭を左右に振った。

ヘルビノとは日本語で爬虫人《はちゆうじん》のことを意味した。

爬虫人とはナムールの山間部に生息する奇妙な生き物のことだった。頭の部分は普通の人間と同じだったが、額の中程から顔面が前方に二十センチほど突出し、まさに蜥蜴《とかげ》そっくりの相貌《そうぼう》をしていた。蜜柑《みかん》ほどの大きさがある眼球は顔の右側と左側に離れて付いていた。黒目の部分が縦一本の黒線になっており、白目の部分は薄い黄色だった。鼻梁《びりよう》が無く、上唇の中央の上に二つの小さな穴が開いていていた。また耳介も無く、鼻同様に左右に小さい穴が開いているだけだった。肌は東南アジア人と同じ褐色で体毛は一本も生えていなかった。独特の言語を持ち、円錐《えんすい》形の藁《わら》小屋を作って集団で生活していた。

二十年ほど前、とある大物政治家が密《ひそ》かに爬虫人の赤ん坊を持ち帰って育ててみたところ、人間の子供と全く同じに成長した。普通に日本語を話し、文字も書き、礼儀正しくお辞儀もした。つまり姿形は『蜥蜴』だが中身は人間と同じだということが判明した。それ以後爬虫人の子供の需要が高まり、嬰児《えいじ》や幼児が捕えられ日本に密輸されていた。

「貴様、爬虫人の大好物が何か知っとるか？」

「動物の脳味噌《のうみそ》です」

「その通り。爬虫人は雑食だがそれだけは別だ。やつらは動物の脳味噌を見ると矢も楯《たて》もたまらなくなって飛びついてしまう。内地の猫でいうところのマタタビみたいなもんだ。そこでだ、ワシは考えたのだ。動物の脳味噌を喰《く》いまくっておる爬虫人の脳味噌とは一体どんな味がするのだろうかと。その疑問が浮かんだ途端、ナムール料理中毒のワシはもう我慢できなくなったのだ。すぐに近くにいた兵達に命じて子供を捕獲させ、連れてこさせた。子供はきゅぴろん、きゅぴろんと悲しげな声を上げとったが、究極のナムール料理を喰らうというワシの信念は微動だにしなかった。

さっそく一人の伍長《ごちょう》に鉈《なた》を持ってこさせ、ヘルビノの子供の脳味噌を喰うから生きたまま頭を叩《たた》き割れと命じた。しかし伍長は怯《おび》えた顔をすると、おやめくださいと止めやがる。訳を尋ねると、ナムールでは昔からヘルビノの脳味噌を食べると呪われるという伝説があると抜かしやがる。ワシは一笑に付した。くだらん迷信を信じるな、さっさとやれとその場にいた全員に命じたが誰も動かんかった。ワシは怒りを通り越して落胆し、振り上げていた拳《こぶし》を下ろした。帝国陸軍兵士ともあろうものが、ナムールの不合理極まりない口碑の前に怖気《おじけ》づいているのが、ただただ情けなかったのだ。

そこでワシは奴らに気合を入れるために自らの手で遂行することにした。隣に立つ伍長から鉈を奪い取ると、後ろ手に縛られて地面に転がされたヘルビノの子供の傍らに片膝《かたひざ》をつき、鉈を振り上げて頭に打ちおろした。刃が頭蓋骨《ずがいこつ》を叩き割った時の感触は、椰子の実を叩き割った時の感触と似ておった。鉈を引き抜くと縦に細長く割れた頭蓋骨の裂け目から赤黒い血が溢《あふ》れ出し、その後で脳が見えた。初めて見たヘルビノの脳は、なんと黒かった。初めは血が付いておると思ったのだが違った。本当に真っ黒だったのだ。しかもまるで黒真珠のように艶々《つやつや》と美しく光っておった。それを見てワシは死ぬほど興奮した。初めて見た黒い脳味噌が一体どんな味がするのか一秒でも早く知りたかった。

ワシは鉈を次々と打ちおろして子供の頭蓋骨を叩き割っていった。子供は初め生きていたが、五度目か六度目の打撃で泡を噴いて死亡した。三分弱で右側頭部に拳二つ分ほどの穴を開け、その中に右手を突っ込んで脳を鷲掴《わしづか》みにし、ワシは喰った。喰って唸《うな》った。まず味だが、一番近いのが潰《つぶ》れた豆腐にイカスミをぶっ掛けたような感じだった。確かに美味ではない。しかし、咀嚼《そしゃく》して飲みこんだ瞬間、全身に『熱風』が吹いたのだ。それがあまりに激しかったため、ワシは竹林の中に本当に熱した風が吹き込んだのかと思った。しかし、もう一度黒い脳を鷲掴みにして咀嚼し、飲みこんだ瞬間また『熱風』が吹いた。ちょうどみぞおちの奥の辺りで何かが炸裂《さくれつ》し、熱風と感じられる波動のようなものが外側に向かって一気に放射されたのだ。そしてその二度目の『熱風』を体感した時、得体の知れぬ快感を覚えた。あの時の快感を強いて言うならば、全身に六十兆個あるといわれる細胞の一つ一つが活力に満ちた白光で満たされ、燦然《さんぜん》と光り輝くような感じだった。

ワシは恍惚《こうこつ》となった。

まるで何かに憑依《ひょうい》されたかのように一心不乱に黒い脳をむさぼり続け、気付いたら頭蓋骨の中が空っぽになっとった。

そこでワシはあることに気付いた。

空っぽだと思った頭蓋の底に何か丸いものが転がっておったのだ。

ワシはそれを取り出した。

何だったと思う？　玉だった。ピンポン玉ほどの大きさの、まんまるの玉だった。肉にしては硬いし、骨にしては柔らかい。強いて言えば脂肪の塊のような感触だった。そしてその全面が玉虫色の皮膚のようなもので覆われていた。それを太陽にかざしてみると、光線の当たる角度で表面が緑や青や紫に変化したが、その全てが今まで見たどの色彩よりも鮮やかにキラキラと煌《きら》めいておった。

それを見たワシの脳内が瞬く間に熱を帯びた。

熱はどんどん高まっていき、左右の鼻孔から大量の鼻血が流れ出した。

ワシが憶《おぼ》えているのはそこまでだ。

後で聞いた話では、その玉を迷彩服の胸ポケットに入れた途端失神したため村の診療所に運ばれたが、想像を絶する高熱を発したそうだ。衛生兵がワシの口内に水銀体温計を挿入したところ数秒で破裂したらしい。そのまま一晩中凄《すさ》まじい唸り声を上げながら全身をガタガタと震わせ続け、翌朝一〇三五《ヒトマルサンゴー》、無線で要請を受けた司令部の軍医殿がようやく到着した時、ワシは覚醒《かくせい》した。そして気付くと顔面の皮膚がまるで若者のように若返り、同時に『精力絶倫』になっておったのだ。

その玉こそ『秘宝』の正体だ。

ヘルビノの脳は遥《はる》か昔から忌避され、避けられてきた。食べると呪われるという伝説があったからだ。そのためナムール人の誰一人、脳内にあんなに美しい玉が存在することを今日まで知らなかったのだ。それをワシが、この日本人のワシが発見したのだ。何百年か何千年か知らんが、その気も遠くなるようなナムールの歴史上で初めて、この陸軍大佐・金光源三郎が、ヘルビノの脳内に隠された『秘宝』を精霊の導きによって見つけ出したのだ」

そこで大佐はにやりと笑った。

「つまり究極のナムール料理とはヘルビノの脳であり、ナムールの『秘宝』とはそのヘルビノの脳内に眠っていた玉虫色の玉のことだったのだ。まあ正確には料理ではないが、ナムール版『シロウオの躍り食い』みたいなもんだと思ってくれ。

そしてワシはその『秘宝』をどうするか迷った。勿論《もちろん》喰うかどうかだ。あの真っ黒な脳を飲み込んだ時、全身の細胞が燦然と光り輝くような恍惚を覚えワシは失神した。しかし『秘宝』を喰らって飲み込めば、それを遥かに上回る何かが起こるのは間違いない。多分人類が今まで一度も経験したことのない想像を絶することが起き、ワシは人間を超えた存在になるであろう。それはナムールの精霊か、あるいはナムールの神そのものなのかもしれん。

つまり簡単に言えば、『秘宝』を喰らうと奇跡が起きる。それはいい。問題はいつ喰うかだ。人間を超えた存在になるという記念すべき日を、そう簡単には決められん。いつだ、一体いつがいいんだとワシは毎日悩んだ。悩んで悩んで悩んだ末、一昨日《おととい》の夜に突然『男体股《また》ぐら泉責め』の映像がワシの脳内に出現したのだ。分かるか？

思い浮かんだのではない。出現したのだ。つまり『男体股ぐら泉責め』の想念は自らの意思でワシの意識の中に侵入し、自らの意思でワシの脳内に姿を現したのだ。

そこでワシは悟った。

これはこの『秘宝』が、この玉虫色の美しき玉が発した伝言なのだと。

同時にその『男体股ぐら泉責め』をいつやりたいかと自問し、すぐに「明日《あした》だ」と自答した。そう、それが正解だ。〝明日〟が正解だったのだ。〝明日〟こそが『秘宝』を喰らう記念すべき日であり、『男体股ぐら泉責め』こそが『奇跡』を起こす前に執り行うべき儀式だったのだ。それが『秘宝』がワシに伝えたかった事なのだ。

そこでワシは昨日儀式を執り行い、その生贄《いけにえ》に自分のお気に入りの当番兵を選んだのだが、興奮のあまり肛門《こうもん》を裂いてしまい失敗に終わったのだ。

ワシは焦った。本来ならまた『秘宝』から伝言が来るのを待つべきなのだろうが、早く奇跡を体験したくてどうしても辛抱堪《たま》らんかったのだ。なのでワシ独自の判断で、今日再び『秘宝』を喰らうことにし、その儀式の生贄に貴様を選んだという訳だ。どうだ、自分の立場を理解できたか？」

「できました」丸森は満面に笑みを浮かべ、嬉《うれ》しそうに言った。「これで、より崇高な気持ちで『ナンタイマタグライズミゼメ』の生贄になれるようになりました。ありがとうございます」

丸森は上体を起こして背筋を伸ばし、きちんと正座すると丁寧に一礼した。

「ほう、貴様がここまでワシの話を理解するとは予想外だのぅ。昨日の当番兵はワシがどんなに説明してもずっと震えながら泣いておったのに」

「実は自分も昔から奇跡体験には興味がありまして、色々な書物を読んで感心しておりました。なので今日、大佐殿が奇跡を体験されると知って、興奮を抑えきれません。あまりのことに体も火照ってしまい難儀しております」

丸森は笑顔で言うと、手の甲で額を流れる冷や汗を拭《ぬぐ》った。とにかく何を言われても大佐の妄言に同調し、それに類した会話を続けなければならなかった。そうやってとにかくもがきながら時間稼ぎをする以外、丸森に打つ手はなかった。

「そうか。そうであったか。貴様も奇跡に興味を持っとったのか。まさに適材適所ではないか」

「そうです。……これも、『秘宝』様の伝言ではないかと思うのです」

丸森は大佐の顔色を窺《うかが》いながら、思い切って適当なことを言った。

「……そうかっ」不意に大佐が驚いたような顔をしてこちらを見た。「これも伝言か。ワシが気付かんだけで無意識のうちに『秘宝』から伝言がきていたのか。だからワシは伝言通り貴様を選んだのか」

「その通りです」

丸森は大きく頷《うなず》いた。顔は平静を装っていたが、心中は興奮していた。自分の何気ない一言で大佐がここまでの反応を見せたのが予想外だった。『秘宝』からの伝言が大佐にとってここまで重要なことだと知り、一筋の光明を見つけた気がした。

「……自分は『秘宝』様に選んでいただき、この場におると思うのです。これはつまり……もう一つの伝言ではないでしょうか」

丸森は適当な嘘を素早く考えながら、落ち着いた口調で言った。

「何っ？　そ、それはどんな伝言だっ」

大佐が目を見開き、こちらに身を乗り出した。明らかに強い興味を示していた。

「……大佐殿が……奇跡を起こすところを……見るためではないでしょうか」

丸森はほぼ即興で答えた。

「おおっ……」

大佐がさらに目を見開いて叫び、絶句した。

「……それはつまり……き、奇跡の記録が必要だという」

「そうです」丸森は即答し、大佐の言葉を遮った。「これから大佐殿が体験なさる奇跡は、人類が一度も経験したことのないことだと御自分でおっしゃっていたではないですか。そんな地球上の歴史的瞬間を記録しないのは如何《いかが》なものかと思います」

「おおっ！　そうかっ！　そういうことかっ！」大佐が大声で叫んだ。何かに気付いたようだった。「ワシに奇跡が起きて肉体が変化しても、ワシにはどんな風に変化したのか見ることができん。それを貴様が見て、記憶して、ワシに伝えるのかっ」

「その通りです大佐殿。正確には記録ではなく記憶です」丸森は大佐の言動に合わせてさらに適当なことを言った。「自分が大佐殿の肉体の変化を記憶し、それを口頭で大佐殿に伝えるのです。そうすれば大佐殿が余すところなく奇跡の全てを知ることができるのです」

「おおおおおっ。気付かんかったたっ、それは気付かんかったたっ」大佐が顔を紅潮させて叫んだ。「ヤバしじゃったたっ、かなりのヤバしじゃったたっ、途轍《とてつ》もない失敗を犯すところじゃったたっ、この金光源三郎、五十年の生涯で今が一番のヤバし状態じゃったたっ」

「でも、その危機も無事回避されたではありませんか」

丸森が静かな笑みを浮かべてゆっくりと頷いた。

「そうだ、危機は回避された、危機は無事回避されたのだ。ふぅ、金玉が縮みあがったわい。これも精霊のお陰かっ……」

そこで大佐はまた何かに気付いた顔をした。

「こうしちゃおれん。ぐずぐずしておったらまた昨日のように、何かの手違いが起きて失敗におわるやもしれん。まず『秘宝』を喰《く》らって奇跡を体験し、その過程を軍曹から口頭で聞く。その後軍曹を生贄にして『男体股ぐら泉責め』を執り行い、儀式は終了。よし、これでいい。これでいいのだ。順番が逆だった訳か……気付かんかった」

大佐は自分に言い聞かせるように呟《つぶや》くと、胸の左ポケットから硝子《ガラス》の小瓶を取り出した。小瓶の中には黄緑色の液体が満たされており、中にピンポン玉ほどの大きさの丸いものが沈んでいた。

「これがワシの『秘宝』だ。こうして防腐液に入れて大切に保存してきたのだ。そして今日、ワシとこれはついに一体となり奇跡を起こすっ」

大佐は強い口調で断言し、蓋《ふた》を開けて『秘宝』を摘《つ》まみ出した。そして小瓶を床に投げ捨て、鼻先まで近づけてまじまじと見つめた。

丸森は目を凝らした。それは表面が黒ずんだ皮膚のようなもので覆われており、腐った杏《あんず》の実のように見えた。『今まで見たどの色彩よりも鮮やかにキラキラと煌《きら》めいておった』という大佐の説明とはかけ離れたものだった。

しかし眼前の大佐はその黒ずんだ『秘宝』を二十秒ほど見つめた後「美しい……」と感嘆したように呟き、右手に持った短剣の先端に突き刺した。そして躊躇《ちゅうちょ》することなくかぶりつくと、その半分を噛《か》み砕いた。

「むうっ、むううっ、むうっ」

大佐は犬のように唸《うな》りながら素早く咀嚼《そしゃく》し、音を立てて飲み込んだ。一秒でも早く奇跡を体験しようと焦っているのが分かった。大佐はいそいで目をつぶり口を真一文字に結ぶと、鼻息を荒らげながら大きな深呼吸を忙《せわ》しなく繰り返した。

丸森はその姿を横目で見ながら、必死で次の展開を予測した。

大佐は完全に狂人だった。

しかし言っていることの全てが嘘ではなかった。

生きたヘルビノの子供の頭を叩《たた》き割り、脳味噌《のうみそ》を喰らった話は本当だと判断した。そのため『奇跡の肌艶《つや》』と『精力絶倫』になったのも何とか納得できた。その黒い脳の持つ特異な効能に誰も気付かなかったのも、大佐自身が言っていた通りナムールでは迷信のため、誰も脳を食さなかったからだ。

しかしそこから後の話が全て禍々《まがまが》しい狂気に彩られ、もはや手の付けようがない状態になっていた。一言でも反論すればその瞬間殺されても不思議ではなく、脳病院で受診すれば即刻入院間違いなしの極めて危険な状態だった。

丸森は大佐の狂気も黒い脳のせいだと思った。

誰も食べたことのない黒い脳に、人体に強い影響を与える作用があるならば、それは善し悪し双方あるはずであり、『悪し』の方が脳を侵食したとしか考えられなかった。

丸森は大佐を一瞥《いちべつ》した。

変化は無かった。目をつぶって口を真一文字に結んだまま、大きな深呼吸を繰り返していた。あんな『腐った杏』で奇跡など起こる訳がなかった。その姿は滑稽《こっけい》を通り越して哀《あわ》れであったが、時間を稼ぐにはこれほどの好機はなかった。丸森は足元に敷かれた赤い毛氈《せん》の花柄模様を凝視しながら、最も時間稼ぎができる『奇跡が起こらない理由』とは一体何だろうと思い、必死で思考を巡らせた。

十五分ほど経過した時、大佐が大きく息を吐いて目を開けた。

「おい、ワシの体に何か変化はあるか？」

大佐が困惑した顔でこちらを見た。

「いえ、今のところ目立った変化は見受けられません」

丸森は静かな声で言った。

「脳を飲み込んだ時はすぐにドカンときて凄《すご》かったんじゃが、それよりももっと凄いはずの『秘宝』が何でうんともすんとも言わんのじゃ？　喰っている時も何の味もせんかったし、想像していたのとは大分違うな」

大佐は納得がいかぬように首を捻《ひね》った。

「大佐殿、『秘宝』様がもう半分残っております。それを召し上がって、今の倍ほどの時間を待ってみられてはいかがでしょうか？」

丸森は『倍』という言葉をさりげなく強調して言った。

「う－ん、残念だがそうするか。ワシの予想ではまず半分喰って精霊になり、残りの半分を喰ってナムールの神になると思っとったんだがのぉ」

大佐はまた首を捻ると、短剣の先端に刺した残りの『秘宝』を口に入れた。そしてまた素早く咀嚼すると音を立てて飲み込んだ。

丸森は取り敢《あ》えず安堵《あんど》した。

これで後三十分は生き延びられそうだった。

とにかく今はもがき続けるしかなかった。最後の最後まで諦《あきら》めずに、一秒でも長くもがき続けるしかなかった。丸森は迫りくる死の恐怖と闘いながら、「『秘宝』を完食してもなぜ奇跡が起きんのだ」と激怒する大佐に対し、最も延命効果のある台詞《せりふ》を考え始めた。

そしてまた足元の毛氈に目を向けた時、何かが頭に触れた。丸森は反射的に顔を上げた。虫だと思って周囲を見回したが何もいなかった。気のせいだと思った瞬間、再び何かが頭に触れた。今度はそれをハッキリと感じた。しかもそれは直接脳に触れていた。丸森は目を見開いた。慌てて両手で頭を覆ったが何も触れなかった。しかし〝それ〟は確かに脳に触れており、しかもそのまま脳内に『侵入』してきた。丸森は驚きのあまり声が出なかった。不思議と全く恐怖は感じなかったが、得体が知れぬため気味が悪くて仕方がなかった。しかしそんな丸森のことなどおかまいなしに〝それ〟の侵入は続いていた。目に見えず、触れることもできぬのに、なぜか〝それ〟の姿をはっきりと感じることができた。〝それ〟は紐《ひも》のように細長く、しなやかで、滑らかだった。丸森が瞬時に連想したのは回虫だった。人間に寄生する白くて細長い回虫に良く似た『何か』が脳内に存在していた。やがて『侵入』が終了した。〝それ〟は脳内でとぐろを巻くように一つになり、その途端冷気のようなものを放った。

一メートルほどの回虫のような形状だった『それ』が、一瞬で何百、あるいは何千もの細かい針のような断片になり、全身に拡散していくのが分かった。

「むう……」

前方で低い呻《うめ》き声がした。

見ると大佐がぼんやりとした顔で立っていた。

肘《ひじ》を曲げ、胸の高さにある右手に短剣を持ち、左手をだらりと垂らした状態で、静かに前方の壁の下方を見ていた。

意識はあった。

しかし明らかに先程までの大佐とは様子が違っていた。

丸森は目を凝らした。

前方を向いた大佐の目は虚《うつ》ろだった。薄《うっす》らと光は浮かんでいたが生気が殆《ほとん》ど感じられなかった。

睡眠と覚醒《かくせい》の間。つまり意識がまどろんでいる状態に見えた。

丸森は唖然《あぜん》とした。

状況を把握することができず、ぼんやりと大佐の顔を見つめた。

不意に脳内で勢い良く氷が弾《はじ》けるような感覚を覚えた。

丸森が驚いて目を見開いた時、両足が動いた。すっと膝《ひざ》立ちになり、そのままゆっくりと膝を伸ばして立ちあがった。

丸森はさらに唖然とした。

それは自分でも驚くほど自然な動きだった。何かに、あるいは誰かに肉体を操られているような違和感は皆無だった。

　しかし丸森は決して立ちあがろうとはしていなかった。

　立ちあがった丸森の体は、また自然な動きで前に進み出た。そして本当にさりげない動作で、例えば暗くなったので壁の点滅器を押して天井の電球を点《つ》けるような感じで、胸の高さで短剣を持つ大佐の右手首を両手で摑《つか》み、そのまま当たり前のようにその切っ先を喉元《のどもと》に突き刺した。中程から弓形に反った刀身は滑らかに深々と皮膚と脂肪と筋肉を貫き、頸椎《けいつい》に突き刺さって止まった。

　大佐はそこで初めて我に返ったようにカッと目を見開き、低い声で「おお……」と驚いたような、あるいは感嘆したような声を上げると白目を剝《む》いて仰向《あおむ》けに倒れた。

　丸森は床に横たわる大佐の姿を眺めた。

　それは全く現実感が伴わない光景だった。迷彩服を着た全身から立体感が失われ、まるで緻密《ちみつ》に描かれた舞台の書き割りのように見えた。

　大佐は動かなかった。喉元に深々と短剣を突き刺したまま、無言で天井を見上げていた。その虚ろな目からは完全に光が消え、顔は呆《ほう》けたように弛緩《しかん》していた。

　丸森はそのまま床に横たわる大佐を眺め続けた。

　五分ほど経った頃、大佐の陰茎から突然尿が漏れ始め、すぐに黄色い液体が床に広がった。

「小便だ……」

　丸森はぼそりと呟《つぶや》いた。

その途端、我に返った。

急に視界が鮮明になった。大佐の姿にも立体感が戻り、通常通りに見えた。

丸森は反射的に五歩ほど後退《あとずさ》り、立ち止まった。体内に『侵入』した何かの気配も、背骨の中で荒れ狂っていた痺《しび》れも、いつの間にか完全に消えていた。そして迫りくる死の恐怖にあれだけ怯《おび》えていた自分が、驚くほど冷静でいることに気付いた。

(なぜだ?)

丸森は胸中で自問し、考えた。

考えながら腕組みをし、目を閉じた。

閉じた途端、丸森は答えを得た。

大佐があの奇怪な『玉』を全部喰《く》らった時、やはり奇跡が起きたようだった。

奇跡の定義とは『常識では考えられぬ神秘的な事が起きること』だった。そしてその『神秘的』な出来事は大佐ではなく自分に起きたと仮定するとなんとか辻褄《つじつま》が合った。

丸森は目を開けた。

ヘルビノの頭蓋《ずがい》から取り出されたあの奇怪な『玉』は、大佐が全て咀嚼《そしやく》して飲み込んだことで、封印された『力』が解放された。その『力』は大佐の動きを止め、逆に自分の体を動かして大佐を刺殺した。

丸森にはそうとしか思えなかった。

「……そう、だよな?」

丸森は低い声で呟くと、再び目を閉じた。

眼前が暗闇になった途端、一つの映像が浮かび上がった。

それは一匹の爬虫人《はちゅうじん》の姿だった。十二、三歳ほどの若いオスで、大人しそうな顔をしていたが体は筋肉質で引き締まっていた。そのオスがこちらを向き、満面の笑みを浮かべていた。初対面だがすぐに分かった。大佐に頭蓋を割られて殺されたあの『ヘルビノの子供』だった。

そう、それは大佐が言っていたように決して思い浮かんだものではなく、まさに自らの意思でそうしているように、突如として脳内の暗闇にその姿を現したのだ。

その満面の笑みを見た瞬間、丸森は全てを理解した。

丸森は大きく息を吐くと、改めて床に横たわる大佐を見下ろした。

剝き出しの股間《こかん》では、膨張した陰茎が屹立《きつりつ》したままになっていた。その魔界のオベリスクの如き不気味な様を見つめながら、『ヘルビノの子供』が自分の体を通してとった行動が、この問題を解決する最善の方法だったことを知った。

あの状況で生き残るには大佐を殺す以外方法はなかった。それだけではなかった。大佐から生き残るということは『日本軍』からも生き残るということだった。現実問題として大佐の死体を始末することは百パーセント不可能だった。いずれ必ず死体は発見され、事は明るみに出る。出た場合、犯行の手口から犯行時間に職務を遂行していなかった者のみが嫌疑を掛けられ取り調べられる。師団司令部という限局された空間と人数の中で憲兵の過酷な尋問を受けた場合、逃れられる可能性はゼロだった。

つまり脱走する以外、道はなかった。

しかし言葉を換えれば脱走すれば道は開けた。

そこで丸森は気付いた。

先程大佐の二度目の命令に従おうとした時、本能からの『警告』があった。それは背骨の中を高圧電流が駆け巡るような激烈なものだった。

しかし今、脱走という生き残るための唯一の方法に思い至り、思案しているにもかかわらず背骨の中であの痺れは起こらなかった。

これはつまり、もしこのまま脱走しても『生命の危機』に直面することはないという証拠に思えた。勿論《もちろん》人間は誰しも死ぬが、少なくとも脱走してどこか安全な場所に辿《たど》り着くまでは安全でいられるような気がしてならなかった。

「……俺は、脱走する」

丸森は低く呟いてみた。

背骨に痺れは起こらなかった。

「俺は、脱走する」

丸森は明瞭《めいりょう》な声で言った。

背骨に痺れは起こらなかった。それどころか胸中には、今まで体験したことのない圧倒的な安堵《あんど》と高揚が湧き上がった。

丸森は確信した。

脱走しても絶対に大丈夫だ、絶対に安全な場所に辿り着けると百パーセント信じることができた。

そして安全な場所はどこかと自問し、すぐに日本だと自答した。

大佐は船ではなく爆撃機で帝都に行くと言っていた。しかし船なら、毎日港から数便の定期船が内地とナムール間を往復していた。その復路便に密《ひそ》かに潜り込めさえすれば、まず間違いなく本土の土を踏める筈《はず》だった。

そこで丸森はあることを思い出した。

大佐のくれた四輪起動車の鍵《かぎ》だ。「正面玄関の左側に停めてあるものを貴様の専用車にしてやる」と言っていた。四輪起動車だったら草原も走行できるので、一番近い港まで一時間ほどで行くことができた。

丸森は大きく息を吐くと、右の胸ポケットからゴールデンバットの箱を取り出し、一本引き抜いた。

「あっ……」

丸森は指先に持った煙草を見て思わず声を上げた。それは『恩賜の煙草』だった。十六の重弁をあしらった小さな菊の御紋が金色で印刷されていた。「自分の人生を左右するような重大な局面を迎えた時、意を決するために吸わせていただきます」と答えて保管しようとしていたものだった。そしてそれはまさに『今』だった。

丸森は左の胸ポケットから銀色のライターを取り出し、火を点けた。そして大きく吸い込むと勢い良く紫煙を吐いた。

しかし脱走すると決意したため、もう何の感慨も浮かんではこなかった。

丸森は軍袴《ぐんこ》を引き上げ、腰のベルトを締めると歩いていき、机の背後に貼られたナムールの地図の前で立ち止まった。師団司令部のある首都カノアと一番近い港のある港湾都市との間を何度も目で探った後、軍袴のポケットからドイツ製の黒い万年筆を取り出し、素早く導き出した港までの最短経路を線で書き記した。用心のために武器が必要だと思った。そして地下にある射撃場なら、訓練の休憩時に弾倉の付いた五二《ごうにい》式自動小銃が壁に立て掛けられていることが多いのを思い出した。

丸森はこれからどうやって部屋を出て四輪起動車で港に向かい、どうやって船に乗り込むかをじっくりと思案した。そして大まかな概要が出来上がった時、一口だけ吸って指先に挟んでいた煙草の長い灰がぽろりと落ちた。

丸森にはなぜかそれが、出発進行の合図のように見えた。

「よし……」

丸森は低い声で呟いた。そして大佐の元に歩いていき、腰を屈《かが》めて喉元《のどもと》に突き刺さった短剣を引き抜いた。心臓が停止しているためか切創から出血は無かった。

丸森は足早に歩いていきドアを開けた。

外の様子は入室時と同じだった。板張りの一直線の廊下が左右に五十メートルほど延び、一人の兵が四つん這《ば》いになって雑巾《ぞうきん》掛けをしているだけで誰もいなかった。違うのはそのまま雑巾掛けが二十五メートルほど先まで行われ、廊下の殆《ほとん》どがきれいに磨かれていることだけだった。

「おいっ」

丸森は大声で叫んだ。その途端、四つん這いになっていたあの二等兵が弾《はじ》かれたように立ち上がり、駆け足でやってきた。

「はっ」

丸森の前で立ち止まった二等兵は直立不動の姿勢で敬礼した。

「貴様、名前は何だ？」

丸森が抑揚のない声で訊《き》いた。

「照井《てるい》であります」

二等兵が即答した。

「きをつけっ」

丸森が叫んだ。同時に二等兵が限界まで背筋を伸ばした。丸森は左腕に着けた腕時計を見た。

「本日一五二〇《ヒトゴーフタマル》、照井二等兵はこの短剣を持って司令部内の憲兵隊詰所に行き、自分がやりましたとだけ告げよ」

丸森はまた抑揚のない声で言い、赤黒い血が付着した短剣を差し出した。

訳の分からぬ二等兵は直立不動のまま、呆《ほう》けたような顔で丸森の手元を凝視した。

「聞こえたのか貴様っ!」

丸森は二等兵の頰を拳《こぶし》で殴った。二等兵は仰《の》け反《ぞ》り数歩後退したが、すぐに元の位置に戻って直立不動の姿勢をとった。左の口角から一筋の血が流れ、目には怯《おび》えたような光が浮かんでいた。

「繰り返す。本日一五二〇、照井二等兵はこの短剣を持って司令部内の憲兵隊詰所に行き、自分がやりましたとだけ告げよ」

丸森はもう一度命令を繰り返した。

「はっ」

二等兵は一礼すると両手で短剣を受け取った。そして駆け足で丸森が入室時にやって来た方向へと去っていった。

丸森は音を立てて唾《つば》を飲み込み、額を手の甲で拭《ぬぐ》った。全身が薄《うっす》らと汗ばんでいた。開け放たれた廊下の窓から微風が吹き込み、頰を撫《な》でた。それはじっとりと熱を帯びており、南国特有の熟れた果実のような匂いがした。

丸森は顔を向けた。

窓外には一面に草原が広がり、その奥には鬱蒼《うっそう》とした叢林《そうりん》が見えた。

丸森は五秒ほどその風景を見つめた後、目を閉じた。眼前の暗闇に、もうあの『ヘルビノの子供』の姿は無かった。しかし相変わらず精神に乱れはなく、驚くほど落ち着いていた。

「奴の置き土産か……」

丸森は低く呟《つぶや》くと、来た時とは反対の方向に向かって板張りの廊下を足早に歩いていった。

肉弾

1

住宅街の狭い道をゆっくりと進んできた陸軍の六輪自動車は自宅前で静かに停止した。ボンネットの先端に金の五芒星《ごぼうせい》の紋章が付いたその車は部隊司令部の指揮官専用車であり、通常であれば決して一等兵などが乗車できる代物ではなかった。

(あの中に兄様がいる……)

そう思った途端、出迎えのため両親と玄関先に出ていた戸田俊夫《とだとしお》の鼓動がさらに高まった。それは傍らに立つ両親も同じらしく、緊張した面持ちで互いの顔を一瞥《いちべつ》すると無言のまま頷《うなず》き合った。

黒光りする車体の助手席のドアが開き、一人の憲兵伍長《ごちょう》が降車した。そして警戒するように周囲を数回見回した後、後部座席のドアを素早く開けた。

中から身を屈《かが》めた一つの人影がゆっくりと出てきた。

俊夫は思わず息を呑《の》み、母親の左手を強く握り締めた。母親も前を向いたまま俊夫の右手を強く握り返した。

男は戦闘帽を深く被《かぶ》り、膝《ひざ》まである将校用のマントを纏《まと》っていた。車から降り立って地面を踏みしめた両足も将校用の黒い長靴《ちょうか》を履いていた。

俊夫は母親の手を握り締めたまま、食い入るようにその姿を見つめた。

男はすっと背筋を伸ばし、こちらを向いた。

円い黒の色眼鏡を掛け、黒い菱形《ひしがた》のマスクをしているため顔は視認できなかったが、その長身でがっしりとした体格からすぐに長兄の繁之《しげゆき》だと分かった。両親もすぐに我が子だと識別できたらしく、安堵《あんど》とも歓喜ともつかぬ押し殺した声を同時に漏らした。

「戸田繁之一等兵は超特例により、七階級特進という陸軍史上初の栄誉に浴したのだ」

俊夫の耳の奥で抑揚のない男の声が蘇《よみがえ》った。

しかし戦地で重傷を負っただけで何の武勲も立てていない一等兵が、突然少尉に昇級するというあまりにも現実離れした展開に全く実感が湧かなかった。だが実際に陸軍少尉の軍装をして眼前に立つ繁之を見て、絵空事にしか思えなかった七階級特進が厳然たる事実だったことを知り、俊夫は驚きを通り越して呆然《ぼうぜん》となった。

憲兵伍長が小声で何かを言った。繁之は小さく頷くと潜《くぐ》りの木戸を開けて自宅の敷地内に入り、後に憲兵が続いた。二人は前庭の通路に敷かれた飛び石づたいに歩いてくると、玄関先で待つ三人の眼前で立ち止まった。

「繁之っ」

両親が同時に叫び、数歩前に出た。手を引かれた俊夫も前に出た。

繁之は背筋をピンと伸ばして素早く敬礼した。

「戸田少尉、只今《ただいま》戻りました」

繁之は低いが張りのある声で言った。

両親は感極まって言葉に詰まり、何度も大きく頷いた。

「我々も時折少尉殿の様子を見に来るので、どうぞよろしく」

繁之の肩越しに憲兵伍長が言った。両親は「よろしくお願いいたします」と言って深々と頭を下げ、母親に右手を強く引かれた俊夫もぎこちなく一礼した。

憲兵伍長はこちらに向かって素早く敬礼し、前方に立つ繁之に軽く目礼すると足早に立ち去っていった。

「……繁之、よく無事で帰ってきてくれたね」

母親が声を震わせて言い、その右手を両手で握った。

「ご心配おかけしました」

繁之は一礼した。

「さ、繁之、早く上がってくれ。みんな首を長くしてこの日を待ってたんだ」

父親はその肩に左腕を回し、玄関の格子戸を勢い良く引き開けた。

「ありがとうございます」

繁之はまた一礼した。そして静かに顔を上げ、玄関の門柱に掲げられた大きな日章旗を感慨深そうに五秒ほど見つめると、一歩一歩踏みしめるようにして実家の玄関に入っていった。

＊

パナマ帽を被り、麻の白い背広を着た二人組の男が自宅を訪ねてきたのは一週間前のことだった。

ちょうど夕食の支度時で母親が手を離せないため父親が応対に出、俊夫もその後に付いていった。玄関に立つ二人は父親だけに軽く一礼した後、右側に立つ背の高い男が「陸軍省の者だ」と告げ名刺を差し出した。

その途端俊夫は息を呑んだ。出征中の兄・繁之が戦死したと思ったからだ。それは父親も同じらしく、名刺を持ったまま顔を露骨に強張《こわば》らせて絶句した。

しかし男達は落ち着いていた。まるで父親の反応を予期していたように穏やかな笑みを浮かべると、左側に立つ背の低い男が「心配無用。子息は無事だ」と静かに言った。

男達の話はこうだった。

一年一ヶ月前、南方ナムール国の山間部で抗日ゲリラ組織ルミン・シルタの掃討作戦を展開していた某中隊は敵前渡河を敢行、激しい銃撃を受けながらも対岸に到達しトーチカ三基を破壊、ゲリラ兵三十二名を殺害して攻略上の要所を制圧した。しかしその際味方部隊にも戦死者四名、戦傷者二十七名が出ており、その二十七名のうちの一人が戸田繁之一等兵だった。

渡河直後、飛来した迫撃砲弾が至近距離で炸裂《さくれつ》、飛散した破片が繁之の右側頭部及び右顔面を直撃して重体となった。衛生兵によって応急処置をうけた後、近くの叢林《そうりん》内に急設された野戦病院に搬送されたが、出血が激しく一時は絶望視された。しかし繁之はベテラン軍医も驚くほどの驚異的な生命力と回復力を発揮し、生死の境を何度となく彷徨《さまよ》いながら生き続けて二日後には覚醒《かくせい》した。

その後トラックで十二キロ後方の兵站《へいたん》病院に移送された繁之は、点滴を受けながら更に驚異的な回復をとげ、僅《わず》か二ヶ月後には手足の麻痺《まひ》等の後遺症もみられることなく、松葉《まつば》杖《づえ》なしで通常の直立歩行が可能となった。

その驚異のクランケの奇跡の回復は部隊の軍医達の間で評判となり、すぐに四十五キロ後方の市街地にある陸軍病院に伝わった。そこからさらに電信によって百五十キロ後方に位置するナムール国の首都・カノアの陸軍師団司令部に打電された。そして当直の電信兵から詳細な報告を受けた司令部の参謀達はみな、驚異のクランケに強い興味を示した。

なぜなら繁之の見せた奇跡の回復は、陸軍技術本部から要請を受けていた機斥―三型用試体の必要条件を見事に満たしていたからだ。

繁之はすぐに師団司令部に呼ばれ、そこで軍医達によるさらなる精密検査を受けた後、初の機斥試体第一甲種合格と判定された。そのため翌日には海軍の大型飛行艇に急遽《きゅうきょ》搭乗して即刻内地送還となった。

　繁之は帝都郊外にある陸軍技術本部戦略機動研究所に収容されると、世界最高レベルの知識と技術を併せ持つ帝大医学部の教授陣によって極秘裏に人体改造手術を受けた。そして術後は改造を施された肉体各部の調節・改良を繰り返し、十一ヶ月が経過した今月上旬、ついに機斥—三型の試作機は完成した。

「心配無用。子息は無事だ」

　左側に立つ背の低い男が、また静かに言った。

　父親はそこでようやく貰《もら》った名刺をワイシャツの胸ポケットに入れると、男の話を反芻《はんすう》するように十秒ほど虚空を見つめてから顔を上げた。

「……それで息子は、繁之は、一体何になってしまったんでしょうか？」

　父親は不安気な声で訊《き》いた。それは傍らで話を聞いていた俊夫にとっても最大の疑問だった。「キセキ—サンガタ」が一体何を意味するのか見当もつかなかった。

　父親の問いかけに対し、右側の背の高い男が「軍の極秘事項のためそれは言えぬが」と前置きした後、戸田繁之一等兵は超特例により七階級特進という陸軍初の栄誉に浴し少尉に昇級した。こんなに目出たいことはない、と感心したように述べた。続いて左側の背の低い男が「確定はしていないが」と前置きした後、戸田繁之一等兵改め戸田繁之少尉は今月中に、一時的ではあるがこの実家へ戻るであろうと述べた。そしてわざとらしく大きく咳払《せきばら》いをして声を潜めると、「繰り返すが子息の件は軍の極秘事項である。絶対に口外せぬように」と厳命した。父親は丁寧な言葉で絶対口外しないことを約束し、促すような目でこちらを見た。俊夫は大の大人をも怯《おび》えさす陸軍省の絶大な権力におののきながら、掠《かす》れた声で同じ言葉を繰り返した。二人の男は顔を見合わせて納得したように頷《うなず》くと、無言で立ち去っていった。

翌日、今度は陸軍技術本部の技師五名を引き連れた憲兵曹長がやって来た。

そして応対に出た母親に「戸田繁之少尉殿は五日後の夕刻に帰宅することとなった」と告げ、その準備のために自宅二階の繁之の自室に入り、二時間ほど掛けて生命を維持するために必要な機械類を設置した。

憲兵達が帰った後、母親は嬉《うれ》しさのあまり声を上げて泣いた。父親から一通りの事情を聞いてはいたものの、あまりに唐突で現実離れした話に半信半疑だった。しかし兄の部屋に設置された最新鋭の機械類を見て初めて、我が子が戦地から生きて帰ってきたのだと実感することができたからだ。

＊

憲兵や陸軍技術本部の技師達から説明を受け、ある程度覚悟はしていたつもりだった。

しかし帰還した繁之がもう以前の兄ではないことを知り、俊夫は強い衝撃を受けた。

両親と共に実家の居間に入り、卓袱台《ちゃぶだい》のいつもの席に敷かれた座布団に正座した繁之は戦闘帽を脱ぎ、黒い色眼鏡と黒い菱形《ひしがた》のマスクを外した。

同時に両親の口からくぐもった呻《うめ》き声が漏れた。

繁之の頭蓋《ずがい》は、銀色に輝く金属の半球で覆われていた。それは戦車兵が被《かぶ》る戦車帽に良く似た形態をしていた。同じく破片の直撃を受けた顔面の右半分も、銀色の艶《つや》のある金属が能面のように覆っていた。衝撃で破裂したと聞かされていた眼球部分には直径三センチほどの穴が開けられ、中には光学装置とみられる円形の赤いレンズが嵌《は》め込まれていた。頭蓋の頭頂部には長さ五センチほどの、笹の葉によく似た鋭利な金属片が突き出ていた。それは約四十五度の角度で後方に傾斜していた。

俊夫はぽかんと口を開け、呆《ほう》けたように改造を施された繁之の相貌《そうぼう》を見つめた。無傷で残った顔面の左半分は以前の繁之のままだったが、その切れ長の一重の目にはぼんやりとした白い光が浮かんでいた。川面《かわも》に映る淡月のようなそれは「右目」のレンズの表面に浮かぶ光と同質であり、繁之の精神が根幹から激変してしまったことを明示していた。端的に言うと人間の感情というものが外科的処置により、可能な限り削除されているのが見て取れた。

「陸軍機動斥候《せっこう》兵──三型改。これが自分の軍での正式名称だ。通常は短縮して機斥兵と呼ばれている」

繁之は抑揚の無い声で言った。それは戦時下に淡々とニュースを読み上げる、ラジオの放送員のような口調だった。

「機斥兵とは文字通り、より迅速で活発な斥候を可能にするために開発された特殊兵器の一つだ。斥候の主目的は常に捜索と偵察である。具体的に言えば敵の情況と、位置する地表の形態を把握することであり、それらの情報をこのカメラが捉《とら》えた映像として……」

繁之は前を向いたまま自分の「右目」を指さした。両親と俊夫は思わず身を乗り出して凝視した。同時にレンズが微《かす》かな音を立てて素早く前後し、自動的にピントを調節するのが見えた。

「……瞬時に部隊司令部に設置された受像機に送信するのだ。つまり指揮官はその場にいながら敵陣の様子をより迅速により明快に理解することができ、最短の思考時間で次の命令を発することが可能になる。つまり機斥兵とは『究極の斥候兵』の別称であると認識していただきたい」

繁之は「右目」を指していた指を下ろした。

説明を聞き終えた両親は大きな溜息《ためいき》を吐いた。そして互いに顔を見合わせると「たまげたなぁー……」と呟《つぶや》くように言った。それは長男の出世に感心しているようにも、長男だった男の異形に怯えているようにも見えた。

不意に繁之がこちらを向いた。同時に「右目」の赤いレンズが前後して自動的にピントを合わせた。俊夫は反射的に目を伏せた。頭では兄だと理解していたが、その異様な風体を見ていると肉親だという想いは微塵《みじん》も湧いてこなかった。

「俊夫、何か質問はあるか？」

繁之が、またラジオの放送員のような抑揚の無い声で言った。

「いえ……、ありません」

俊夫は目を伏せたまま頭を左右に振ったが、勿論《もちろん》嘘だった。なぜ「右目」のカメラが捉えた映像をそのまま司令部に送ることができるのか見当もつかなかった。しかし十二歳の気弱な少年にとっては機斥兵に対する好奇よりも恐怖と嫌悪の方が遥《はる》かに強く、質問できるだけの勇気は持っていなかった。

「そうか、ないのならよい」

繁之は静かに言い、左腕に巻いた腕時計を一瞥《いちべつ》した。そして両親の顔を交互に見ると「もうすぐ二一〇〇《フタヒトマルマル》なので就寝します」と言い、座布団からすっくと立ちあがった。

「……明日《あした》は何時に起きるんだい？」

母親が戸惑ったように訊いた。

「〇五〇〇《マルゴーマルマル》に自動的に目覚めますのでお気遣いなく」

繁之は低く答えた。

その言葉に俊夫は戸惑いを覚えた。

究極の斥候兵である機斥兵が、一般の兵と同じく起床ラッパの鳴る午前五時に起床し、消灯ラッパの鳴る午後九時に就寝することが酷《ひど》く滑稽《こっけい》なものに感じられた。同時にその最新鋭の「機体」から放たれていた禍々《まがまが》しい威光が、急に薄らいだような気がした。

「では、これで……」

繁之は背筋を伸ばし、両親と俊夫に素早く敬礼した。そして踵《きびす》を返して歩いていくと、襖《ふすま》を開けて居間から出ていった。

2

翌朝、俊夫はいつものように午前六時に起床した。

布団をきれいに畳み、寝巻きを脱いで学生服に着がえて部屋を出た。そこは板張りの廊下の突き当たりで、左側には繁之の私室と両親の寝室、小さな納戸が続き、その先に居間に通じる戸があった。

俊夫は足音を忍ばせて繁之の私室の前を通った。そこで閉められた障子に数センチほどの隙間があることに気付いた。

五秒ほど逡巡《しゅんじゅん》した後、俊夫はそっと中を覗《のぞ》いた。

薄暗い六畳の室内はしんと静まり返っていた。昨夜の言葉通り午前五時に自動的に目覚めたらしく、中央に置かれた鉄製の寝台に繁之の姿は無かった。それは陸軍技術本部の技師が設置した特殊なもので、上部と中央の左右、そして下部から先端にプラグが付いた電気線が二本ずつ伸びていた。それらは繁之の頸部《けいぶ》、胸部、足底部にあるそれぞれのソケットに差し込まれ、一晩掛けて充電するためのものだった。そのため背後には発電機も兼備した箪笥《たんす》ほどの大きさの生命維持装置が設置され、前面には飛行機の操縦席のように幾つもの丸い計器がびっしりと配されていた。

廊下を進んで居間に入ったが繁之の姿は無かった。

卓袱台の上座の席で座布団に胡坐《あぐら》をかいた父親が朝刊を読んでいるだけだった。俊夫は台所から漂ってくる豆腐の味噌《みそ》汁の匂いに強い空腹を覚えながら歩いていくと、家の南側に連なる縁側に出た。

繁之は垣根に囲まれた、三十坪ほどの庭の中央に立っていた。

あの少尉の軍服を着、戦闘帽を目深に被って晴れ渡った空を見上げていた。

俊夫は縁側に腰を下ろすと、無言でその後ろ姿を見つめた。慣れたのか、あるいは朝の眩《まばゆ》い陽光を浴びているからなのかは不明だが、機斥―三型改の「機体」に昨夜ほどの恐怖と嫌悪は感じなかった。

繁之はそのまま微動だにすることなく五分ほど空を見上げていたが、やがて目を伏せるとゆっくりとこちらを向いた。

「おはよう」

繁之は抑揚の無い声で言った。

「……おはようございます」

俊夫は小声で返事をし、一礼した。繁之も軽く頷《うなず》くと、静かな足取りで歩いてきて眼前で立ち止まった。

「今日は一〇〇〇《ヒトマルマルマル》頃に雨が降る。でも驟雨《しゅうう》だから大丈夫だ」

繁之はまた抑揚の無い声で言った。俊夫は思わず訳を尋ねようとしたが、その「右目」を見て止めた。眼窩《がんか》に内蔵された赤いレンズは世界最先端の技術の粋を集めたものであり、敵陣の映像を瞬時に部隊司令部に送るという神業を可能にしていた。それを考慮すれば、数時間後の天候の予想など造作もないことだと気付いたからだった。

「昨日は省略したが、ここに内蔵されているのは電子式テレビ撮像機の極小型だ」

俊夫の視線に感づいたらしく、繁之が自分の「右目」を指さした。

「去年の夏に陸軍技術本部が世界で初めて開発に成功したもので、部隊内では『燕眼《えんがん》』と呼ばれている。この『燕眼』のレンズで捉えた映像を撮像機内で電子信号に変換して、このアンテナから送信する」

繁之は、今度は頭頂部から突き出た五センチほどの、笹の葉に似た金属片を指さした。

「それを司令部に設置されたアンテナが受信して同調装置が読み取り、映像信号に変換して受像機に導くことにより、その画面に同じ映像を映し出す。同時に右の外耳道内に埋め込まれた極小の無線機を通し、指揮官と直接会話をしながら命令を拝受する。機斥一三型改はそれに従って縦横無尽に、且つ臨機応変に機動することができる。ちなみに先ほど天候の変化を予測したのも、この『燕眼』が捉えた上空の映像を司令部の観測員が画面上で観測し、導き出した予測を無線機で伝えてきたのだ」

「……す、凄《すご》いですね」

俊夫は低く呻《うめ》くように言った。繁之が述べたことは昨夜疑問に感じたことだったが、ほぼ全てが理解不能だった。しかし脳に突き刺さるような鋭い語感を持つ、最先端の専門用語の数々に俊夫は痺《しび》れていた。雑誌で読んだ空想科学小説の世界が密《ひそ》かに現実化していたことを知り、衝撃でぐらぐらと眩暈《めまい》がした。

「軍事機密だから口外するなよ……と言っても、六年生の貴様にはあまりにも難し過ぎて説明の仕様がないがな」

繁之は抑揚の無い声で言うと再び上空を見上げ、小さく息を吐いた。

＊

担任の杉山《すぎやま》先生が教壇に立つと、ロイド眼鏡を掛けた級長の英輔《えいすけ》が「起立っ！」と鋭い声で叫んだ。同時に六年一組の二十五名全員が椅子から勢い良く立ち上がり背筋をぴんと伸ばした。

杉山先生は一同を素早く見回し、小さく頷いた。

英輔が「礼っ！」と叫び、全員が上体を四十五度の角度に傾けて一礼した。杉山先生も軽く一礼し、顔を上げた。英輔の「直れっ！」「着席っ！」の声が続き、全員が一斉に椅子に腰を下ろした。

「みな、すでに知っているとは思うが、昨日戸田のお兄さんが御実家に戻られた」

杉山先生が七三に分けた白髪を撫《な》で付けながら穏やかな声で言った。その途端、生徒達の目が一斉にこちらに向けられた。授業の前に繁之の話が出ることはある程度予想していたが、実際こうして告げられるとあまりの照れ臭さに頬が紅潮した。俊夫は全身に熱い視線を感じながらどうしていいか分からず、目を伏せた。

「戸田のお兄さん、つまりみんなの大先輩でもある戸田繁之さんは出征先のナムール国で勇猛果敢に戦い、怨敵《おんてき》ルミン・シルタを粉砕する大活躍をした。その結果名誉の負傷兵となり、そこでその常人離れした強靭《きょうじん》な肉体が認められて内地送還となった。これ以上は軍事機密となるので省略するが、その結果陸軍初の機斥兵になられ、同時に陸軍初の七階級特進で少尉にもなられたのだ」

杉山先生はそう言うと目を閉じ、心の底から感心したように大きく静かに息を吐いた。

俊夫はその姿を見つめながら、やっぱりそうかと胸中で呟《つぶや》いた。

今は戦時下であり、軍に関することで少しでも重要だと判断されれば全て軍事機密、あるいはそれに類する事項と見なされ、一般市民には決して知らされないことになっていた。

しかしそれはあくまでも建て前であり、軍属や軍と繋《つな》がりのある業者から密かに口伝《くちづ》てで漏れ出し、一週間もしない間に町中の人々の噂になるのが常だった。ましてや前代未聞の『機斥兵』と『七階級特進』では、憲兵が拷問すると脅しても漏洩《ろうえい》を阻止することなど絶対に不可能だった。

杉山先生はゆっくりと目を開けると、また一同を見回した。

「諸君、こんなに誇らしいことが他にあるだろうか？　こんなに喜ばしいことが他にあるだろうか？　まさに戸田少尉殿は日本の誉れであり、本校の誉れである。そして在校生は勿論《もちろん》、これから在校生となる全ての子供達の理想となり目標となられたのだ。諸君、その偉大なる大先輩の血を引き、幼い頃からその薫陶を受けて育った俊夫君に、我々の少尉殿に対する限りない畏敬《いけい》の念を今ここで示そうではないか」

杉山先生はこちらを見るとにっこりと笑みを浮かべ、大きな拍手をした。すぐに他の生徒達もこちらを向いて大きな拍手をした。彼らの目には一様にきらきらとした光が浮かんでおり、繁之の弟である自分に対して憧《あこが》れにも似た感情を抱いているのが分かった。

しかし俊夫は喜悦の代わりに戸惑いを覚えた。物心付いた頃から地味で無口な性格のため、どこにいても常に『脇役』に徹した十二年の人生を送ってきた。それはいつしか常態化して日常の風景となり、決して目立たないという自分の存在に安らぎに近いものを感じていた。

それが突然覆り、教室中の注目を集める『主役』になったことで酷《ひど》く落ち着かない気分になった。

俊夫はどうしていいか分からず、また目を伏せた。

＊

一時限目の授業が終わると、生徒達が俊夫の席の周りに集まってきた。そして口ぐちに繁之の異例の大出世を誉めそやし、親しげに肩を叩《たた》いた。俊夫は戸惑いながらもその度に笑みを浮かべ、「ありがとう」と小声で礼を言った。

「おう、おめぇの兄様、凄《すげ》ぇじゃねぇか」

不意に背後で野太い声がした。その途端心臓がどくりと鳴り、俊夫は反射的に振り向いた。そこには思った通り鷲宮鉄成《わしみやてつなり》が立っていた。その左右にはいつものように精一《せいいち》と謙作《けんさく》を付き従えていた。

「一等兵が少尉殿だもんな、いやいや大したもんだ」

鉄成は妙に芝居掛かった口調で言うと、右の口角を吊り上げてにやりと笑った。その岩のようにごつい体も、嗜虐《しぎゃく》と蔑《さげす》みに満ちた笑い顔も、地元の名士であり町長でもある父親の鉄定《てつさだ》にそっくりだった。

「あ、ありがとう。鉄成君に褒められるなんて光栄だよ」

俊夫はいつ平手が飛んでくるかとびくびくしながら、できうるかぎり穏やかな声で答えた。

「でもよ、なんでおめぇの兄様はあんなに回復が早いんだ？　大体あの驚異のクランケとかいう噂話は本当のことなのか？」

鉄成はまた芝居掛かった口調で言うとわざとらしく首を傾げ、左右に立つ子分を見た。

精一と謙作は大きく頷きながら「あの噂話は嘘じゃねぇのか」「あの噂話は嘘かもしれん

ぞ」と早口でまくし立てた。

「初の七階級特進でよ、確かに目出てぇことだとは思うけどよ、やっぱ常識で考えるとどうしても納得できねぇんだよな。もしかしてよ、もしかしてだけどよ、戦意高揚のために軍がでっち上げたホラ話じゃねぇのか？」

鉄成はねっとりと絡みつくような口調で言い、ぐっと顔を寄せてきた。

俊夫はびくりとして肩を竦《すく》めたが、意外にも平手は飛んでこなかった。やはり鉄成といえど、本校の大先輩の弟には手出しできないようだった。

「いや、ホラ話ではないと思うよ」

席の左側から声がした。

見ると級長の英輔が生徒達の間から前に進み出た。

「いわゆる逆境を体験すると、時として人間はあり得ないような底力を発揮する場合がある。よく火事場の馬鹿力っていうだろ？　あれを何百倍も強力にしたものだと思ってほしい」

英輔は静かに言い、ロイド眼鏡を指で押し上げた。同じ十二歳の少年ではあったが、父親が近隣の医科大学の教授であり、軍人や政治家とも深い繋がりがあるため、いつもその言葉には異様な説得力があった。特に今回は驚異のクランケに関する論評であるため、周囲を囲む生徒達はみな固唾《かたず》を呑《の》んで英輔を見守った。

「特に戦場という究極の逆境を経験した場合、追い詰められた人間の精神は究極の底力、つまり奇跡を起こすことがある。君達は自然寛解という言葉を知っているか？　これは原因不明だけど、重い病がいつの間にか治っていることを指す医学用語なんだ。これが時として外傷、つまり怪我に対しても起こる場合がある。戦場における機械的外傷、少尉殿の場合は迫撃砲弾の炸裂《さくれつ》による多発性の銃傷だったけど、究極の底力によって細胞の再生能力が飛躍的に向上することにより、そういった際の骨折や関節の損傷、臓器障害なんかが、満足な処置を受けていないにも拘《かか》わらず見る間に治癒してしまう兵が、極めて稀《まれ》にではあるけれど実在するんだ。ちなみに僕の父様は現在、南方で爆撃に遭い両足を吹き飛ばされた後、たった二ヶ月で左右の脛骨《けいこつ》と腓骨《ひこつ》が膝下《ひざした》から二十センチ近く自然再生されたクランケを担当している。あ、これも一応軍事機密だから他言しないようにね」

　英輔はそう言うと、また眼鏡を指で押し上げた。

　同時に周囲の生徒達から「ほぉぉ……」という感嘆の声が上がった。

「なるほど、おめぇが言うんだから間違いはねぇな。そうか、そういうことか、火事場の馬鹿力の何百倍もの凄ぇことが起きて、死ぬほどの怪我が治んのか。いやぁー、知らんかったなぁ」

　鉄成は驚いたように言うと一人で何度も頷《うなず》いた。ついさっきまで敵意を剝《む》き出しにして絡んできた、町長の馬鹿息子の姿は跡形もなく消えていた。俊夫は六年一組における、英輔の影響力の凄《すご》さを改めて実感した。

「だから戸田少尉殿も、極めて稀にではあるけれども実在する驚異のクランケだったという訳さ」

英輔は俊夫を見て、微《かす》かに口元を緩めた。

俊夫は一組の、というか学校一の秀才に庇《かば》ってもらえたことが嬉《うれ》しくて堪《たま》らず、思わず涙ぐみそうになった。

「……英輔君、ありがとう」

俊夫は言葉に詰まりながら言うと、深々と頭を下げた。

さすがに気まずいと思ったらしく鉄成が唐突に話題を変え、左右に立つ子分達を見た。

「そ、そういやぁ明日《あした》、サーカスが来るな」

精一と謙作は大きく頷きながら「サーカスが来るんじゃねぇのか」「サーカスが来るかもしれんぞ」と早口で言った。

それは事実だった。明日の土曜日は、午後六時から町の公民館の円形広場で紅十字《べにじゅうじ》サーカスによる、年に一度の興業が開かれる日だった。それに先立ち午後一時より、町の大通りをサーカス団が動物達を引き連れて行進することになっていた。

「明日の行進の警備に、少尉殿も配備されるらしいぞ」

誰かが思い出したように言った。

途端にわぁっと歓声が上がり、みな俊夫を見た。

「おめぇ、そうなのか？　明日おめぇの兄様も行進の警備につくのか？」

鉄成が目を見開いて顔を近づけた。

「いや、知らないよ。今朝会った時も、何も言ってなかったし……」

俊夫は驚きながら途切れ途切れに答えた。一つ屋根の下で暮らす実弟がそんな重要な事を知らされぬ訳はなく、絶対に誤報だと思った。

「その警備の話は本当だよ」

英輔がまた静かに言った。

途端にまたわぁっと歓声が上がった。それは一度目よりもさらに大きかった。

「なんで弟が知らんのだ？」

鉄成が怪訝《けげん》な顔をして英輔に訊《き》いた。

「少尉殿、というか兵士はみんなそうだけど、自分の任務を決して家族には口外するなと厳命されている。だからそれは当然のことさ。でも父様は大学病院で色んな負傷兵を担当しているから、その関係で軍の上層部からそういった話が密《ひそ》かに漏れてくる。だから俊夫君が知らないのは、少尉殿が軍紀に忠実だという何よりの証拠だよ」

英輔は俊夫と鉄成の顔を交互に見た。

「そうか、俊夫の兄様は本当に軍人の鑑《かがみ》なんだなぁ、凄ぇなぁ」

鉄成が大きく何度も頷きながら感心したように言った。その目にはいつの間にか他の生徒達と同じくきらきらとした光が浮かんでいた。俊夫はその信じ難い光景を額面通りには受け入れられず、これが夢なのか現実なのか判別がつかなくなった。

黒板の上に設置された拡声器から二時限目の予鈴が流れ出した。

生徒達は興奮冷めやらぬまま、それぞれの席に戻っていった。そして全員が着席し、ようやく教室の中が落ち着きを取り戻した時、誰かが「雨だ」と叫んだ。

俊夫は南側の窓越しに広がる校庭を見た。

晴れ渡っていた上空にはいつの間にか鈍色《にびいろ》の雲が掛かり、一面に雨粒が落ちていた。典型的な驟雨《しゅうう》で、すぐにやむのが見て取れた。

俊夫はハッとして壁の時計を見た。針は午前十時ちょうどを指していた。

＊

午後三時半に自宅に帰ると、繁之は今朝と同じく垣根に囲まれた庭にいた。上体を屈《かが》めて辺りを窺《うかが》うように見回しながら、何か小声でぶつぶつと呟《つぶや》いていた。

それは機斥兵にとっての、斥候訓練のように見えた。

俊夫は布鞄《ぬのかばん》を下ろして居間の卓袱台《ちゃぶだい》の上に置くと、歩いていき縁側に出た。

同時に繁之がこちらを見た。その途端、「右目」の赤いレンズが素早く前後して自動的にピントを調節した。繁之は上体を屈めたまま忍び足で歩いてきて眼前で立ち止まった。

「十二時の方向、距離五・一メートル……邦人、男児、非戦闘員……安全確認、終了。……はっ、視界良好であります」

繁之は低く呟き、小さく頷いた。

それを見た俊夫は今朝の繁之の話を思い出した。『燕眼《えんがん》』が捉《とら》えた映像を見ている司令部と、外耳道内に埋め込まれた極小の無線機を通して会話しているようだった。

「はっ……そうであります……俊夫であります……戸田俊夫であります」

繁之はこちらを見ながら、また低く呟いた。

俊夫の心臓がどくりと鳴った。繁之の「右目」を通して受像機に映った自分の姿を、誰かが見ていると知ったからだった。

「十二歳でありまして……六年生で……はっ、確かに目元の辺りが良く似ていると言われますが……はっ、でもそれは……はっ、申し訳ございません……はっ、命令を遂行いたします……では、少々お待ちください」

繁之は数回頭を下げると顔を上げてこちらを見た。

「俊夫、鳴海《なるみ》大尉殿が今、受像機の画面を通して貴様を見ておられる。大尉殿に挨拶《あいさつ》をせい」

「えっ……」

俊夫は絶句した。それは司令部の斥候部隊の指揮官に違いなく、自分のような小学生にとっては、その姿を肉眼で見ることすらおこがましい雲の上の存在だった。俊夫は緊張のため顔が強張《こわば》るのを覚えながら、「……できません」と微かな声で囁《ささや》いた。

「馬鹿者っ！」

繁之が怒鳴った。俊夫の肩がびくりと大きく震えた。

「これはれっきとした軍事訓練だ！　恥ずかしがっている場合か！　さっさと挨拶せんか！」

「はっ……」

俊夫は反射的に叫び、背筋を伸ばした。学校の軍事訓練でもここまで怒られたことは無く、緊張のあまり頭の中が真っ白になるのが分かった。

「……と、戸田俊夫でありますっ。よろしく、お願い申し上げますっ」

俊夫は露骨に上擦った声で叫び、震える右手で敬礼した。

繁之は「右目」の燕眼でその姿を捉えながら五秒ほど沈黙していたが、やがて「はっ、ありがとうございます。兄として光栄です」と叫び、深々と一礼した。

「俊夫、もうすぐ晩御飯だよ」

不意に背後で声がした。振り向くと割烹着《かっぽうぎ》を着た母親が、右手にお玉を持って立っていた。繁之はすかさずそちらに「右目」を向け、ゆっくりと前進した。

「十一時の方向、距離四・五メートル……邦人、成人女性、非戦闘員、右手に調理器具を一点所持……安全確認、終了。……はっ、引き続き視界良好であります」

繁之はそう告げるとまた五秒ほど沈黙したが、やがて突然上体を起こして背筋をぴんと伸ばし、前方の虚空を凝視した。

「はっ、了解いたしました。本日の市街戦第一種斥候訓練を、一七〇〇《ヒトナナマルマル》をもって終了いたしますっ」

繁之は叫び、右手で素早く敬礼した。

「まったく、少尉さんになったらなったで色々と大変だねぇ」

母親がひどくのんきな口調で言った。

「兄様は一日中訓練をしていたのかい？」

俊夫は振り向いて訊《き》いた。

「そうだよ、昼過ぎには屋根に上って司令部のお偉いさんとしきりにやりとりしていたし。機斥兵とは言っても人間の部分もいっぱい残っているから、落っこちて怪我でもしないかと冷や冷やしちゃったよ」

母親は口元を緩めると、右手に持ったお玉をおどけたように振った。

訓練を終了した繁之がゆっくりとした足取りで戻ってきた。そして縁側に腰を掛けると、手拭《てぬぐ》いで額の汗を拭い始めた。その後ろ姿を見ているうちに、俊夫は学校で聞いた英輔の言葉を思い出した。

「……兄様、明日のサーカス行進の警備に配備されるって本当ですか？」

俊夫は思い切って訊いた。

繁之は額の汗を拭いながらこちらを見た。

「知らん」

繁之はぽつりと呟き、また前を向いた。

（俊夫の兄様は本当に軍人の鑑なんだなぁ）

耳の奥で鉄成の感心したような声が蘇《よみがえ》った。俊夫はそれが事実だと知って嬉《うれ》しくなり、にんまりと笑みを浮かべて傍らに立つ母親を見た。

「なんだい、この子は？」

母親は怪訝な顔で言うと、不思議そうに首をひねった。

3

紅十字サーカスの行進は予定通り、午後一時ちょうどに開始された。

南北に二キロほど続く町の大通りの沿道には、途切れることなく見物人が連なっていた。手に手に日の丸の小旗を持った彼らは、みな目を輝かせてその通過を待っていた。

俊夫は通りのちょうど真ん中にいた。

大きな十字路が四方に延び、その西側にある路面電車の停留所前に立っていた。周囲には級友達が群れており、俊夫の右隣には鉄成と精一、謙作が、左隣には英輔の姿があったが、辺りは興奮した人々のざわめきに包まれてまともに話ができる状態ではなかった。

一時十分を経過した頃、大通りの南端から出発したサーカス団の一行が十字路に進入してきた。動物達を見物させるためかその速度は牛車のように緩慢で、普通に歩いても楽に並走できた。

周囲からワアッと歓声が上がり、人々はこぞって通りに身を乗り出した。俊夫も前後左右から押されながら、必死に背伸びをして一行に目を向けた。

先頭は四頭の白馬だった。その後を三頭のインド象、四頭のシマウマ、三頭のキリン、五匹のチンパンジーが続き、最後は口に鉄製の口輪を付けた二頭のマレーグマだった。

警備の兵は五名いた。先頭の白馬の左右に二人、最後尾のマレーグマの左右に二人でみな憲兵であり、真ん中のキリンの右隣に残りの一人である繁之がいた。今日は南方用の迷彩服を着、頭に白い鉢巻を巻いていた。その前面には墨で『尽忠報国』と書かれており、注目を集める機斥兵を『広告塔』にした戦意の高揚も行われていた。

行列と共に繁之が接近してくると周囲の級友達が口ぐちに「少尉殿！」「少尉殿！」と叫び出した。それは銀幕のスターに対するものと同じく熱狂的なもので、中には興奮のあまり涙ぐむ者もおり、俊夫は改めて母校の『大先輩』の偉大さを思い知った。

紅十字サーカスの一行は停留所の前をゆっくりと通過していき、やがて三頭のキリンと繁之も眼前に来た。さらに高まる歓声の中、俊夫は聞こえるはずがないと思いながら「兄様！　兄様！」と二回叫んだ。すると意外にも繁之はちゃんとこちらを向き、俊夫の目を見て大きく頷《うなず》いた。俊夫は驚きのあまり唖然《あぜん》としながら、機斥兵の機能として頭蓋《ずがい》のどこかに極小の集音装置のようなものが埋め込まれているのだと推測した。

行列は相変わらず牛車のような速度で前進し、やっと最後尾の二頭のマレーグマが眼前に来た。

俊夫がこれで終わりだと思った時、不意に至近距離で火薬が弾《はじ》ける甲高い音が響いた。同時に二頭のマレーグマが威嚇するような咆哮《ほうこう》を上げ勢い良く棹立《さおだ》ちになった。左右に付いていた二名の憲兵が仰《の》け反《ぞ》るようにして後ずさった。女の悲鳴が響いた。子供の叫び声がそれに重なった。沿道に詰めかけた人波がどっと後方に動いた。

銃声ではなかった。花火の類《たぐい》だとすぐに分かった。しかし響き続ける悲鳴とマレーグマの咆哮に人々はパニックに陥った。俊夫はまた前後左右から押されてバランスを崩した。両手で均衡を取ろうとした時子供が足にしがみついてきた。俊夫は「わっ」と叫んで転倒し沿道に仰向《あおむ》けになった。その胸を数人が踏みつけて逃げていった。

「撃て！」

どこかから怒声が上がった。すぐにダンッという腹に響く銃声が響いた。前方で黒くて大きなものが音を立てて倒れた。俊夫は顔を上げた。一頭のマレーグマが路上に横倒しになり、その傍らに自動拳銃《けんじゅう》を構えた憲兵が立っていた。

「撃て！」

また怒声が上がった。次の瞬間その憲兵の背後からもう一頭のマレーグマが前足を振り上げて襲いかかった。幾つもの甲高い悲鳴が上がった。鋭い爪は憲兵を一撃で打ち倒した。

「この野郎！」

もう一人の憲兵が叫び自動拳銃を抜いた。安全装置を外して銃口をクマに向けた。

「やめろ！」

声がした。張りのある明瞭《めいりょう》な声だった。続いて左側から一人の男が飛び出してきた。繁之だった。憲兵の右腕を素早く摑《つか》み、中段に構えた自動拳銃を左手で軽々と奪い取った。

「なにをするんですか!」

憲兵が顔を引き攣《つ》らせて叫んだ。

「動物に罪はない。殺すな」

繁之は抑揚のない声で言い、拳銃を路上に投げ捨てた。そして尚も叫ぼうとする憲兵を睨《にら》みつけて「どけっ!」と一喝した。その声に憲兵も周囲の見物人も一瞬で静まり返った。仰向けになった俊夫も呆《ほう》けたように眼前の光景を凝視した。

憲兵は無言のまま、命令通り後退した。

繁之は後ろ足で立ち上がったマレーグマと一対一で対峙《たいじ》した。

クマは興奮の極みにあった。鉄製の口輪を付けた半開きの口から涎《よだれ》を垂らしながら、ハァハァと荒い呼吸を繰り返した。その小さくて丸い双眸《そうぼう》には油膜のようにギラついた光が浮かんでいた。

繁之は無表情だった。能面のような顔でクマを静かに見据えたまま、右足をすっと一歩前に出した。

五秒ほどの沈黙があった。

次の瞬間クマが動いた。地鳴りのような唸《うな》り声を上げると巨体を丸めて突進した。同時に繁之も動いた。くるりと後ろ向きになり膝《ひざ》を曲げて右足を引いた。その上から突進するクマがのしかかった。繁之は「ハッ」と叫び右足を思い切り突き出した。空手の後ろ蹴《げ》りだった。踵《かかと》がカウンターでぶよついたクマの腹にめり込んだ。衝撃で巨体がくの字に折れ、口から涎が飛び散った。クマは苦しげに呻《うめ》きながら、ゆっくりと尻餅《しりもち》をつくように倒れた。

一呼吸ほどの沈黙の後、沿道から割れんばかりの歓声が一斉に上がった。早慶戦の神宮球場のような大歓声だった。みな顔を上気させながら手にした小旗を打ち振って雄叫《おたけ》びを上げていた。

俊夫は声が出なかった。

一秒も隙の無い完璧《かんぺき》な間合いと、たった一瞬で相手を倒した完璧な後ろ蹴りに、剣豪同士の真剣勝負を見たような異様な高揚を覚えた。そして自分はあの『英雄』の実弟なのだと思った途端、あまりの誇らしさに手足が小刻みに震え出した。

「負傷者を運べ」

繁之が列の前方に向かって叫んだ。すぐに先頭から二人の憲兵が駆けてきて倒れた仲間を抱き起こした。最初にクマの一撃を喰《く》らった憲兵だった。後頭部が縦に裂け、白い後頭骨が露出していた。出血が酷《ひど》くて一人では歩けないらしく、両脇を抱えられて沿道に引き摺《ず》られていった。

「この野郎」

残った憲兵が呻くように言い、前に出た。先ほどクマを射殺しようとした者だった。

いつの間にか繁之に奪い取られた自動拳銃を右手に構えていた。

「この野郎」

憲兵はもう一度繰り返すと、銃口を再びクマに向けた。

「やめんか」

繁之が素早くその前に立ちふさがった。

「やめません」憲兵は鋭い目で繁之を睨んだ。「やられたのは自分の同年兵で、三年間同じ部隊で一緒にやってきた親友です。それをあの畜生にむざむざと蹂躙《じゅうりん》されたのです。やらせてください少尉殿！」

「貴様、それではルミン・シルタと同じではないか」

繁之が静かに言った。憲兵は一瞬何かを言いかけたが、そのまま口をつぐんだ。

「ルミン・シルタは日本兵を殺す。殺す必要がなくても捕えれば必ず殺す。それもじっくりといたぶってなぶり殺すのだ。殺すのが楽しくて仕方がない、肉体を切り刻むのが楽しくて仕方がない。それがルミン・シルタなのだ。貴様も奴らみたいになりたいのか？　貴様もあんな風に無意味な殺生をして黒い愉悦を味わいたいのか？　貴様は帝国陸軍の軍人ではないのか？」

繁之は倒れたマレーグマを指さした。

「……すみません少尉殿、自分が間違っておりました」

憲兵は低い声で言い、拳銃を下ろした。

「それでいい。我々帝国軍は決してルミ……」

繁之がそこまで言った時、背後で巨大な影が動いた。憲兵が「わっ」と叫び、繁之が振り向いた。その瞬間、蘇生《そせい》したクマがその右の前足を振りおろした。繁之は咄嗟《とっさ》に身をひねった。沿道から悲鳴が上がった。ガッという鈍い音がし、繁之の右側頭部にその鋭い爪が突き刺さった。

「畜生！」

憲兵が拳銃を構えて引き金を引いた。腹に響く銃声が十字路に四回響き渡った。その全てを至近距離で被弾したマレーグマは巨体をゆっくりと前傾させ、そのままドッと重苦しい音を立ててうつ伏せに倒れた。

「少尉殿、大丈夫ですかっ！」

憲兵が叫んだ。

繁之は無言だった。爪の直撃を受けた際の衝撃で中腰になったまま、動かなかった。爪が突き刺さった右側頭部を覆う銀色の金属板には縦長の三つの穴が開き、中から黒い液体がたらたらと漏れ出ていた。

「少尉殿！」

憲兵がそう叫んで駆け寄ろうとした時、突然繁之が「ルミッ……」と呟《つぶや》いた。

憲兵は思わず立ち止まった。

繁之の体がゆっくりと動き出した。まず中腰のまま、尻をぐっと後方に突き出した。そして今度は左右の腕を水平にして前方にぐっと突き出すと、その指先をぴんと伸ばした。

繁之は顔を上げて前を向いた。

「ルミ……ルミ…、ルミルミルミルミルミルミ」

繁之は抑揚の無い声で同じ言葉を連呼した。

故障だ、と俊夫は胸中で叫んだ。クマの強烈な一撃を右側頭部に喰らったことで頭蓋《ずがい》に内蔵された機器類が破壊され、肉体の正常な統御がとれなくなっているのが一見して分かった。

繁之は尻と両腕を突き出したまま「ルミルミルミルミ」と連呼を続けた。ルミン・シルタと言いかけて言語機能が狂ったらしく、傷の付いたレコード盤のように同じ言葉をひたすら反復した。やがて迷彩ズボンからも黒い液体が染み出した。体内に積載された燃料が漏れ出したらしくたちまち股間《こかん》を真っ黒に染め、ボタボタと音を立てて地面に滴り落ちた。

「……あ、あの、少尉殿、大丈夫でありますか？」

憲兵が恐る恐る尋ねた。

繁之はその声に反応した。不意にこちらを向いて大きく頷《うなず》くと、尻と両腕を突き出したまま素早く爪先《つまさき》立ちになった。そして「ルミルミルミ」と連呼しながら左右の足を交互に素早く前後させ、小走りで前進を始めた。繁之は見る間に速度を速めていくと十秒ほどで全力疾走に移り、そのまま奇怪な砲弾のように大通りを南に向かって突進した。すぐに小さくなったその後ろ姿はアスファルトに立ち昇る陽炎《かげろう》の彼方《かなた》に呑《の》み込まれ、音もなく消えていった。

4

引き戸を開けて室内に入った途端、教室中がしんと静まり返った。

こちらを向いた生徒全員が無言で俊夫を見つめた。彼らの顔にはこれといった表情は見られなかったが、その目には露骨な好奇と侮蔑《ぶべつ》の色が浮かんでいた。

俊夫は無言で俯《うつむ》いた。予期していたとはいえ、やはりその視線には耐え難い恥辱を感じ、無理して登校したことを後悔した。

「あれ、あいつ、ルミルミ様の弟じゃねぇのか？」

不意に大声が響いた。途端にどっと笑い声が起きた。生徒達はみな手を叩《たた》いて大笑いした。俊夫の脳裏に一昨日《おととい》の繁之の醜態が鮮明に蘇《よみがえ》った。あれは事故だ、故障したんだと叫びたかったが、すんでのところでとどまった。こうなった以上、なにを言っても全てが『火に油』でしかなかった。俊夫は悔しさのあまり下唇を噛《か》みながら、上目遣いで前を見た。教室の窓際の席に座った鉄成がこちらを指さしてにやにやと笑っていた。

「なあ、あいつも黒い小便漏らしてブッ飛んでいくんかな？」

鉄成が左右に立つ子分を見た。精一と謙作は大きく頷きながら「ブッ飛んでいくんじゃねぇのか」「ブッ飛んでいくかもしれんぞ」と楽しそうに言った。

俊夫は下唇を嚙みながら歩いていった。とにかく今は耐えるしかなかった。必ず時間が解決してくれると思いながら席に座ろうとして、椅子がないのに気付いた。しかも机の表面には『ルミルミ俊夫の生き恥伝説』と彫刻刀で深々と彫られ、赤インクで着色までしてあった。

「おめぇはそこで立ったままよ、死ぬまでルミルミ言ってろ」

鉄成の大声がまた響き、生徒達が大爆笑した。みな腹を抱え、涙を流して笑い転げた。俊夫はぎゅっと目をつぶり、両手を力一杯握り締めながら、(今だけだ、つらいのも今だけだ、いつかきっとみんなに分かってもらえる！)と胸中で叫んだ。

＊

故障したまま全速力で突進し、そのまま行方不明となっていた機動斥候兵―三型改こと戸田繁之陸軍少尉は二時間後、十五キロ離れた農村地帯に広がる葱《ねぎ》畑の一角に頭から突っ込んで『停止』しているところを捜索中の警官に発見され、『回収』された。ただちに陸軍技術本部の技師五名が駆け付け『修理』を試みたが、右側頭部の機器及び右脳・大脳皮質の損傷があまりにも深刻であり修復の見込みなしと判断された。

その結果はただちに無線で帝都郊外の陸軍技術本部戦略機動研究所に急報された。すぐに機動斥候部隊の主任大尉や医学博士達が招集されて緊急の協議が開かれたが、約一時間後「泣いて馬謖《ばしょく》を斬る」という少々無理のある結論と共に機動斥候兵―三型改の破棄が決定し、戸田繁之少尉は即日除隊となった。それはすぐに実家で待機していた両親と俊夫に電話で告げられた。母親は泣き崩れ、父親は仏壇の前に正座したまま一言もしゃべらなかった。

やがて夜中の二時過ぎ、陸軍の歩兵装甲車に乗せられた繁之が帰宅した。故障したままの状態で破棄されたため、肉体の統御も言語機能も狂ったままだった。しかしなにも理解できぬ繁之は自室の開け放った窓から頭を突き出すと、「ルミルミルミルミ応答願ウ。ルミルミルミルミ応答願ウ」と低く呟きながら、来る筈《はず》のない司令部からの返信を一晩中待ち続けた。

*

俊夫に対する露骨ないじめは昼休みを告げる予鈴と同時に始まった。

鉄成が精一と謙作を連れて歩いてくると、食べ終えた弁当箱を片付けていた俊夫の脇腹を思い切り蹴《け》りつけた。続いて精一と謙作が蹲《うずくま》る俊夫を無理やりに立たせ、学生ズボンと褌《ふんどし》を引き下ろし、その剝《む》き出しの股間と尻《しり》に大量の墨汁を振りかけた。そして悔しさで全身を震わせる俊夫の頭を踏みつけた鉄成が「ルミルミって言いながら校庭を走り回れ」と強い口調で命じた。さすがの俊夫も我慢の限界を超え、「この野郎！」と叫び飛び掛かったが、腹を殴られてあっさり駆逐された。そしてさらに全裸にされて手足を押さえつけられると、鉄成の指示により一組全員が俊夫の全身に「ルミルミ」という文字を万年筆で書き記していった。その作業は二十分近く続き、やがて皮膚の余白がなくなった頃ようやく解放された。

顔面から足裏まで「ルミルミ」の文字で黒く塗りつぶされた俊夫は泣きながら職員室に駆け込み、担任に悪質ないじめの実態を訴えた。

しかし杉山先生は全く驚かなかった。それどころかまるで汚物でも見るような目で俊夫の全身を一瞥《いちべつ》すると、「貴様の兄貴はなぜ腹を切らん？」と冷たく言い放った。さらに目を見開いて絶句する俊夫に向かい、「衆人環視の中であれだけの生き恥をさらしながら、のうのうと生きているのは軍人としてあり得ない。奴は我が校の恥であり陸軍の恥であり日本の恥であり亜細亜《アジア》の恥だ。そしてその弟の貴様もまた亜細亜の恥だ。いじめられたなどと抜かしているが、殺されなかっただけでもありがたく思え。そして本当に我々に対して申し訳ないと思うのなら今すぐ帰宅し、あのポンコツ少尉に一秒でも早く腹を切るよう説得しろ、分かったか！」と怒鳴りつけた。

俊夫は目を見開いたまま動けなかった。声も出なかった。

ただ耳の奥で「ポンコツ少尉」という罵倒《ばとう》の言葉だけが虚《うつ》ろに響いていた。

近くの河原で全身の落書きを洗い流した後、足を引き摺《ず》るようにして俊夫は自宅に戻った。

＊

潜りの木戸を開ける時ふと表札を見ると、「戸田」と書かれた文字の上に赤インクで「ルミルミの家」と上書きされているのに気付いた。しかしもうなんの感情も湧いてこず、ただより強い疲労を覚えただけだった。

玄関でズック靴を脱いで自宅に上がった。両親も繁之も居るはずだったが、家の中はしんと静まり返り気味が悪いほどだった。

居間を覗《のぞ》くと、母親は卓袱台《ちゃぶだい》に突っ伏して泣いており、父親は一昨日と同じく仏壇の前に正座したまま動かなかった。俊夫が自室に行こうとすると父親がこちらを向き、「会社をクビになった」と無表情のまま掠《かす》れた声で言った。

俊夫は自室に入り、布鞄《ぬのかばん》を投げ捨てて畳の上に倒れ込んだ。

つい三日前までは日本の英雄だった繁之が、マレーグマの一撃を喰《く》らっただけで想像を絶する醜態をさらし、今では亜細亜の恥と吐き捨てられるまで落ちぶれていた。

「畜生……」

俊夫は低く呟《つぶや》き、焦点の定まらぬ目で天井を見上げた。そして垂れ下がる乳白色の六十燭光《しょっこう》の電球を見つめながら、こんなことになるのなら……と胸中で呟いた。

（こんなことになるのなら、兄様はナムールで戦死すべきだった……。そうすれば兄様は立派な英霊として扱われ、自分達も普通の遺族として扱われた。国からはちゃんと遺族恩給が貰《もら》え、同級生や近所の人達からは弔いと同情の言葉を掛けてもらえたのに……）

俊夫は目を閉じると「畜生……」とまた低く呟いた。

「俊夫君、いるかい？」

不意に南側の縁側の方から声がした。

俊夫は一瞬、また鉄成達がいじめに来たと思ったが、その落ち着いた声には別の聞き覚えがあった。

俊夫は起き上がり、障子を開けて縁側に出た。途端、驚いて「あっ」と声を上げた。

そこには級長の英輔が立っていた。学生服を着て布鞄を肩から提げており、学校帰りだと分かった。

「ど、どうしたの？」

俊夫は少し緊張しながら訊《き》いた。英輔が自宅を訪れたことなどなく、ひどく恥ずかしい気分になった。

「お兄さん、除隊になったんだって？」

英輔が申し訳なさそうに言った。勿論《もちろん》軍事機密だったが、いつものことながら口伝《くちづ》てで広まったようだった。

「うん」

俊夫は目を伏せて頷《うなず》いた。

「突発的な事故とはいえ、一昨日《おととい》のことは残念だった。でもね俊夫君、僕は秘密を知ってるんだ」

英輔が声を潜めて言った。

「秘密？」俊夫はその意外な言葉に驚き、身を乗り出した。「どんな秘密？」

「一昨日、君の左側に僕がいたけど、右側には鉄成達がいたろ？」

英輔がまた声を潜めて言った。俊夫は記憶を辿《たど》り、大きく頷いた。

「鉄成の奴、ポケットの中にこれを潜ませていたのさ」

英輔が右手を広げて差し出した。俊夫は顔を近づけて目を凝らした。そこには緑色の小さな癇癪玉《かんしゃくだま》がひとつだけのっていた。

「あいつ、マレーグマが前を通った時、驚かせようとしてこれを地面に投げたんだ」

その言葉に俊夫は「あっ」と叫んだ。確かに二頭のクマが暴れ出す直前、至近距離で火薬の弾《はじ》ける甲高い音がしたのを覚えていた。しかしその後の大混乱の中で完全に忘れ去っていた。

「これは一昨日、あの『事件現場』で拾ったんだ。鉄成が妙にニヤニヤしていたから嫌な予感がしたのさ。そしたら案の定君が早退した後便所に行ったら、精一と謙作が『たった一個の癇癪玉でクマの野郎本当にびびりやがった』って笑いながら話をしているのを聞いたのさ」

英輔は苦々しい顔をして頭を左右に振った。

俊夫はぐっと歯を食い縛り、両手を握り締めた。鉄成のにやけた顔が浮かび、その背後に子分二人の楽しげな顔が浮かんだ。同時に眩暈《めまい》がするような怒りが込み上げて来て、脳内を一瞬で火達磨《ひだるま》にした。怒りの炎は全身に広がり、背中一面がカッと熱を帯びた。


「あの野郎……」

俊夫が唸《うな》るように叫んだ。

「勿論君のお兄さんを陥れようとしてやったことじゃないけど、結果的には同じだと思うな。これはあまりにも酷《ひど》過ぎるよ。で、君に相談なんだけど、あの三人に復讐《ふくしゅう》したくないかい？」

「えっ？」

俊夫は思わず英輔を見た。しかしその顔は真剣そのものだった。

「……でも、どうやって？」

俊夫は戸惑いながら訊いた。

「少尉殿にやっていただくんだよ」

英輔は真面目な顔で答えた。

「ええっ……」

俊夫は目を見開いた。あんなポンコツになにが、と言い掛けて慌てて言葉を呑《の》み込んだ。

「なに、簡単さ。少尉殿に司令部を装って命令を下すんだ。その時の文言はここに書いておいたから、これを読むだけでいい」

英輔は学生服のポケットから一枚の藁《わら》半紙を取り出して差し出した。

「……でも、なんでうちの兄様が司令部からの命令を待ってるって知ってるんだい？」

俊夫は紙片を受け取りながら訊いた。

「うちの父様が負傷兵を診てる関係で、軍の上層部から色んな話が密《ひそ》かに漏れてくるって言ったろ？　そこで少尉殿の話も漏れてきたのさ。納得したかい？」

英輔の言葉に俊夫は大きく頷いた。

「まあ、急なことだから焦って決めなくていいよ。今晩七時にまた来るから、その時返事を聞かせてくれ。いいね？」

英輔は落ち着いた声で言い、一礼して去っていった。

5

町の東部を南北に流れる呑龍川《どんりゅうがわ》。

その中腹に掛かる捷紀橋《しょうきばし》の、北側の橋脚の下にその作業小屋は建っていた。錆《さ》びたトタン葺《ぶ》きの屋根に粗末な板張りの壁で、南側にある木戸の右側には磨《す》り硝子《ガラス》の嵌《は》まった小さな窓があった。小屋から東に十五メートルほど離れたススキの草むらに身を潜ませた俊夫は、息を殺しながら左腕の腕時計を見た。淡い日差しを受けて硝子盤がきらりと光った。針は午後三時二十五分を指していた。

後五分だ……

そう思った途端、俊夫は緊張のため強い尿意を覚えた。

不意に小屋の中から甲高い笑い声が聞こえてきた。すぐに鉄成のものだと分かった。俊夫はスキの間からそっと顔を出した。五メートルほど前方の草むらの中に、片膝《かたひざ》を突いて蹲《うずくま》る繁之の姿があった。迷彩服を着、迷彩の戦闘帽を被《かぶ》っており、俯《うつむ》いて目を閉じたまま微動だにしなかった。それは一五三〇《ヒトゴーサンマル》に開始される作戦の成功を願っているようにも、作戦の概要を反芻《はんすう》しているようにも見えた。

＊

昨夜七時、英輔は約束通り再び俊夫の家を訪ねていた。

さっそく返事を乞われた俊夫は「やる」と即答した。

英輔が帰ってから自室に籠《こ》もって思案したが、鉄成達のことを思えば思うほど怒りは増大の一途を辿り、三十分も経たぬうちに俊夫は復讐を決意した。そこで初めて英輔から渡された紙片を開き、目を通した。それは正真正銘の復讐計画書だった。

内容は単純で、繁之の背後に忍び寄り、司令部からの無線を装って『機斥兵一三型改ニ告グ。明日《あす》一五三〇《ヒトゴーサンマル》、捷紀橋下ノ小屋ヲ占拠スル抗日ゲリラ、ルミン・シルタ三名ニ有効ナル一撃ヲ加エ、速ヤカニ殲滅《せんめつ》セヨ』と言うだけだった。橋の下の小屋とは最近鉄成達が学校帰りに入り浸っている、工事道具や土嚢《どのう》袋などを収めた作業小屋のことだった。そこで子分二人と煙草を吸い、酒を飲んで騒いでいるともっぱらの噂だったが、町長の息子のため誰も注意できずにいた。また繁之はマレーグマの一撃で聴覚装置の一部を破壊されており、肉声と無線音の区別がつかないので問題は無いという。そして翌日俊夫は繁之に同行し、その戦果を見届けよとのことだった。

俊夫は計画書に書かれた『速ヤカニ殲滅セヨ』という一文を読み直し、それがやはり鉄成、精一、謙作の三名を殺害することだと判断した。

しかし全く動じることはなかった。

肉体的にも精神的にも『完膚無きまで』に虐げられたため、加害者達に対する同情の余地など一片も残っていなかった。その被害は自分だけでなく両親にまで及び、父親は会社をクビになったのだ。これも全て鉄成の放った癇癪玉のせいであり、彼ら三人は万死に値すると心の底から思った。

そして繁之に対する同情心も完全に失《う》せていた。

不運で不本意な事故だったとはいえ、その代償はあまりに大きく、このままいけば戸田家そのものが非国民のそしりを受ける恐れがあった。繁之自身に責任は無かったが、冷静に鑑《かん》みると確かに杉山の言う通り「あれだけの生き恥をさらしながら、のうのうと生きているのは軍人としてあり得」なかった。そして繁之のすべきことは、戸田家の名誉を回復するためにできうる限り恥を払拭《ふっしょく》することのみであり、その全ての原因を作った怨敵《おんてき》三名の殺害こそがその手始めに最も相応《ふさわ》しく思えた。

一度決意すると、俊夫はもう迷わなかった。

足音を忍ばせて左隣の繁之の部屋にいき、音を立てずに障子を数センチ開けた。そして窓の外に頭を突き出したままの繁之を確認してから、できるだけ抑揚をつけぬよう気をつけながら落ち着いた声で、紙片に書かれた命令文を読み上げた。繁之は最後まで聞き終えるとその場に正座し、「ルミルミルミルミ了解ス」と呟《つぶや》きながら大きく一回頷いた。

機斥兵―三型改は俊夫の命令を拝受した。

＊

腕時計の針が午後三時半を指した瞬間、俊夫は顔を上げて低く叫んだ。

「機斥兵―三型改、目標に向かって前進せよ」

その途端繁之は「はっ」と答え、体を起こして中腰になった。そして弾を避《よ》けるように上体を前傾させ、作業小屋に向かい駆け足で前進を始めた。

「音を立てるな」

後を追って走りながら俊夫はまた低く叫んだ。

ポンコツ少尉とはいえどさすがは現役の軍人だった。中腰のまま、殆《ほとん》ど無音に近い静かさで氷上を滑るように進み、瞬く間に小屋の前に到着した。

俊夫が「止まれっ」と命じると繁之はぴたりと停止した。

「敵状を見てくるからそこで待っておれ、よいな」

俊夫がいかにも上官らしい言葉遣いで言うと、繁之は直立不動になって敬礼し、「はっ」と答えた。

俊夫は忍び足で小屋に近づき、木戸の右側にある磨り硝子の嵌まった窓に顔を寄せた。左側が五センチほど開いており、俊夫はその隙間に右目を近づけた。

室内は八畳ほどの広さだった。中央には学生服を着た三人がいた。真ん中に鉄成が胡坐《あぐら》をかき、その左右に精一と謙作が正座していた。鉄成は咥《くわ》え煙草で右手にコップを持っており、右側の精一がそこに一升瓶を傾けて清酒を注いでいた。左側の謙作は日の丸の描かれた扇子を両手に持ち、緩慢な動きで扇ぎながら馬鹿息子にそよ風を送っていた。その周囲にはスコップやツルハシ、ブリキのバケツや空の麻袋などが所狭しと置かれ乱雑な様相を呈していた。

「馬鹿どもが。目にもの見せてくれるわ」

俊夫は呟くと振り向いて繁之を見た。

「機斥兵──三型改、突入せよっ！」

俊夫はありったけの大声で叫んだ。

「はっ」と答えた繁之は素早くしゃがみ込み、両手を地面に付けてクラウチングスタートの体勢をとった。そしてオォオォオォッと唸《うな》り声を上げて全身に力を込めると後ろ足で地面を蹴《け》った。同時に砲弾の如き勢いで飛び出し、そのまま木戸を突き破った。

「わっ！」

室内の三人が大声で叫び仰《の》け反《ぞ》った。鉄成はコップを放り投げ、精一は一升瓶を落として割った。みな何が起きたか理解できぬらしく、目を見開いて呆然《ぼうぜん》と繁之を見た。

繁之は中腰になると両腕と尻《しり》を突き出し、顔を上げて前方を見た。

「ルミルミルミルミ殲滅セヨ」

繁之は低く呟いた。

その途端強張《こわば》っていた三人の顔が一斉に緩んだ。

「ル、ルミルミ様じゃねぇか！　どこぞのアホが突撃してきたかと思って焦ったわ！」

鉄成が安堵《あんど》したように叫び、左右の子分を見た。精一と謙作は大きく頷《うなず》きながら「ルミルミ様じゃねぇのか」「ルミルミ様かもしれんぞ」と嬉《うれ》しそうに言った。

「十二時の方向、距離三・〇メートル、ナムール人三名、男児……全員戦闘員ルミン・シルタ、目標を確認。……了解、速ヤカニ殲滅ス」

繁之は低く呟き、素早く前進した。そして左側に立つ謙作の前で立ち止まると無造作に右の上段突きを放った。ドチャッ、という西瓜《すいか》が潰《つぶ》れるような音と共に拳《こぶし》は鼻を直撃した。同時に顔面は散弾銃で撃たれたように破裂し、謙作は大量の血しぶきと白い脳漿《のうしょう》を飛び散らせながら大きく仰け反って倒れた。

傍らの鉄成と精一が啞然《あぜん》とした顔で足元を見た。

仰向《あおむ》けに倒れた謙作は口を大きく開けていた。正確には舌と歯列をさらして下顎《したあご》だけをあんぐりと開け、そこから上は目鼻の区別もつかぬ赤い肉塊と化していた。俊夫の脳裏を理科室の人体骨格標本が過《よぎ》り、指先にその感触が蘇《よみがえ》った。同時にあれほど強固な頭蓋骨《ずがいこつ》をトマトのように潰した様を見て、兄が正真の軍事兵器になったのだと初めて心底実感し、俊夫は戦慄《せんりつ》を覚えた。

五秒ほどの沈黙が流れた。

「……おっ、おあああああっ！」

鉄成が悲鳴を上げて後ずさった。精一も顔を引き攣《つ》らせて後に続いた。二人ともやっとなにが起きたのか理解できたようだった。その背中が背後の工事道具に当たった。鉄成は殆ど本能的にその中の一本のツルハシを両手で握り、高く振り上げた。

「来るな！　来るんじゃねぇポンコツ！　俺は町長の息子だぞ！　鉄定の息子だぞ！　俺に手ぇ出したらどうなるか分かってんだろうな！」

鉄成が顔を引き攣らせて怒鳴った。

しかし繁之は全く動じなかった。

「十二時の方向、距離二・二メートル、ナムール人二名、男児……双方とも戦闘員ルミン・シルタ、目標を確認。……了解、速ヤカニ殲滅ス」とまた呟き、素早く前進した。

「この野郎！」

鉄成は怒鳴り、ツルハシを振り下ろした。切っ先は鉄の軋《きし》む音と共に繁之の頭頂部に突き刺さった。

「ルルルルミルミ……ルルル……」

繁之は全身を小刻みに震わせながら数歩後退すると、右手で突き刺さったツルハシの柄を掴《つか》み、引き抜いた。同時に頭頂部にポッカリと開いた直径五センチほどの穴から、黒い燃料が勢い良く噴き出した。

「やった、やったぞ！」

鉄成は両手を握り締めて叫んだ。右隣の精一も「やったんじゃねぇのか？　やったんじゃねぇのか？」と叫びながらぴょんぴょんと飛び跳ねた。

「ルミミルルミミ……速ヤカニ殲滅ス」

繁之は全身を震わせながら、右手で持ったツルハシを振り上げて前に出た。

「うわっ、来んなっ、おっかねぇっ！」

鉄成は再び顔を引き攣らせると隣の精一の襟首を摑んだ。そして強引に引き寄せて自分の前に『盾』として立たせた。

「やばいんじゃねぇーのか？　これやばいんじゃねーのか？」

精一が声を震わせてそう叫んだ時、繁之はツルハシをバットのように持ち直し、思い切り横に振った。切っ先はズシュッというくぐもった音を立て精一の上下四本の前歯を砕いて咽頭《いんとう》と後頭部を貫通し、背後に立つ鉄成の眉間《みけん》に深々と突き刺さった。

「むううう……」

鉄成は白目を剝《む》き、苦しげに呻《うめ》いた。その鼻孔と半開きになった口から大量の赤黒い血が流れ出し、ボタボタと音を立てて床に滴り落ちた。

繁之は木製の柄から手を離した。

ツルハシで頭部が二個の団子のように連なった鉄成と精一の体が、ゆっくりと右側に倒れていき、そのまま動かなくなった。

「我、目標ヲ殲滅《せんめつ》セリ……」

繁之は呟くと、ドッと音を立てて床に片膝《かたひざ》を突いた。

俊夫は慌てて小屋の中に飛び込んだ。三人の惨殺された死体を見おろしたが不思議と恐怖を覚えなかった。俊夫はその理由を考え、それがあまりにも現実離れした光景で全く実感が湧いてこないからだと思った。

俊夫はそこであることを思い出し、ズボンのポケットに手を入れて一通の封筒を取り出した。

それは昨夜英輔から手渡されたもので「少尉殿が三人を殲滅した後に読むように。絶対にそれまでは開封するな」と厳命されていた。

俊夫は糊付《のりづ》けされた封筒の上部を引きちぎり、中から二通の便箋《びんせん》を引き抜いて開いた。

『少尉殿ニ対スル指令　其ノ弐
コレヨリ町役場ニ向カイ、町長・鷺宮鉄定ニ有効ナル一撃ヲ加エ、速ヤカニ殲滅セヨ。
鉄定ハナムール国ノ密偵デアリ情ケ容赦ノ必要ナシ』

俊夫は息を呑《の》んだ。

なぜ露骨な嘘まで吐いて鉄成の父親までも殺害しなければならないのか全く見当がつかなかった。俊夫はじっとりと汗ばんだ手で一枚目の便箋をめくり、二枚目の便箋に目を通した。

『俊夫君へ
来年、ウチノ父様ガ町長選挙ニ立候補スルコトトナッタ。

少尉殿ガ鉄定ヲウマク殲滅シテクレレバ、君ノ父サンノ再就職先ヲ父様ニ頼ンデアゲル。

ドウゾヨロシク。

英輔』

「嘘だろ……」

俊夫は掠《かす》れた声で呟《つぶや》き、便箋を床に落とした。来年の町長選に誰が立候補するかはまだ発表されていなかったが、軍人や政治家とも深い繋《つな》がりのある英輔の父親だったら充分可能性があった。そして父親の立身出世のために元英雄の実弟に近づき、言葉巧みに挑発してその元英雄自身に三人の加害者を『殲滅』させ、もう後戻りできなくなったところで、鉄定殺害という本当の目的を披歴するという、実に巧妙で卑劣な手口だった。

「嘘だろ……」

俊夫はもう一度呟き、虚空を見つめた。

ロイド眼鏡を掛けた英輔の顔が脳裏に浮かんだ。

あの虫も殺せぬような優しく聡明《そうめい》な顔の裏に、父親のためなら殺人も厭《いと》わぬ鬼畜が潜んでいたことがどうしても信じられなかった。

「……俊夫」

不意に背後で声がした。俊夫は驚いて振り向いた。傍らに片膝を突いた繁之が、いつの間にか立ち上がっていた。

「あっ……」

その顔を見て俊夫は声を上げた。あの呆《ほう》けたような表情がいつの間にか消えており、口元が引き締まっていた。以前のままの左目には理性を思わせる硬質の光が浮かんでおり、ポンコツ少尉の面影はどこにも無かった。

「に、兄様なのか……」

俊夫は驚いて訊《き》いた。

繁之は大きく頷《うなず》いた。

「ツルハシで頭を刺された時、何かの弾みで意識が正常に戻ったのだ。でも大丈夫だ、記憶はちゃんと残っているから事情は把握しておる。そしてその引き換えに俺の命も後僅《わず》かだ。燃料がもうすぐ底をつき、俺は動けなくなる。その前にここを始末する必要がある」

繁之は小屋の中の三体の死体を見回した。

「始末するって、……どうすんだ？」

俊夫が上擦った声で訊いた。

「俺の胸部には爆薬が仕掛けられており、敵に包囲された場合などに自爆して果てるよう厳命されている。だから安心しろ、こいつらの死体も俺も木端微塵《こっぱみじん》に吹き飛ぶから、お前が命令して俺が犯した殺人は誰にも知られん」

繁之は口元を緩めた。その笑顔は間違いなく、出征前の兄のものだった。

俊夫は声が出なかった。頭頂部の損傷のために繁之の意識が正常に戻るなど予想だにしていなかった。

不意に繁之は「うっ」と唸《うな》った。その途端、頭頂部の穴と口から黒い燃料が勢い良く噴き出した。

「……もう行け、後三分も持たん」

繁之は戸口を指さした。

「兄様……ご」

俊夫が思わずごめんなさいと謝罪しようとした時、「行かんか馬鹿者っ！」と繁之が怒鳴った。俊夫の体がびくりと震えた。反射的に踵《きびす》を返して小屋を飛び出た。

外はすでに夕暮れの気配に満ちており、西の空は朱色に染まり始めていた。慌てて辺りを見回したが河川敷にも橋の上にも人影はなかった。

「兄様、ごめんな……」

俊夫は震える声で呟きながら全力で走った。

走りながら二つの感情が湧きおこり、胸中で交錯した。

一つは英輔から託された二度目の作戦指令を繁之に命令しなくて良かったという安堵《あんど》と、失業した父親の今後はどうなるんだろうという漠とした不安だった。

しかし今はそれどころではなかった。俊夫はありったけの力を振り絞って土手を駆け上がり、そのまま一直線に三百メートルほど走り続けて近くの芋畑に降りた。そこからまた砂利道を五百メートルほど走り、小さな駄菓子屋の前で力尽きてしゃがみ込んだ。

はぁはぁと荒々しい呼吸を繰り返しながら、俊夫は右手の甲で額を拭《ぬぐ》った。

腕時計を見るとすでに五分以上が経過していたが、爆発はまだだった。

「後三分も持たん」という繁之の声が耳の奥で蘇《よみがえ》った。

続いて「故障」、という二文字が脳裏にゆっくりと浮かび上がった。

鉄成達の殺害が発覚すれば、除隊したポンコツ少尉の危険を知りながら放し飼いにしたとして、両親と自分は必ず捕えられるはずだった。最悪の場合「第一種非国民」に認定され銃殺刑が待っていた。全身にざわざわと鳥肌が立ち、胃の奥がひやりと冷たくなった。まさに最悪とはこのことだった。

俊夫はよろめきながら立ち上がり、捷紀橋のある南の空を食い入るように見つめた。そしてまた右手の甲で額の汗を拭うと、「兄様、頼むから早く爆発してくれ……」と声にならない声で呟いた。

石榴
ざくろ

だぶついた服を着た四人のピエロは満面に笑みを浮かべると、両手を大きく振りながら去っていった。

1

その途端場内の照明が消え、辺りは真っ暗になった。

巨大なテントの中にはざわめきが広がり、あちこちから子供の悲鳴が上がった。

二十秒ほど経った頃、不意に照明が灯《とも》った。無人の円形ステージの真ん中に一人の男が立っていた。黒い山高帽を被《かぶ》り、燕尾服《えんびふく》を着ていた。右目に黒い眼帯を着け、鼻の下には立派な髭《ひげ》を生やしていた。

テントの中はしんと静まり返った。

「みなさんっ、紅十字《べにじゅうじ》大サーカスへようこそっ。私が団長の黒十字《くろじゅうじ》です」男が大声で言った。芝居じみた口調だったが良く通る声をしていた。「最後の出し物は東南アジアから来た蜥蜴《とかげ》人間、そう爬虫人《はちゅうじん》です。彼らが初めて日本に来たのはおよそ二十年前。ある大物政治家がマレー半島のナムール国へ旅行に行った時、偶然爬虫人を見たのです。その政治家はゲテモノが大好きだったため、そのグロテスクな顔をえらく気に入りました。さっそく爬虫人の赤ん坊を入手して密《ひそ》かに日本に持ち帰り、自分の邸宅で育て始めました。それから三年ほどが経過した頃、ある異変が起きました。その『太郎』と名づけられた爬虫人の子供が、いつの間にか普通に日本語を話すようになったのです。驚いた政治家が試しに厳しく躾《しつ》けてみると、人間の子供のように規律正しく行動するようになりました。そこで政治家は気づきました。そうです。爬虫人は容貌《ようぼう》こそ違えど、頭の中身は人間と同じだったのです。そこで早速下男として使ってみると来客全員がこれはいいと絶賛し、たちまち政治家や軍人の間で爬虫人が大流行したのです。やがてそれが少しずつ一般の上流階級の家庭へと広まっていきました。

爬虫人は大事にされ、人間と同じように扱われています。しかし、ほんの少数ですがそうではない者もいます。主人に飽きられた者、嫌われた者、経済的な問題で家にいられなくなった者、あるいは虐待を受けて逃げ出した者などがそうです。職を失った彼らは故郷に帰ることもできず、絶望のまま街から街へと彷徨《さまよ》い歩き、この紅十字大サーカスと巡り合ったのです」団長はそこで咳払《せきばら》いをし、二呼吸分間を置いた。「それでは絶望の淵《ふち》から這《は》い上がり、鍛錬に鍛錬を重ねて会得した彼らの妙技をご覧下さい。どうぞ！」

団長は右手を高く掲げて叫ぶと素早く立ち去った。

大きな銅鑼《どら》の音が鳴った。驚いた篠田昭《しのだあきら》の体がびくりと震えた。隣に座る父親が楽しそうに笑った。

「怖いのか?」

「びっくりしただけだよ」

ムッとした昭は前を向いたまま答えた。怖い訳が無かった。サーカス見物は幼い頃からの一番の夢だった。それを十二歳の誕生日の贈り物として強く所望し、やっと今日実現したのだ。今まで経験したことのない異様な興奮が全身を包み込み息苦しいほどだった。トランペットが奏でるファンファーレが高らかに響き渡った。

同時に円形ステージの正面にあるアーチ型の門から二頭の白馬が並んで出てきた。白馬にはそれぞれ二匹の爬虫人が乗っていた。爬虫人はみな朱色の騎兵服を着、頭に『尽忠報国』と書かれた白い鉢巻を締めていた。陸軍の戦意高揚政策がこんな所にまで浸透しているのは驚きだった。

二頭の白馬はステージの中央で止まった。昭は目を凝らして爬虫人の顔を見た。頭の形は人間と同じだったが、額の中程から顔面が二十センチほど前方に突出し、蜥蜴に酷似した相貌をしていた。顔の左右には蜜柑《みかん》ほどもある巨大な眼球が付いていた。黒目の部分が黒い縦線になり、白目の部分が薄い黄色に染まっていた。鼻梁《びりょう》がなく上唇の上に小さな穴が二つ開いており、耳介もなく左右の耳の部分に小さな穴が一つずつ開いていた。皮膚は東南アジア人と同じ褐色で体毛が一本も生えていなかった。

やっぱり爬虫人の顔はグロテスクでいいな、と昭は思った。

「みなさん、こんばんは。私の名前はミツオです。今日はようこそおいでくださいました」右側の白馬の前に乗った爬虫人が流暢《りゅうちょう》な日本語で言った。「どうか最後までごゆるりと御覧ください」

ミツオはそう言うと「はっ」と声を上げた。同時に二頭の白馬は高く嘶《いなな》き、円形のステージを時計回りに走り出した。それぞれの後ろに座っていた二匹の爬虫人が素早く馬上に立った。そして顔を見合わせて頷《うなず》くと、前に座る旗手の肩に同時に飛び乗った。

「わぁっ」

昭が感嘆の声を上げた。二匹の動きに寸分の狂いもなかった。騎手の肩に乗って直立した二匹は両手を高く掲げた。観客から拍手が起こった。ミツオがまた「はっ」と叫んだ。二匹は騎手の肩の上で同時に逆立ちした。

「凄《すご》いっ」

興奮した昭が叫んだ。二匹は顔を見合わせると同時に左手を離し、右手一本で逆立ちをした。観客からどっと歓声が上がった。ぴんと一直線に伸びた右腕も、胴体も、両足も微動だにしなかった。それがどれだけ至難を極める業なのか、国民学校初等科六年の昭でも充分理解できた。

ミツオが三度「はっ」と叫んだ。二匹は同時に両足を下ろして騎手の肩の上に直立した。そして顔を見合わせ頷くと、同時に高く跳躍して空中でくるくると三回転し、そのまま騎手の後ろにすとんと座った。

歓声がどっと沸き上がった。割れんばかりの拍手が場内に鳴り響いた。

昭は顔を上気させながら何度も何度も両手を打ち叩《たた》いた。

「凄い凄い!」

二頭の白馬は速度を緩め、ステージの中央に戻り立ち止まった。

また大きな銅鑼の音が鳴った。それを合図に、正面のアーチ型の門から今までの出演者が登場した。四人のピエロ、奇術師、軽業師、怪力持ちの大男、空中ブランコの双子の姉妹が観客に手を振りながら歩いてきた。それに続いて三頭の象、四頭のシマウマ、三頭のキリン、五匹のチンパンジー、そして口に鉄の覆いを付けた二頭のマレーグマが連れられてきた。

(よかった……)

動物達を眺めながら、昭は胸中で呟いた。二ヶ月前、紅十字サーカスが巡業先でパレードしている最中、二頭のマレーグマが突然暴れ出し、憲兵一名に重傷を負わせた上、二頭とも射殺される事故が起きていた。そのためクマの類《たぐい》は見られないのだと落胆していただけに、ほっと安堵《あんど》したと共にとても得をした気分になった。

団員が勢揃いしたところで団長が現れ、白馬の前に立った。

「みなさん、如何《いかが》でしたか? 心行くまでお楽しみ頂けたと思います。我が紅十字大サーカスは今日でこの町を去りますが、私達の姿は皆様方の心に焼きつき、決して消えることはないでしょう。そして私達は皆様方の心の中で永遠に生き続けるのです。では、ご縁がございましたらまたどこかでお会いいたしましょう。さようなら！」

団長が山高帽を取ると高く掲げた。銅鑼の大きな音が鳴った。トランペットが高らかにフィナーレを奏でた。頭上から大量の桃色の紙吹雪が一斉に舞い降りてきた。その散り行く桜の花びらのような光景は息を呑《の》むほど美しく、幻想的だった。

昭は周囲に次々と降ってくる桃色の紙片を見つめながら、これが現実なのか夢なのかうまく判別することができなかった。

＊

「ねぇ、今度いつサーカスが来るの？」

助手席に座る昭が興奮気味に隣の父親に訊《き》いた。

「分からないな。彼らは突然やって来て突然いなくなるからね。まあ、それがサーカスの醍醐味《だいごみ》の一つでもあるんだけど」

黒い六輪自動車の運転席でハンドルを握る父親が、前を見たまま答えた。

「でも本当に面白かったなぁ。特に爬虫人の乗馬が一番面白かった」昭は上擦った声で叫んだ。まだ胸の動悸《どうき》が治まらなかった。「ねぇ父様、今女中を募集してるでしょ？　だったらメスの爬虫人にしようよ」

「駄目だ。うちは人間しか雇わない」

「どうして？」

「婆やが爬虫人《はちゅうじん》嫌いだからだ。女中は婆やの指示を受け、婆やと共に仕事をする。その為には二人の心が通じ合わなきゃいけない。その当事者の婆やが爬虫人を拒絶してるんだ。無理に決まってるだろう」

父親は静かだが、重みのある声で言った。この声が出た時はどんなに駄々をこねても決して覆ることが無かった。

「分かった」昭が小さな声で呟《つぶや》いた。「でも、どうして婆やは爬虫人が嫌いなの？」

「あの顔が駄目なんだ。蜥蜴《とかげ》の類が嫌いな女性は多いからね」父親はそう言うと横目で昭を見た。「おい、家に帰っても絶対婆やに爬虫人の話をするんじゃないぞ。婆やは爬虫人という言葉を聞いただけで烈火の如く怒り出すんだ。お前も怒った婆やがどれだけ怖いか知ってるだろう？」

「分かった。絶対言わないよ」

昭は前を向いたまま答えた。昭がこの世で一番怖いのはお化けでも妖怪《ようかい》でもなく婆やだった。

2

昭のうちは町の住宅街の一角にあった。四十年前に建てられた二階建ての古い洋館だった。欧風のモダンな意匠を凝らした瀟洒《しょうしゃ》な建物で、西側に広い芝生の庭があった。父の運転する六輪自動車は鉄扉の開いた門を通り抜け、自宅の玄関前で停まった。すぐにドアが開き、婆やが小走りで出てきた。

「お帰りなさいまし」

車から降りた父に婆やが頭を下げた。いつものように久留米絣《くるめがすり》の着物を着、腰に白い前掛けを付けていた。来年で七十だが丸々と太っており酒樽《さかだる》のような腹をしていた。

「僕に電話はなかったか？」

父親が背広を脱ぎながら訊いた。

「午後五時二十分に橋本大尉様からございました。お出掛け中ですとお伝えしましたところ、明日《あした》学校で直接話すので返事は無用とのことでした」

婆やは父親が脱いだ背広を受け取った。

「二階の様子はどうだ？」

「今日の大旦那《おおだんな》様の容態は比較的良かったそうです。いつもより呼吸するのが楽みたいで、食欲もそこそこあったと大奥様が言っておられました」

「母さんから僕に言付けはなかったか？」

「ございません。大奥様は夕方の三時頃一度だけ下りてこられましたが、旦那様のことは何もおっしゃりませんでした」

「そうか、分かった。今日の夕飯は和食か？」

「いいえ、洋食です。すぐに召し上がりますか？」

「そうだな、頂こう」

「ではすぐに用意いたします」

婆やは一礼すると小走りで家の中に入っていった。丸太のように太い足が前後する度に床板が軋《きし》んで音を立てた。

「まるで横綱だな」

父親は昭の手を取ると玄関のドアをくぐった。

＊

昭は陸軍士官学校のドイツ語教授である父親と元軍医の祖父、元歌手の祖母の四人暮らしだった。母親は昭が二歳の時病死していた。

昭の家は資産家ではなかったが、それでも世間一般の家庭と比べればかなり裕福だった。軍医だった祖父は若い頃、四十五歳で除隊して自分の診療所を持つという夢を持っていた。その為二十代の前半からかなり熱心に蓄財にはげみ、四十歳になった時には夢を叶《かな》えるのに充分な貯蓄を有していた。しかし除隊すると決めた四十五歳の春、突然病魔に冒された。それは『石化筋態症』という奇病だった。呼んで字の如く、全身が少しずつ石のように硬化していき、やがて死に至るという恐ろしいものだった。原因不明で有効な治療法も無く、手の施しようが無かった。

昭が幼稚園の頃、祖父は松葉杖《まつばづえ》を突いてなんとか歩くことができた。しかし今では症状が悪化し、首から上だけが何とか動かせるだけになっていた。そのため一年前から二階の寝室のベッドで寝たきりになっていたが、その間昭は一度も祖父と会っていなかった。理由は顔だった。『石化筋態症』の末期になると顔面の筋肉が強張《こわば》り、かなり不気味な相貌《そうぼう》になるようだった。そのため「醜い顔を孫に見せたくない」という祖父の意見を尊重し、昭は二階に上がることを父親から厳禁されていた。

そしてその祖父の介護をしているのが祖母だった。祖母は二十代の頃、東京の有名歌劇団に所属していたほどの美貌の持ち主だった。西洋の女のように彫りが深く、アラブの女のように蠱惑《こわく》的な目をしていた。そしてそのような顔の女がみなそうであるように、祖母もまた人一倍勝気で自尊心が強く、全てにおいて自己中心的だった。その為インテリで物静かな祖父との相性は極めて悪く、事あるごとに衝突しては激しい罵《のの》り合いを繰り返していた。しかし祖父が完全な寝たきり状態になるとその態度は一変した。毎日着ていた派手な洋装をやめ、働きやすい割烹着《かっぽうぎ》に替えた。そして一日二十四時間祖父に寄り添い、甲斐《かい》甲斐《がい》しく世話をしていた。

昭は以前は祖母が元軍医の祖父を罵倒《ばとう》することだけはどうしても許せなかったが、献身的に祖父に尽くす姿を見てからは、祖母を心から慕うようになっていた。

＊

洗面所で手を洗ってから食堂に行くと、夕食の用意ができていた。

四人掛けのテーブルの上には銀のスプーンが添えられた白い陶器の皿が二枚、向かい合って置かれていた。父親と昭は席についた。

「おまたせいたしました」

婆やが取っ手の付いた鍋《なべ》を持ってやって来ると、御玉で中身を掬《すく》いそれぞれの皿によそった。今夜のメニューはボルシチだった。赤いスープの中に肉と野菜がたっぷりと入っており、立ち上る芳香が空腹の胃を刺激した。

「いただきますっ」

昭は大声で言うとスプーンを取った。

「旦那様、サーカス見学は如何《いかが》でございましたか？」

婆やが低い声で訊いた。

「凄《すご》く楽しかったよ」

昭が嬉々《きき》として言った。しかし婆やは父親に顔を向けたまま答えなかった。機嫌が悪いことが分かった。

「昭にとっていい社会勉強になったと思うがな」

父親がスプーンでボルシチを掻《か》き混ぜながら言った。

「旦那様、これは今まで何度も申し上げてきたことの繰り返しになりますが、どれだけ昭さんが望もうとも、あのような下衆《げす》の場所にお連れするのは間違っております」

婆やが張りのある声で言った。

「僕も何度も言ってきたことの繰り返しになるが、温室の中だけでぬくぬくと育ててたんじゃ強い心身は生まれない。巷《ちまた》の様々なことを知り、体験することが今の昭には必要だ。それに昭は二日後に十二歳になる。この位の夢を叶えてあげても問題は無いだろう」

父親は口元を緩めた。

「いいえ、せめて昭さんが国民学校を卒業する十四歳までは待つべきでした。それに旦那様はご自分のお仕事が極めて高尚なものだともっと自覚すべきです。どこで誰が見ているか分からないのですよ。もし奥様が生きていらしたら絶対に私と同じことをおっしゃったでしょう。今後このような無茶はおやめ下さい」

婆やは一礼すると床板を軋ませて食堂から出ていった。いつものことだが婆やの死んだ母に対する忠義心は熱烈だった。死後十年が経過しているのに一向に冷める気配がなかった。

「まいったな、使用人に怒られた」父親は苦笑すると壁に掛かった振り子時計を見た。

「お、もうすぐ九時だ。さっさと食べて風呂《ふろ》に入らないとお前も使用人に怒られるぞ」

父親が声を潜めて言った。昭は笑顔で頷《うなず》くと、軟らかく煮えた肉をスプーンで掬い頬張った。

3

昭は自宅の西側にある庭に立っていた。

良く晴れた昼下がりだった。庭の一面には芝生が広がり、その中央には水の出ない小さな噴水があった。家から三メートルほど離れた場所には高さ七メートルほどの石榴《ざくろ》の木が立っていた。庭の周りは背の高い生垣にぐるりと囲まれ、その下には様々な草花が植えられていた。それは普段と何も変わらぬいつもの風景だった。

昭は暫《しばら》くの間ぼんやりと辺りを見回していたが、やがてある事に気づいた。先程まで誰もいなかった石榴の木の下に人が立っていた。昭は驚いて目を見開いた。すぐにそれが母親だと分かった。昭は嬉《うれ》しくなり急いで駆け寄った。

「母様っ」

昭は眼前で立ち止まり叫んだ。母親は黒いワンピースを着ていた。微笑んではいたがなぜか無言だった。

「何してるの？」

昭も笑みを浮かべた。母親は答えなかった。微笑んだまま昭の顔を十秒ほど見つめると、視線をゆっくりと足元に落とした。地面には石榴の実が一つ落ちていた。母親は身を屈《かが》めてそれを拾い、一口齧《かじ》ると音を立てて咀嚼《そしゃく》した。

「おいしい？」

昭が訊《き》き、一歩近づいた。母親は答えなかった。無言で咀嚼を続け、やがてゆっくりと飲み込んだ。その口元から石榴の汁が一筋流れた。それは血のように赤黒かった。

昭はそこで覚醒《かくせい》した。

目を開けると室内が闇に満たされていた。辺りはしんと静まり返り物音一つ聞こえなかった。闇の中、昭は頭上に手を伸ばしてベッドのヘッドボードにある読書灯の紐《ひも》を引いた。カチッという小さな音と共に電球が灯《とも》り、黄色い光が室内を照らした。昭は枕元に置いた懐中時計を手に取った。針は午前二時五分を指していた。同時に背中がヒヤリと冷たくなった。子供の頃から寝つきが良く、一度ベッドに入ると朝まで眠り続けるのが常だった。その為、物心ついてからこんな深夜に目覚めた記憶が無く、強い不安が込み上げてきた。昭はベッドの上に上体を起こした。確かに自分の部屋だったが昼間とはまるで違う場所に見えた。何か邪悪なものが至る所に潜み、自分を凝視しているような気がしてならなかった。父親の部屋で一緒に寝たかったが二階にある為不可能だった。昭は怯《おび》えながら、サーカスの興奮が続いており、それが神経を昂《たか》ぶらせて目覚めたのだと思った。

不意に何かが聞こえた気がした。

昭はハッとして息を殺した。確かに何かが聞こえていた。昭は耳を澄ませた。微《かす》かだが高い音域の音がどこからともなく流れていた。風の音のようにも、笛の音のようにも聞こえた。昭の部屋は庭に面した一階の西側の、南西の角にあった。北の壁は書斎と、東の壁は居間と隣接していた。上は祖父の寝室だった。昭はさらに耳を澄ませ、その音がどこから聞こえてくるのか探った。しかし余りにも音量が微弱なため、音源のある方向を特定することはできなかった。

音は止まなかった。時折途切れながら、時折音程を変えながら長々と続いていた。

不意に西側の庭で物音がした。靴底が地面を蹴《け》るような音だった。昭の心臓が大きく鳴った。何者かがこの音を発しているのかもしれなかった。昭はベッドから下りると昇降式の窓に駆け寄りカーテンを引き開けた。外は月夜だった。青白い満月が夜空に浮かんでいた。昭は素早く目で庭を探った。その途端「あっ」と小さい声を上げた。庭に人が立っていた。距離にして十五メートルほどだった。淡い月光がその姿を青白く照らしていた。昭は目を凝らした。その人物は黒い外套《がいとう》を着て黒い頭巾《ずきん》を被《かぶ》っていた。顔は見えなかったが、いかつい体格から男だと分かった。男は両手を当てた腰をゆっくりと左右に回していた。昭はどくどくと脈打つ心音を聞きながら男を凝視した。なぜ体操をしているのか分からなかった。男はそのまま三分ほど腰を回し続けると、今度は膝《ひざ》の屈伸運動をまた三分ほど繰り返した。そして腹這《はらば》いになって腕立て伏せを素早く五十回ほどすると、前庭に向かって足早に歩いていった。

昭は唖然《あぜん》として声が出なかった。男は不審者の筈《はず》だった。しかしその動作に張り詰めたものが全くなかった。まるで自宅にいるかのように落ち着いていた。軽い体操の後、ふらりと近所に買い物に出掛けたようにさえ見えた。

昭はそれから十五分ほど待ったが男は戻ってこなかった。秋の夜は寒かった。いつのまにか体が冷え切り、微かに両膝が震えていた。昭はベッドに戻ると毛布を頭から被った。体を丸めて縮こまり、両手に息を掛けて温めた。

何らかの理由があるのかもしれない、と昭は思った。

何らかの理由で自分には知らされていないが、実は家族の誰かと深い関わり合いのあるちゃんとした人かもしれないと思った。もしそうなら、先ほどの男の奇妙な行動も理解することができた。

昭は自分の推理が正しいような気がした。男が味方かどうかは分からなかったが、少なくとも敵でないことだけは確かなようだった。昭は迷った末、明日《あした》勇気を振り絞って婆やに尋ねてみることに決めた。

＊

「昭さん、お時間ですよ」

近くで大きな声がした。驚いて目を開けると頭上に婆やの丸い顔があった。

「ベッドの読書灯が点《つ》けっぱなしでした。ちゃんと消してから寝て下さい」

婆やは詰《なじ》るように言うと窓際に歩いていきカーテンを引き開けた。朝のまばゆい陽光が部屋に差し込み昭は目を細めた。婆やは素早く部屋中を見回し、異常が無いことを確認すると床板を軋《きし》ませて出て行こうとした。その途端、昭の脳裏を昨夜見た男の姿が過《よぎ》った。

「ちょ、ちょっと待って」

昭は上体を起こすと上擦った声で叫んだ。婆やが立ち止まりこちらを向いた。

「何です？」

「あの……」

昭はそこで言い淀《よど》んだ。すんでのところで質問するのが怖くなった。もし見てはいけぬものを見たとしたらどうしようという思いが頭を駆け巡った。

「何です？　早く仰《おっしゃ》って下さい」

婆やが苛立《いらだ》った口調で言った。

「……今日の、朝ご飯は何？」

昭は咄嗟《とっさ》に質問を変えた。

「パンと目玉焼きと紅茶です。用意しますので冷めないうちにどうぞ」

婆やは一礼すると部屋から出ていった。

昭は大きく息を吐くとベッドから下りた。昨夜の出来事がゆっくりと甦《よみがえ》ってきた。あの頭巾を被った男も謎だったが、微かに聞こえてきた奇妙な音も謎だった。そして頭巾の男と奇妙な音に関連性があるのかどうかも謎だった。昭はそれらの謎を解明しようとしたがすぐに止めた。自分の頭では到底推理できる問題ではないことに気づいたからだった。

昭は釈然としない気持ちのまま歩いていき、西側の窓の前に立った。硝子《ガラス》の向こうには庭が見えた。一面に芝生が広がり、窓から三メートルほど離れた場所には夢にも出てきた石榴の木が立っていた。至る所に生《な》った石榴の実が、秋の深まりと共に急速に熟しているのが分かった。その右奥には水の出ない小さな噴水が見え、左奥には黒い六輪自動車が見えた。父親が陸軍から無償で貸与されているもので通勤の他、昭の小学校への送り迎えにも使用していた。

「昭さん、朝食の用意ができましたよっ」

廊下の向こうから婆やの大声が聞こえてきた。

昭は急いで白いパジャマを脱ぐと、白いブラウスとサスペンダーの付いた半ズボンに着替えた。

4

黒い六輪自動車が自宅前で停まった。

「じゃあね、父様」

昭は助手席のドアを開けた。

「おい昭」

後ろで声がした。車から降りようとしていた昭は振り向いた。

「おまえ、またサーカスに行きたいか？」

運転席の父親が真面目な顔で言った。昭は五秒ほど間を置いて大きく頷《うなず》いた。

「今度のテストの成績が良かったら、婆やに内緒でまた連れてってやる」

「でも、どうして連れてってくれるの？」

怪訝《けげん》に思った昭が訊いた。

「あまり人に言ったことはないんだが、サーカスが大好きなんだ」父親が照れ臭そうに言った。その意外な答えに昭は驚いた。職業柄、俗物的なものを毛嫌いし軽蔑《けいべつ》していると思っていたからだ。

「ピエロや空中ブランコを観てると、子供の頃に戻ったみたいでワクワクしてくる。できるなら週に一回は見物したいもんだ。だからお前もがんばって勉強して、また二人で観にいこう。いいな？」

「うん」

昭はまた大きく頷くと外に出て、勢い良く助手席のドアを閉めた。

父親が軽く右手を上げた。昭も軽く右手を上げた。黒い六輪自動車は軽快な発動機の音を上げて動き出すと、そのまま住宅街の道を走り去っていった。

自宅の前に立った昭の心に嬉々《きき》とした感情が広がった。あの帝大出のドイツ語教授がサーカスを気に入っていると知った為だった。雲の上の存在だった父親がぐっと人間臭く、ぐっと身近に感じられ昭は嬉《うれ》しかった。約束通り一生懸命勉強し、必ずもう一度サーカスに連れて行ってもらおうと思った。

昭は大きな鉄扉を開けて門をくぐり、自宅の敷地に入った。

時間は午後二時を少し回っていた。空を見上げると抜けるような青空が広がり、辺りには秋の淡い陽光が降り注いでいた。暑くもなく寒くもない、理想的な昼下がりだった。昭は家の中に入るのが惜しくなった。この心地好《よ》い太陽の光をたっぷりと浴びたくなった。昭はランドセルをしょったまま前庭を横切り、敷地の西に向かって歩いていった。

一面に広がる芝生の庭も淡い陽光に満ちていた。昭は深呼吸をしながら、中央にある水の出ない小さな噴水に向かった。噴水の丸い石囲いに腰掛けてのんびり日光浴をするつもりだった。しかし途中まで来てふとある事に気づいた。どこかから微《かす》かに甘い香りが漂っていた。昭は立ち止まり辺りの匂いを嗅《か》いでみた。やがてそれが家の側にある石榴《ざくろ》の木から放たれていることに気づいた。木には四、五羽の雀が止まりしきりに何かをついばんでいた。気になった昭は踵《きびす》を返すと足早に歩いていった。距離は三十メートルも無かった。昭はすぐに到着し、木陰に入った。枝に止まっていた雀が一斉に飛び立った。先程の匂いが強まったのが分かった。昭は上を向いた。高さ七メートルほどの木だったが、真下から見上げるとそれなりに迫力があった。上を向いたまま数歩後退すると靴に何かが当たった。昭は地面を見た。足元に石榴の実が一個落ちていた。昭は身を屈《かが》めて石榴の実を拾った。

拳《こぶし》大のそれは赤く硬い外皮が大きく裂け、中にびっしり詰まった淡紅色の果肉の粒が露出していた。昭はいつの間にか実が成熟していたのを知った。果肉を鼻先に近づけると濃厚な甘い匂いがした。それは昭の好奇心を刺激した。昭は今まで一度も石榴を食べたことが無かった。理由は婆やの異様なまでの石榴嫌いだった。物心ついたころから石榴の実を決して食べぬよう厳命されていた。

「この世で石榴ほど醜く汚れた果実はありません。もし食べれば昭さんの心も醜く汚らわしいものになるのです。いいですか、絶対に石榴を食べてはいけませんよ」

婆やは事あるごとにこの言葉を繰り返した。それは幼い昭の心に深く沁《し》み込み、いつしか無意識のうちに石榴を食べてはいけぬと思うようになっていた。そのため今日までただの一度も口にすることはなかったが、鼻腔《びこう》に残る濃厚な甘い匂いは洗脳された昭の心を強く揺さぶった。この淡紅色の果肉の粒を口に含み、咀嚼《そしゃく》したいという欲望が湧き上がった。昭は十秒ほど躊躇《ちゅうちょ》した後、両手で石榴を持ち左右に開いた。大きな裂け目がさらに開き、中に詰まった無数の果肉の粒が溢《あふ》れ出した。昭は胸の鼓動が微かに速まるのを覚えながら石榴の実を口元に近づけた。

「昭さん！」

後ろで怒声がした。昭の体がびくりと震え手から石榴の実が落ちた。振り向くといつの間にか三メートルほど後ろに婆やが立っていた。そこは昭の部屋の窓の前だった。窓の右側に小さな用具小屋があり、その扉が開いていた。箒《ほうき》か何かを取りに来た婆やが偶然昭を見つけたようだった。

「何をしているのです！」

婆やが足音を立てて近づいてきた。その目には刺すような光が浮かんでいた。昭の全身が硬直した。言い訳をしたかったが喉《のど》が引き攣《つ》れて声が出なかった。

「あれほど食べてはいけないと言っているのになぜこんなことを！」婆やは地面に落ちた石榴の実を思い切り踏み潰《つぶ》した。「なぜです！　なぜこんな忌々しいものを食べようとするのです！　あなたの心が醜く汚れてしまうのですよ！　私はあなたのことを思って言っているのですよ！　あなたは醜く汚れた心になりたいのですか！」

婆やが鼻先まで顔を近づけた。昭は恐怖の余り息ができなくなった。膝頭《ひざがしら》が激しく震え、込み上げてきた涙がこぼれ落ちた。

「どうなんです！　あなたは醜く汚れた心になりたいのですか！」

婆やが大声で質問を繰り返した。依然として声が出なかった。昭は泣きながら顔を左右に振った。

「もう絶対石榴を食べないと誓いますね！」

婆やがさらに顔を近づけた。昭は何度も何度も頷いた。婆やは昭の鼻先から顔を離して暫《しばら》く睨《にら》みつけていたが、やがて本当に反省したと判断したらしく「よろしい」と低い声で言った。そして踵を返して足早に用具小屋に戻っていくと、中から箒を一本取り出して前庭に向かって歩いていった。

婆やの姿が家の陰に隠れた途端、全身から力が抜けて昭は地面にへたり込んだ。やっと呼吸が楽になり大きく何度も息を吸った。もう死んでも石榴は食べない、と昭は心の底から誓った。

5

その日の夕食は生牡蠣《がき》だった。婆やが直接市場に出向いて買い付けた新鮮なものだった。昭はいつものように食堂で父と向かい合い食事をとった。生牡蠣は大好きな和食の一つだったが、婆やに叱責《しっせき》された余韻が残り暗い気分だった。

「今日ね、陸軍から借りてる車を傷つけられたんだよ」父親が淡々とした口調で言った。「助手席のドアにね、小銭で引っ掻《か》いた跡が三十センチ位付いてたんだ」

「誰にやられたの?」

昭が生牡蠣に檸檬《レモン》汁を振りかけながら訊《き》いた。

「今、士官学校の駐車場の近くに大きな防空壕《ぼうくうごう》を造ってるんだ。それで工事に従事する人夫が毎日山ほど来てるんだけど、その中の誰かがやったんだろうね。あいつら気性が荒い上に昼間から酒を飲んでるから、軍の車でも平気で傷つけるんだよ」

父親は苦笑すると、箸《はし》で摘《つ》まんだ生牡蠣を食酢に浸した。

「ボウクウゴウって何?」

昭が生牡蠣を咀嚼しながら訊いた。軍事的なものだとは分かったが詳細を知らなかった。

「簡単に言うと爆弾が落ちてきた時に隠れる、地面に掘った穴だよ」

「ふぅん、初めて知った」

「そうか？　うちにだって以前防空壕があったんだぞ」

「本当？　いつあったの？」

「お前が生まれる前に造ったんだ。まだお祖父《じい》さんが普通に歩けてた頃だ。結構お金を掛けたんだけど、雨水が染み込んでボロボロになってね、このままじゃ崩れる心配があるって言われて埋めたんだ」

「いつ埋めたの？」

「結構最近だな、ちょうど花枝《はなえ》がいた時だからな」

「花枝って誰？」

昭がそう言った時、父親は突然驚いた顔をして昭の後ろを見た。慌てて振り向くとドアの前に婆やが立っていた。手にはデザートの葡萄《ぶどう》が載った皿を持っていた。婆やは無言だったが、父親を見る目には詰《なじ》るような光が浮かんでいた。昭は前を向いた。父親は明らかに動揺しており、強張《こわば》った顔に無理矢理作り笑いを浮かべていた。

「花枝ってのは、前うちに勤めてた女中なんだ。聞いたことなかったか？」

父親が昭の顔を一瞥《いちべつ》した。

「初めて聞いたよ」

昭が低い声で答えた。

「昭さん、お風呂《ふろ》に入る時間ですよ」

後ろから婆やの抑揚の無い声がした。静かだが有無を言わさぬ迫力があった。

「ご馳走様《ちそうさま》でした」

昭は食べ残しの生牡蠣の横に箸を置くと立ち上がった。

*

浴室から出て廊下を歩いていると食堂から甲高い声がした。二人が激しく言い争っているのが分かった。褌《ふんどし》一丁の風呂上りの昭はそっと近づいていきドアに耳を付けた。

「旦那《だんな》様は緊張感が足りないんです。だから昭さんの前で花枝の名前を言うんですっ」婆やの叫び声がした。「なぜ緊張感が足りないかと言うと、あの件について自分はあまり関係がないと思っているからですっ。どこか他人事《ひとごと》のように思っているんですっ」

「そんなことはないっ、俺だって充分罪の意識はあるし、今まで苦しんできたっ」

父親の叫び声もした。いつも自分のことを『僕』と呼ぶ父親が『俺』と言っているのを聞き、かなり興奮しているのが分かった。

「いいえ、旦那様の苦しみなど奥様の苦しみに比べたらどうってことございませんっ。奥様は長い間苦しみぬいた末にご決断されたのですっ。そのことをお考えになったことはありますかっ」

「当たり前だっ。今だってあいつのことを考えると心が痛んで眠れない夜があるんだぞっ」

「眠れない夜があったとしても、それは旦那様の自業自得ではありませんか。でも奥様は何も悪くないのですっ。奥様は完全なる被害者なんですっ。そこが旦那様と奥様の違いなんですっ。苦しみの質が全く違うのですっ。そこをお忘れにならないようお願いしますっ」

婆やが叩《たた》きつけるような声で怒鳴った。父親は何も言わなかった。室内はしんと静まり返った。婆やの主張が正しいと父親が認めた証拠に思えた。

「とにかく、もう二度と昭さんの前で花枝の名前を出さぬようお願いします」

婆やが低い声で言った。

「分かった、気をつける」

父が弱々しい声で答えた。不意に床板の軋《きし》む音が近づいてきた。婆やがドアに向かって来るのが分かった。昭は慌てて廊下を走ると自室のドアを開けて中に飛び込んだ。昭がドアを閉めた瞬間、婆やが食堂のドアを開けた。昭は大きなため息を吐いた。

＊

パジャマに着替えた昭はベッドに腰掛けて先ほどの会話を思い出した。簡単に言うと父親が花枝という女中と問題を起こし、それが原因で母親が苦しんだというものだった。問題というのは所謂《いわゆる》『浮気』のことだと分かったが、昭は特に驚かなかった。それは物心ついた頃から、父親の周囲にはいつも女の影が見え隠れしていたからだった。しかしそれは父親がどこかの女と腕を組んで歩いていたり、密《ひそ》かに接吻《せっぷん》したりしているのを見たというものではなかった。ただ自分や婆やとの会話の端々に、時折さりげなく女の名前が出てくるだけのことだった。それは知っている女の時もあれば、知らない女の時もあった。しかし女達の名前を言う時、父親の目には必ず愉悦に満ちた光が浮かんだ。そのどこか淫靡《いんび》な光を見る度、昭は父親と女達の間に何か秘密が、少なくとも子供が知ってはいけない秘密があることを本能的に感じ取った。

家で働く女中にしても祖父の代からいる婆やを除けば常に流動的で、大抵二年から三年で次の者に代わっていった。現在は一ヶ月前に喜久子《きくこ》という女中が辞めたため、次の者を募集している最中だった。昭は花枝という名の女中を憶《おぼ》えてはいなかった。しかし幼少の頃の記憶は酷《ひど》く曖昧《あいまい》なため、多分その頃にいたのだろうと思った。しかし父親と女中の浮気で母親が苦しんだというのはよく分かった。昭が二歳の時に病死したため写真でしか見たことがなかったが、それでもその凛々《りり》しい切れ長の目とキッと真一文字に結んだ口は、尋常ならざる矜持《きょうじ》の持ち主であることを如実に物語っていた。そのため夫を召使いに寝取られたと知った時の衝撃と苦悶《くもん》は子供心にも容易に想像でき、母親に忠義を尽くしていた婆やが激怒して父親を責めるのも理解できた。

昭は動揺し、強張った顔に無理矢理作り笑いを浮かべた父親を思い出した。

それは初めて見た父親の醜態だったが、昭は不思議と幻滅することがなかった。それどころか「サーカスが大好きなんだ」と言った時と同様に、父親がさらに人間臭くさらに身近に感じられまた嬉《うれ》しくなった。

昭は薄《うっす》らと眠気を感じた。ふと時間が気になり枕元の懐中時計を見た。針は午後九時五十分を指していた。もうとっくに就寝時刻は過ぎており、いつ婆やが見回りに来てもおかしくなかった。昭はベッドの読書灯を消すと毛布に潜りこんだ。

6

闇の中、深い海底からゆっくりと浮上するようにして昭は覚醒《かくせい》した。

目を開けたが眼前もまた闇だった。どろりとした濃厚な暗闇が辺り一面に満ちていた。昭は頭上に手を伸ばし、ベッドのヘッドボードについた読書灯の紐《ひも》を引いた。カチッという小さな音と共に電球が灯《とも》り黄色い光が室内を照らした。昭は枕元の懐中時計を手に取った。針は午前二時五分を指していた。また同じ時刻だった。昭は何か不吉なものを感じたが、昨夜のような強い不安や恐怖を感じることは無かった。枕に頭を乗せたままぼんやりと天井を眺めた。辺りはしんと静まり返り物音一つしなかった。再び眠りたかったが、なぜか意識が冴《さ》え渡り視界が鮮明になっていた。

そこで昭は奇妙な感覚に襲われた。見えない指先で顔の産毛を撫《な》でられるような、あるいは微弱な風が吹いてきて顔を掠《かす》め過ぎるような、何とも言えないむず痒《がゆ》さを感じた。昭は天井を見つめながらその原因は何かと考えたが、やがてある事に気づき心臓がどくりと鳴った。それは視線だった。誰かに凝視されている時に感じる、あの虫が這《は》うような感触だった。不意に脳裏をあの頭巾《ずきん》の男の姿が過《よぎ》った。心臓が再びどくりと鳴った。昭はベッドの上に飛び起きて窓を見た。同時に「わっ」と叫んだ。カーテンの中央に二十センチほどの隙間があった。そこに人が立っていた。暗くて顔は見えなかったが黒い頭巾を被《かぶ》り黒い外套《がいとう》を着ていた。昨夜の男に間違いなかった。

「……な、な、何ですか？」

昭が搾り出すような声で言った。男は無反応だった。答える気がないのか、昭の声が聞こえないのかは判断できなかった。男は窓の外に立ったまま動かなかった。顔は見えないが強い視線を感じるため、自分を凝視しているのが分かった。男はそのまま数分間立ち続けた後、何の前触れもなしに一瞬でいなくなった。

昭はベッドから下りて窓に駆け寄った。急いでカーテンを引き開けたが男の姿はどこにもなかった。昭は大きく息を吐いた。男を見た瞬間は驚いたが、放たれる視線に敵意は全く感じられなかった。得体が知れず不気味ではあったが、やはり敵ではないということが改めて分かった。

ふと何かが聞こえてきた。

昭はハッとして耳を澄ませた。

昨夜と同じだった。微《かす》かだが高い音域の音がどこからともなく流れていた。風の音のようにも、笛の音のようにも聞こえた。

今夜こそ音源を発見したいという強い衝動が湧き上がった。

昭はまず昇降式の窓を開け、外から音がするかを調べた。次に東西南北の四つの壁に耳を押し当て、少しずつ移動しながら丹念に音源を探った。それでも駄目だと分かると床に耳を押し当て、一メートルほどの間隔をおいて調べていった。やがてドア付近の床に耳を押し当てた時、今まで微かだった音が不意に大きくなった。昭は息を呑《の》んだ。それは人の声だった。少女のか細い声が静かに歌を歌っていた。それは悲しげだった。冬の鈍色《にびいろ》の空を彷彿《ほうふつ》とさせるような、聞く者の胸に沁《し》み込んでくる切ない旋律だった。昭はゆっくりと床から耳を離した。心臓が大きな音を立てて鳴っていた。信じられなかった。自分の部屋の真下に未知の地下室があることが、しかも中に少女が存在していることが信じられなかった。

不意に昭はあることを思い出した。夕食の時父親が以前この家にも防空壕《ぼうくうごう》があったと話していた。『爆弾が落ちてきた時に隠れる、地面に掘った穴』とはまさにこの地下室のことを指しているような気がした。しかし壕が家の敷地のどこにあったのかは不明で、しかもすでに埋めたと父親は言っており、自分の推理がどこまで正しいのかは分からなかった。

昭は再び床に耳を押し付けた。また少女のか細い歌声が聞こえてきた。声量が上がり、歌声がより鮮やかになっていた。昭は目を閉じて耳を澄ませた。少女の声が耳の奥に流れ込み鼓膜を優しく震わせた。そこで昭は歌詞が日本語でないことに気づいた。どこか欧州の国を思わせる発音だった。しかしそれでも悲しく切ない旋律で歌う少女の声は、陶然とするほど美しかった。夢中で聞いているうちに昭は懐かしさを覚えた。聞いた記憶は無かったが、なぜか聞いたことがあると断言できるような奇妙な懐かしさだった。少女の歌は止まなかった。時折途切れながら、時折音程を変えながら長々と続いた。昭は目をつぶったまま、何かに憑《つ》かれたようにいつまでも聞き入っていた。

7

「昭さん！」

不意に大声がした。驚いた昭は弾《はじ》かれたように顔を上げた。頭上に婆やの丸い顔があった。

「どこで寝ているのですか！」

婆やが苛立《いらだ》たしそうに叫んだ。そこで昭は初めて、ドアの前の床にうつ伏せになって寝ていることに気づいた。

「ご、ごめんなさいっ」昭は慌てて上体を起こし立ち上がった。「自分でも分からないけど、多分寝惚《ねぼ》けてたんだと思う」

「今日が十二歳の誕生日ですよ、しっかりして下さい」

婆やは窓際に歩いていくとカーテンを勢い良く引き開けた。窓から陽光が差し込み昭は目を細めた。婆やは素早く部屋中を見回し、異常が無いことを確認した。

「朝食には遅れないで下さい」

婆やは昭を一瞥《いちべつ》すると歩いていき、部屋から出てドアを閉めた。足音がゆっくりと遠ざかっていき、やがて聞こえなくなった。昭は婆やの気配が完全に消えたのを確認すると素早くうつ伏せになった。そしてドアから五十センチほど離れた床に耳を押し当てた。昨夜声が聞こえた場所だった。昭は息を殺し耳を澄ませた。また鼓動が高鳴るのが分かった。

十秒が経ち、三十秒が経ち、一分が過ぎた。少女の声は聞こえなかった。

さらに二分近く粘ったが床下は静まり返り物音一つしなかった。

それでも諦《あきら》めきれずにさらに三分粘った。しかし結果は同じだった。理由は分からないが少女の声は聞こえなかった。声が聞こえるまで何時間でも待ち続けたかったが朝食の時間が迫っていた。遅れると婆やの叱責《しっせき》が待っていた。昭は仕方なく立ち上がった。そこで体の異変に気づいた。いつの間にか腹痛が起きていた。下腹に、ぎゅっと引き絞られるような痛みがあった。臍《へそ》の下に掌《てのひら》を押し当ててみると、中で柔らかいものがギュルギュルと蠢《うごめ》いているのが分かった。間違いなく下痢をしていた。そして昨日の夕食が生牡蠣《がき》だったことを思い出して納得がいった。婆やは食材の鮮度や質を一瞬で見抜く一流の目利きだったが、今回は珍しく失敗したようだった。

腹痛はさらに強くなった。昭はパジャマのまま自室を出ると、顔を歪《ゆが》めながら廊下を進みトイレに入った。

結果は予想通りだった。用を済ませた昭は出ようとしたが、突然強い吐き気に襲われそのまま便器に嘔吐《おうと》した。

洗面所で口をゆすいで居間に行くと暖炉の前のソファーに父親が座っており、その傍らに婆やが立っていた。昭が下痢と嘔吐の症状を訴えると「僕も全く同じだ。昨日の牡蠣にやられたよ」と青白い顔で答えた。そして今日一日学校を休んで医師の診察を受け、部屋で大人しく寝ているよう命じた。そして婆やには医師の往診の手配と粥《かゆ》の食事、少なってきた食料の買出しを指示した。

婆やは父親にも士官学校を休むよう懇願した。しかし父親はどうしても休めない会議があると突っぱね、定刻通りに出勤した。婆やは門から出ていく六輪自動車に深々と頭を下げ、「旦那《だんな》様、本当に申し訳ございませんでした！」と叫んだ。

昭はここまで真剣に謝罪する婆やを初めて見た。その顔は強張《こわば》り、声が露骨に震えていた。いつも歯に衣着《きぬ》せぬ言動で父親にずけずけとものを言うが、一皮剝《む》けば主人に従属するただの使用人だったという現実に昭は面食らった。同時に同じ人間を従属させていることに強い罪悪感を覚えた。

しかし婆やの昭に対する態度はいつもと変わらなかった。六輪自動車が完全に見えなくなると足早に家に戻り、勢い良くドアを閉めた。

「昭さん、何ぼんやりと突っ立っているのです？　旦那様のお言葉を聞いたでしょう。早く部屋に戻って寝なさい。お粥はできしだい部屋に運びます」

婆やは威圧するような声で言った。父親と違い謝罪の言葉は一切なかった。迫力に圧倒された昭は慌てて廊下を引き返した。

しかし自室に戻りドアを閉めた途端、昭の顔に満面の笑みがこぼれた。まさに災い転じて福となすだった。牡蠣にあたったお陰で丸一日地下の少女の動向を探ることができた。しかも昼夜の食事も部屋でとることができるのだ。こんな嬉《うれ》しいことはなかった。昭は生まれて初めて食あたりに感謝した。

昭はドア付近の床に耳をつけた。やはり声は聞こえなかった。そこで昭はあることに気づいた。少女は一晩中、少なくとも昭の記憶が残っている午前四時過ぎまでは歌っていた。ということは夜の間起きて昼の間寝るという、普通とは逆の生活をしている可能性があった。昭は拳《こぶし》で床を十回叩《たた》いた。そして口を近づけて「おーいっ、おーいっ」と叫んだ。そしてまた床を十回叩いた。昭は急いでうつ伏せになり床に耳を押し付けた。しんと静まり返る中、木の軋《きし》むような音が二回した。昭の心臓が小さく鳴った。それはあの少女が今もこの下に存在している証拠だった。やはり昼夜逆転の生活をしているようだった。

昭は上体を起こして立ち上がった。焦ることはなかった。時間はたっぷりあった。丸一日部屋にいることができるのだ。朝の五時に寝たとしたら起きるのは午後の一時頃のような気がした。それまで定期的に床下の音を聞き、起床の確認をしようと思った。

昭は喉《のど》の渇きを覚えた。起床してから水を飲んでいなかった。台所で婆やの作った麦茶を飲もうと思い、ドアを開けて部屋を出た。廊下を中程まで進んだ時、左手にある階段からちょうど祖母が下りてきた。

「あら」

白い割烹着《かっぽうぎ》を着た祖母は昭を見ると少し驚いた顔をした。

「おはようございます、おばあ様」

昭は小さく会釈した。祖母は階段を下りきると昭の前に立った。

「あんた、学校は？」

「それが、お腹を壊したんです」

昭は自分と父親が昨夜の夕食の生牡蠣にあたった事を手短に話した。

「ふうん、そうかい。大変だね。二階は下と違うものを食べてるから何ともないよ」祖母が興味無さそうに言った。「今朝婆やが食事を運んできた時、食あたりの事は何も言わなかったけど、自分の失敗をあたしに知られたくなかったんだね。あの老練な目利きでも食材選びに失敗するんだから、弘法《こうぼう》にも筆の誤りとはよく言ったもんだよ」

祖母が笑みを浮かべてこちらを見た。

「はぁ……」

昭は言葉を濁し、視線を逸《そ》らした。祖母に会うのは三日ぶりだったがやはりいつ見ても異様に若かった。その美しく整った顔にはどこにも皺《しわ》がなく、透き通るような白い肌は張りがあって瑞々《みずみず》しかった。今年で五十六歳だったが、どう見ても三十代前半にしか見えなかった。

「あの、おじい様のお加減はどうですか？」

昭が遠慮がちに訊《き》いた。

「そうか、お前は昔からお祖父《じい》さんが大好きだったからね。心配かい？」

祖母が低い声で言った。昭は無言で頷《うなず》いた。

「お前も知っての通り『石化筋態症』は厄介な病気でね、一応一進一退を繰り返してるけど、昨日診察にみえた新井《あらい》先生がもう予断は許さない状態になってるって仰《おっしゃ》ってたから、お前も心の準備をしておいた方がいいよ」

祖母は昭の額を指で軽く突つくと玄関に歩いていき、サンダルを履いて外に出た。ずっと部屋に籠《こ》もって祖父の看護を続けている為、空き時間ができると庭を散歩するのが常だった。しかしそれでも運動不足は否めず、最近のその頬や腹は妙にふっくらとしていた。

昭は大好きな祖父の死期が近い事を知ったが特に動揺しなかった。祖父は昭が生まれた時からすでに『石化筋態症』に罹患《りかん》しており、決して治らぬ病だと父親から何度も聞かされていた。その為、物心ついた頃にはすでに『祖父イコール死にゆく者』という固着観念ができあがり、それをごく日常のものとして受け入れていた。なのでそれなりの寂しさを覚えたものの、とうとう死ぬのだな、という冷めた想いしか湧いてこなかった。

昭は再び廊下を進み、台所に向かった。

入り口の前に来た時、婆やの鼻歌が聞こえてきた。昭は立ち止まり暖簾《のれん》の隙間から中を覗《のぞ》いた。こちらに背を向けた婆やが小声で歌いながら鍋《なべ》で粥を煮ていた。昭は中に入ろうとした。しかし足が動かなかった。何かが心に引っ掛かっていた。何かとても重要なことに自分が気づいてないような気がした。昭は二十秒ほど考えた所であることに気づき声を上げそうになった。

婆やが歌っている鼻歌が、あの少女の歌と全く一緒だった。膝頭《ひざがしら》が微《かす》かに震えるのが分かった。昭はゆっくりと台所から離れると足音を殺して廊下を走り、自分の部屋に飛び込んだ。

詳しい事情は分からなかった。しかし婆やが、そしてその雇い主である父親があの地下室に少女を隠しているということは分かった。あの少女が一体誰なのか必死で考えたが、頭が激しく混乱して何も思いつかなかった。ただ一つ確かなことは、自分が少女の存在に気づいたことを決してあの二人に知られてはいけないということだった。

廊下の向こうから床板の軋む音が聞こえてきた。湯気を立てる粥が脳裏を過《よぎ》った。昭は慌ててベッドに駆け寄り毛布の中に潜りこんだ。すぐにドアが開き、婆やが入ってきた。右手に持った盆には漆塗りの大きな黒い椀《わん》が載っていた。昭はゆっくりと上体を起こした。

「朝食です」

婆やは盆を差し出した。昭は受け取り毛布の上に置いた。

「十時に新井先生がまいりますので、それまでに食べ終えて下さい」

婆やが低い声で言った。

＊

しかし新井は十一時にやって来た。

とっくに粥を食べ終え、ベッドの上でまどろんでいた昭は肩を揺すられ目を覚ました。見ると傍らに婆やと白衣を着た初老の男が立っていた。医者の新井だった。

「昭君、こんにちは」

小太りの新井が笑みを浮かべた。

新井は祖父の友人で、祖父が診療をできなくなった七年前から昭の家の主治医をしていた。帝大医学部を出た秀才だったが昭は虫が好かなかった。何をするにも鈍臭く、見ているだけでイライラした。また昭を笑わせようと冗談を言うがそれが死ぬほどつまらなかった。確かに根っからの善人だということは分かったが、どうしても好きになれなかった。

新井は昭に症状を訊いた後、聴診器で心音を聞き、舌と眼球の白目の色を調べた。そして急性腸炎だと診断すると昭の右肩に細長い注射を打った。

「昭君、食事はお粥にしなさい。でも食べ過ぎると体が『かゆー』くなるから気をつけてね」

新井は思わず鳥肌が立つような冗談を言った。しかし昭は気づかないふりをして「はい」と答えた。新井は昭の頭を撫《な》でると婆やと二人で出ていった。

玄関まで新井を見送った婆やが戻ってきた。しかしその顔は困惑していた。

「新井先生の遅刻で予定が一時間狂いました。これからすぐに食料の買出しに行きます。その間昭様は自室で療養して下さい。昼食は午後一時過ぎです」そう言った婆やの目が急に鋭くなった。「いいですか、昭さんは病人なのです。今日は休日ではないのです。私が帰って来るまで絶対部屋から出ないで下さい。分かりましたね」

静かな声だったが有無を言わせぬ迫力があった。昭は大きく頷くと「分かりました」と答えた。

婆やが電話で呼んだタクシーはすぐにやって来た。婆やは後部座席に乗り込むと運転手に何かを告げた。運転手は頷き、車を発進させた。タクシーは素早く門を通り抜けると、発動機の音を響かせて走り去っていった。

昭は安堵《あんど》のため息を吐くと部屋の西側の窓から離れた。これで少なくとも一時間は婆やが帰って来ることはなかった。昭はドアの前に歩いていくとうつ伏せになり、床に耳を押し付けた。同時にあの少女の歌がはっきりと聞こえてきた。昭は驚きのあまり目を見開いた。それは夜中に聞こえてくる歌声の倍以上の声量だった。意味は分からなかったが、外国語の歌詞の一言一言が全て鮮明に聞き取れた。心臓が激しく脈打ち、顔の皮膚が熱を帯びた。昭は少女が自分に聞かせるために歌っているのだと思った。それ以外、婆やが出掛けた途端大声で歌い出す理由がなかった。昭はうつ伏せのまま右の拳で床を三回叩いた。不意に少女の歌声が止んだ。五秒ほど沈黙が続き、やがて棒のような物で下から床を突っく音が三回した。

「返事だ！」

昭は叫ぶとまた拳《こぶし》で床を三回叩《たた》いた。今度はすぐに下から天井を突つく音が三回した。

その音で昭は激しい興奮状態に陥った。会いたかった。少女に今すぐ会いたかった。どんな顔をしているのか見たくて堪《たま》らなくなった。昭はそこであることに気づいた。少女が地下で生きていくには水と食糧が必要であり、それらを毎日運んでいるのは婆やに違いなかった。つまり必ずどこかに秘密の入り口がある筈《はず》だった。

昭は西側の窓際に走ると窓を開け、上半身を突き出した。上下左右を素早く見回し、すぐにある物に気づいた。窓の右側に木製の古びた用具小屋があった。中には掃除用具や大工道具などしかなく殆《ほとん》ど入ったことがなかった。しかし自分の部屋の壁に隣接しているその小屋は、まさに秘密の入り口の恰好《かっこう》な隠し場所に思えた。昭はパジャマのまま窓によじ登ると庭に飛び降りた。一瞬婆やの顔が脳裏を過ったが全く怖くなかった。叩かれようが蹴《け》られようがもうどうでもよかった。

昭は用具小屋の前に立った。粗末な板切れでできたそれは、電話ボックスのような形をしていた。昭は木のドアを開けた。中は二畳ほどで箒《ほうき》や塵取り《ちりと》、ノコギリなどが立て掛けられていた。床には二つの大きな木箱が置かれ、その下に数枚の筵《むしろ》が敷かれていた。昭は一歩中に入ると木箱を一つずつ外に出した。そして数枚の筵をまとめて取り去ると、その下に正方形の大きな鉄板が見えた。昭は鉄板を両手で摑《つか》み、ゆっくりと小屋から引きずり出した。昭は立ち上がって小屋の床を見た。思った通りそこには縦横一メートルほどの正方形の穴が開いていた。昭は小屋に入ると穴の中を覗き込んだ。長さが二メートル近くある鉄の梯子《はしご》が垂直に伸びていた。昭は迷わなかった。そのまま穴に足を突きいれ、両手で左右の縦棒を摑むと素早く地下に下りていった。昭は非力で臆病《おくびょう》な少年だった。しかしもうすぐあの少女に会えると思うと、気持ちが高揚して何も怖いと感じなかった。

地面に着いた足裏の感触でそこがコンクリートだと分かった。小屋と同じく二畳ほどの四角い空間で正面の壁に古びた木の引き戸があった。

「こんにちは！」

昭が大声で言った。返事は無かったが中から濃厚な人の気配がした。昭は躊躇《ちゅうちょ》せずに引き戸を左に引き開けた。

中はどろりとした闇に満たされていた。何も見えなかった。一歩中に入るとひんやりとした空気が全身に絡み付いてきた。

「……昭君でしょ？」

闇の奥からあの少女の声がした。

「な、何で僕の名前知ってるの？」

驚いた昭が声を上擦らせて叫んだ。

「……入り口の戸、閉めてくれる？」

少女が昭の質問に答えずに言った。昭は訳の分からぬまま言われた通り入り口の引き戸を閉めた。室内が完全な暗闇に包まれた。瞬く間に上下左右の感覚が無くなった。昭は足元がぐらつくような錯覚に襲われ思わず両足を踏ん張った。

「今、灯《あか》りを点《つ》けるから待ってて」

少女が静かに言い、カチッと微かな音がした。同時に部屋の奥にぼんやりとした赤い光が浮かんだ。昭は目を凝らした。それは電気ランプだった。光る電球の上に半球形をした臙脂《えんじ》色の硝子《ガラス》の笠《かさ》が被《かぶ》せられていた。そのため光度が極端に抑えられ、行灯《あんどん》のような淡い光になっていた。その電気ランプの前で、少女が椅子に腰掛けていた。距離は十メートルほどだったが全身がシルエットになり顔は見えなかった。ただ、髪が肩まで伸びているということだけは分かった。

「あなたも座って」

少女が言った。昭は辺りを見回した。そこで初めて五メートルほど前方に丸いテーブルがあり、背凭《せもた》れのある椅子が向かい合わせに二脚置かれているのを知った。昭は椅子に近づくと無言で腰を下ろした。テーブルの上には陶製の大きなコップと、二枚の硝子を合わせて作った写真立てが乗っていた。写真立てには写真が一枚入っていた。昭は顔を近づけた。薄闇の中、髪を三つ編みにして着物を着た二十歳位の女が写っているのが辛うじて視認できた。その顔に見覚えは無かった。

「私が何であなたの名前を知っているか分かる？」

少女が尋ねてきた。昭は無言のまま首を左右に振った。

「婆やから聞いたの」

少女が抑揚の無い声で答えた。

「婆やから？」

昭は思わず叫んだ。

「そう、婆やは毎日の食事を届けにくるの。その時よくあなたの話をするわ」

その言葉に、昭は自分の予想が当たっていたことを知った。やはり婆やが世話をしていたのだ。

「君は何て言うの？」

昭が低い声で訊《き》いた。

「私は絹子《きぬこ》」

「何歳？」

「十三歳よ」

「いつからここにいるの？」

「さあ、ずっと前からいるけど、正確な年数はもう分からないわ」

それを聞いて昭は唖然《あぜん》とした。時間の感覚が無くなる位の間、少女は自分の部屋の真下で暮らしていたのだ。今まで気づかなかったのが奇跡のように思えた。

「絹子さんが歌っていた歌、あれは一体何？」

「あれはドイツの子守唄《うた》よ。昔婆やがよく歌ってくれたから覚えてるの。あなたも婆やに歌ってもらってた筈よ」

昭はそうか、と胸中で呟《つぶや》いた。昨夜、絹子の歌を聞いて奇妙な懐かしさを覚えた理由がやっと分かった。意識の奥底に婆やの子守唄の記憶が埋もれていたのだ。昭は納得した。

「婆やはどうやってドイツ語の子守唄を憶《おぼ》えたの？」

「この家にはドイツのレコードがいっぱいあるでしょ？　それを蓄音機で聞いてるうちにいつの間にか憶えたそうよ。でも言葉の意味は未《いま》だに分からないんだって」

「そういう訳か……」

昭は納得した。父親の仕事柄、家にはドイツのものがたくさんあった。ドイツ音楽のレコードも揃っており、時折父親の書斎から聞こえてくるのを耳にする事もあった。

「……ねぇ、ここってもしかして昔防空壕《ぼうくうごう》だったとこ？」

昭は辺りを見回した。四隅を囲む灰色のコンクリートの壁がぼんやりと見えた。

「多分ね。婆やはそう言ってたけど、詳しい事はよく知らないの」

絹子が低い声で言った。昭は上を向いた。天井の真ん中の部分が座布団一枚分ほど崩れ落ちていた。

「あの天井の穴、婆やがまだ五十代の頃に地震でできたんだって」絹子のシルエットも上を向いた。「今朝、あそこから突然昭君のオーイッて声が聞こえてきて目が覚めたの」

昭はあの穴が自室のドアの前、つまり絹子の歌を初めて聞いた場所なのだと知った。

不意に絹子が「うっ」と声を上げた。黒いシルエットの右手が口元を押さえるのが分かった。

「だ、大丈夫？」

驚いた昭が訊いた。

絹子は答えなかった。右手で口元を押さえたまま上体を屈《かが》め、おもむろに嘔吐《おうと》した。足元に盥《たらい》のようなものがあるらしく、吐瀉《としゃ》物がブリキ板に流れ落ちる音が響いた。絹子は数回咳《せき》をすると、ゆっくりと上体を起こした。

「き、絹子さんも昨日生牡蠣《がき》を食べたんだね。父様と僕も食あたりになって今朝吐いたんだ。つらいよね」

昭が笑みを浮かべて言った。しかし絹子はまた答えなかった。右手の甲で口元を拭《ぬぐ》い、大きく息を吐いた。昭よりも症状が悪いようでかなり苦しそうに見えた。

「……私、刺身みたいな生物が駄目なの」

絹子が小さく呟いた。なぜか秘密を告白するような口調だった。昭は何と答えればいいか分からず無言で頷《うなず》いた。

そのまま二人は押し黙った。沈黙が一分間ほど続いた。

「あの……絹子さんは、どうしてこんな所で暮らしているの？」

昭が最大の疑問を恐る恐る訊いた。

「その理由、知りたい？」絹子が抑揚の無い声で言った。「話すのは構わないけど、昭君、きっとショック受けるよ。それでも聞きたい？」

昭は二呼吸分躊躇した後、大きく頷いた。

「じゃ、話してあげる。まずね、私はあなたのお姉さんなの」

昭は驚愕《きょうがく》して絶句した。体が硬直し、動くこともできなかった。

「でも普通の姉弟《きょうだい》じゃないの。お父さんは一緒だけどお母さんは違う、異母姉弟っていうやつなの」

「……き、絹子さんのお母さんって誰？」

昭が必死に声を振り絞って訊いた。

「私のお母さんはこの家で女中をしていたの。名前は花枝」

『花枝』という言葉が昭の脳内に響いた。昨晩父親と婆やが激しく言い争う原因となった名前だった。父親は確かに以前うちで働いていた女中だと認めていた。

「僕、その花枝って人知ってるよ」

昭が低い声で言った。

「本当？　何で知ってるの？」絹子が微《かす》かに動揺するのが分かった。「誰から聞いたの？」

「聞いたんじゃないよ。父様と婆やが口喧嘩《くちげんか》しているのを盗み聞きしたんだ」

「母のこと、どれ位知ってるの？」

「……言いづらいけど、僕の父様と浮気したんでしょ？　それで僕の母様が酷《ひど》く傷ついて、苦しんで、それで……」

昭はそこで言い淀《よど》んだ。

「そう、知ってたの。ちょっと驚いたわ。絶対知らないと思ってたから」少女のシルエットが俯《うつむ》いた。「母の写真、テーブルの上に置いてあるでしょ？」

「あるよ」

昭は硝子の写真立てに入った写真を再び見た。今度は目が薄闇に慣れた為、先ほどよりもずっと鮮明に細面の顔が見えた。しかしその目鼻立ちは、決して醜くはないが極めて平凡でありこれといった特徴は何も無かった。三つ編みの髪型も同様で、見たことがあるのかもしれなかったが記憶には全く残っていなかった。

「僕がちっちゃい時、うちで働いてたんでしょ？」

「そうよ、あなたが二歳の頃までね」

「僕、正直言って絹子さんのお母さんのこと好きになれないよ。父様と浮気して母様を凄《すご》く苦しめたんだもん」

「あなた何言ってるの！」不意に絹子が大声で叫んだ。「確かに私の母はあなたの父親と不倫したわ！　でもそれは二人が心から愛し合っていたからなの！　あなたの母親の異常な束縛に苦しんで、その悩みを私の母に相談して、そこから二人は恋に落ちたのよ！　だから母が妊娠した時、あなたの父親は自分の子供だと認めた上でこの防空壕に匿《かくま》ってくれて、主治医の新井先生に頼んでちゃんと私を出産させてくれた！　二人の間には本当の愛があったのよ！」

「でも、そのせいで僕の母様は神経衰弱になって死んだんじゃないかっ！」

昭も語気を荒らげて叫んだ。

「あ……あなた一体何を言っているの？」絹子の声が急に静かになった。「あなた、全てを盗み聞きしたんじゃないの？」

昭は声が出なかった。確かに父親と婆やの言い争いは聞いたが、それは父親が花枝と浮気をして母親が酷く苦しんだということだけだった。その後母親が精神を病んで死んだことは、父親と婆やに聞かされて知っているだけだった。

「そう、そうなの、あなた真実を知らないの。だったら教えてあげる。あなたの母親の異常な束縛に苦しんだあなたの父親は私の母に助けを求め、そこで二人は恋に落ちて子供が生まれた。それを知ったあなたの母親は怒り狂い、私の母を呼び出して包丁で刺し殺したのよ」

「嘘だ！」

昭は叫んだ。あり得なかった。絶対にあり得ない出来事だった。確かに母は異様なまでの矜持《きょうじ》の持ち主であったらしいが、決してそんな蛮行を犯す人間ではない筈《はず》だった。

「まあ、そうね。自分の母親が人殺しだったなんていきなり信じられないもんね。でもいいわ、話を続けるから」絹子の声には露骨な嫌悪と憎悪が含まれていた。「そして私の母の死体を、あなたの母親と婆やが庭にある石榴《ざくろ》の木の下に埋めたのよ」

昭の心臓がどくりと大きく鳴った。物心ついた頃から決して石榴を食べぬよう婆やから厳命されていた。理由は『食べれば心が醜く、汚らわしくなる』からだった。しかし『石榴の木の下に死体が埋まっており、その腐汁を吸ってできた果実だから』という理由ならどうだろうか？　そう仮定した場合、石榴の実を決して食べさせぬ婆やの心情を容易に理解できた。

昭の首筋から背中にかけて不快な寒気が広がり鳥肌が立った。

「でも、そんな杜撰《ずさん》な犯行すぐバレるわ。その夜あなたの父親は私の母の失踪《しっそう》を知って、すぐに何かあると直感したの。それであなたの母親を詰問した。母親はすぐに殺人を告白して、もう一度私とやり直してとお願いした。でもそれを聞いたあなたの父親は激怒して、その場で首を絞めて殺したの。私の母を心から愛していたから仇《あだ》を討ったのね。あなたの母親の死体も石榴の木の下に埋められたわ。そして残された私をこの防空壕に住まわせて、今まで育ててくれたのよ」

絹子はそう言って大きなため息を吐いた。

昭は椅子に腰掛けたまま動けなかった。放心状態に陥り、視界にあるもの全てに現実感が無かった。昭は言い返さなくては、と思った。反論しなくては、と思った。しかし声が出なかった。なぜか絹子の話には否定できない重みと迫力があった。

「これで分かったでしょ？　本当に悪いのはあなたの母親だってことが。いきなりこんなこと聞かされてショックなのは分かるけど、そのうち受け入れられるようになるわ。そうしてお互い心の底から理解し合えたら、その時こそ本当の姉弟になれると思うの」黒いシルエットの絹子はそう言うと長い髪をかき上げた。「でもあなた、まだ私の顔見たことないでしょ？　母親似だから驚かないでね」

　昭はその言葉の意味が分からなかった。写真に写った花枝の顔は日本中どこにでもいる平凡なもので、一体どこが変わっているのか識別できなかった。昭は二枚の硝子《ガラス》を合わせて作った写真立てを手に取り、顔を近づけて凝視した。

「ちょっと何やってんの、それはお母さんの親友の写真よ。お母さんの写真は後ろにあるから」

　シルエットの絹子がこちらを指さした。昭は写真立てを裏返した。そこにも一枚の写真が入っていた。そこには一匹の爬虫人《はちゆうじん》が写っていた。二十歳位の若いメスで、黒いワンピースを着ていた。

「その服可愛いでしょ？　あなたのお父さんに買ってもらったんだって。今は私が譲り受けて大事にしてるの」

　絹子が楽しげに言った。

　昭は眩暈《めまい》を覚えた。視界が急にぐにゃぐにゃと歪《ゆが》み始めた。全身に悪寒が走り手足が小刻みに震えだした。昭は立ち上がった。足がふらついてよろめいた。手に持っていた写真立てが床に落ち、音を立てて砕けた。

（爬虫人は容貌《ようぼう》こそ違えど、頭の中身は人間と同じだったのです）

　サーカスの団長の声が耳の奥で響いた。

「どうしたの？　顔が真っ青よ」

絹子は振り向くと電気ランプから臙脂《えんじ》色の硝子の笠《かさ》を取った。電球の黄色い光が部屋一杯に広がった。絹子はまたこちらを向いた。白いブラウスを着た胴体の上には爬虫人と同じ形態の頭部が付いていた。昭は目を見開き呆然《ぼうぜん》とそれを見た。爬虫人と違う部分が三箇所あった。一つは頭部に長い髪が生えていた。それは人間の女と同じく黒くて艶《つや》やかだった。もう一つは皮膚だった。爬虫人は褐色だったが絹子は異様に青白かった。日本人の血が混じったことと、生まれてから殆《ほとん》ど日光を浴びていないのが原因のようだった。残りの一つが左右の目だった。あの蜜柑《みかん》ほどの大きさの眼球に目蓋《まぶた》がついており、時折瞬《まばた》きをしていた。

「怖がらなくて大丈夫、私達は姉弟《きょうだい》なんだから」

絹子は立ち上がると歩いてきた。そして昭の眼前で止まると右手を差し出した。握手のようだった。その手首には赤と青の丸い宝石が埋め込まれた腕輪をしていた。

「これからよろしくね」

絹子がにっこりと笑った。耳まで裂けた大きな口が左右に吊り上がり、口内から長い舌が飛び出した。それは蛇のように細長く、紫色で、先端が二つに割れていた。この生き物と自分の血が繋《つな》がっていると思った途端、昭の視界は真っ暗になり床に崩れ落ちた。

「昭っ、しっかりしてっ、昭っ」

昭は『姉』の甲高い声を聞きながら意識が遠のくのを覚えた。

＊

肩を強く揺すられ昭は目覚めた。目の前に父親の顔があった。

「大丈夫か？」

床に片膝《かたひざ》を突いた父親が心配そうな顔でこちらを覗《のぞ》き込んだ。昭は無言で頷《うなず》いた。

「無理に起こして悪かったな。一時間近くも気を失ってたから心配になったんだ」父親はそう言うと立ち上がった。「婆やから電話が来てね、すぐに車を飛ばして帰って来た」

昭はそこで初めて自分が白いソファーの上に横たわっていることに気づいた。ここがどこなのか分からなかった。昭は上体を起こして辺りを見回した。そこは自宅の二階の祖父の寝室だった。広さは十二畳ほどあった。部屋の右側には祖父のベッドがあり、左側には低いテーブルを挟んで白いソファーが二つ、向かい合わせで置かれていた。左の壁には手前にドアがあり奥にクローゼットがあった。

しかし部屋の様子は一年前と大分変わっていた。

床には朱色の高級絨毯《じゅうたん》が敷かれ、壁にはアラベスク模様の桃色の花が描かれたモダンな壁紙が張られていた。正面の壁にはベランダに続く大きな硝子戸が四つあったが、白いレースのカーテンと、色取り取りの薔薇《ばら》の刺繍《ししゅう》が入った青いベルベットのカーテンが下がっていた。昭は天井を見上げた。電灯には、縁がフリルになった赤いビロードのカヴァーが付いていた。

どう見ても病人の部屋ではなく、若い女の部屋だった。

そしてなぜかベッドに祖父がいなかった。

「おじい様はどこにいるの？」

昭は父親を見た。

「うん……あるところにいるよ」

父親は低い声で呟《つぶや》くように言うと、向かいのソファーに腰を下ろした。「あるところってどこ」と昭が訊《き》こうとした時、左側の壁にあるドアが開き婆やが入ってきた。なぜか絣《かすり》の着物の上に灰色の外套《がいとう》を羽織り、右手には革製の旅行鞄《かばん》を提げていた。

「昭さん、私は今日をもってお暇をもらう事にいたしました」

婆やが唐突に言った。その目からはいつもの威圧するような光は消え、代わりにどこか畏《かしこ》まったような光が浮かんでいた。

「な、なんで辞めるんだい？」

訳の分からぬ昭が訊いた。いつもの婆やとは別人に見えた。

「私は三十年近くこの家に御奉公してきましたが、それは大旦那様《おおだんな》がいらしたからこそでございます」

婆やは普段より慇懃《いんぎん》な口調で言うと目を伏せた。『大旦那様』とは昭の祖父の事だった。

「私は大旦那様に見初められてこの家に来て、大旦那様の手足となって働いてきました。

昭さんに厳しく接したのも大旦那様から命じられたからでございます。数々のご無礼、どうぞお許しくださいまし。しかし、私がこの家に留《とど》まる意義が消滅いたしました。なのでこれにて失礼いたします。長い間お世話になりました。お元気で」

「どういう事？　意義が消滅したってどういう意味？」

昭は早口で質問した。しかし婆やは答えなかった。深々と頭を下げると踵《きびす》を返し、無言で部屋から出ていった。そこに入れ替わりで祖母がやってきた。いつもは割烹着《かっぽうぎ》姿だったが今日は水色の派手なワンピースを着ていた。祖母は部屋の前ですれ違った婆やを鋭い視線で睨《にら》みつけた。しかし婆やは無言のまま廊下を去っていった。

「ふん、忌々しい」

祖母は吐き捨てるように言うと歩いてきて、向かいのソファーの父親の右隣に座った。

「絹子に会ったそうだね」

祖母が抑揚の無い声で言った。昭は無言で頷いた。

「それにしても、念願が叶《かな》うってのは本当に気分がいいもんだよ」祖母は意味ありげな笑みを浮かべた。「昭、ベランダを見てみな」

「……どうしてですか？」

昭が訊いた。理由が分からなかった。

「いいから見てみな、面白いものがあるから」

祖母が語気を強めて言った。昭は仕方なく立ち上がると歩いていき、大きな硝子戸の前に立った。そして硝子越しにベランダを見た瞬間絶句した。

そこには寝巻きを着た祖父が仰向《あおむ》けに倒れていた。一目で死んでいるのが分かった。全身の皮膚が全て灰色になっていた。昭は祖父の顔を見たまま視線を逸《そ》らせなくなった。

祖父は大きく口を開けていた。歯は全て抜け落ち、黒く変色して炭のように硬化した舌が突き出ていた。見開かれた左右の眼球はまるで岩塩のような白い物質に変化し、半分ほどの大きさに縮んでいた。豊富にあった白髪も全て消え頭皮が露出していた。

それは父親が言っていた通り恐ろしい相貌《そうぼう》だった。昭は婆やの言っていた『この家に留まる意義が消滅した』理由を知った。

「安心しな、殺したんじゃないよ。朝起きたら死んでたんだ」いつの間にか祖母が後ろに立っていた。「つまり全身が石になったって訳さ。目障りだからベランダにほっぽり出してんだ。言っとくけど葬式なんかあげないよ。体を金槌《かなづち》で粉々に砕いて、近所のドブ川にでも捨てるつもりさ」

昭は声が出なかった。先ほどの絹子で混乱した頭がさらに混乱し放心状態になった。昭はどうしていいか分からず、虚《うつ》ろな視線を前方に走らせた。祖父の死体の背後には、ベランダの柵《さく》越しに庭の石榴《ざくろ》の木が見えた。花枝と自分の母親の死体の腐汁を吸って成長した幹からは何本もの枝が勢い良く伸び、それらの先端には熟した赤い果実がたわわに生《な》っていた。昭の鼻腔《びこう》内に、以前嗅《か》いだ石榴の果肉の濃厚な甘い匂いが急速に甦《よみがえ》った。

「男だろ！　しっかりしな！」

祖母は立ち尽くす昭の後頭部を平手で思い切り叩《たた》いた。その衝撃で我に返った昭は慌てて振り向いた。

「あんたに紹介したい奴がいるんだよ」

祖母はそう言うと大きく二回手を打った。すぐにドアが開き黒ずくめの男が入ってきた。黒い頭巾《ずきん》を被《かぶ》り黒い外套を着たあの男だった。右手には大きなバスケットケースを持っていた。

「もう知ってるね、三郎《さぶろう》って言うんだ」

祖母がそう言うと三郎は黒い頭巾を取った。中には爬虫人《はちゆうじん》が入っていた。三十代後半のオスだった。体格が良く筋肉質で外套の上からでも胸板が厚いことが分かった。

「昭、あんたにとってあのくたばったジジィは尊敬に値する男だったろ？　元エリート軍医で実戦にも参加したことのある英雄だからね。でもあたしにとっちゃ百万回殺しても殺したりないぐらいの奴だった。あんたはあのジジィがどれくらい女好きだったか知らないだろう。あたしがあんたの父親を産んだ日もよその女の家にいたんだよ、あたしが脳炎を患って生死の境を彷徨《さまよ》っている時も芸者と温泉にいたんだよ、あたしが子育てでろくに眠ることもできない時に、八人の愛人の家を転々としてたんだよ、あいつはただの一度も家庭を顧みたことがないいんだよ。ふざけんじゃねぇよ馬鹿野郎っ！」

祖母は顔を紅潮させて怒鳴った。昭はその剣幕に気圧《けお》され思わず後退《あとずさ》った。

「昭、お祖母《ばあ》さんの話に嘘偽りはないよ。全て本当の話だ」ソファーに座った父親がこちらを見て言った。「お祖母さんは本当に苦労した。お祖父《じい》さんは医者としては超一流だけど、人間としては四流のクズだよ。あの『石化筋態症』なる奇病に冒されたのも全て因果応報の結果であり、お祖父さんの自業自得だと思ってる。それほどまでにお祖父さんはお祖母さんを苦しめ、傷つけ、打ちのめしたんだ」

そう言った父親の目には刺すような鋭い光が浮かんでいた。それを見て昭は父親が本気で祖父を憎んでいる事を知り愕然《がくぜん》とした。

「僕はこの家の長男としてあの惨状を見過ごす事ができなかった」当時を思い出しているのか、父親は遠くを見るような目をした。「何とかお祖母さんを助けようと何日も思案し、そこで閃《ひらめ》いたのが爬虫人だった。今から十七年前、ちょうど政界や財界から一般の上流階級に爬虫人が普及しだした時期で、巷《ちまた》でも話題になっていた。僕も以前、うちの屋敷に出入りする使用人斡旋《あっせん》所の所長から奇妙な噂を聞いていた。それは爬虫人というのは人間には無い特殊な能力を持っており、その一つが人間の気持ちを読み取るというものだった。そして相手の心が傷ついていると知ると、ねんごろに優しく慰めてくれるというんだ。僕は半信半疑だったが、お祖母さんはいつ自殺してもおかしくないほど追い詰められていたから、すぐにオスの爬虫人一匹を下男として雇ったんだ」

「そして我が家にやって来たのがこの三郎よ。あたしが三十九歳で三郎が二十歳の時だった」

祖母が艶《つや》のある声で言い、三郎を見た。三郎も祖母を見ると耳まで裂けた口を緩めて笑みを浮かべた。

「三郎はね、本当に美しく澄み切った心を持った爬虫人なの」祖母が昭を見て微笑んだ。

「この家にやってきてあたしを見た瞬間、ズタズタに引き裂かれたあたしの心に気づいて慰めてくれたの。流暢《りゅうちょう》な日本語で何度も優しく慰めてくれた。あたし、泣いたわ。わんわん泣いた。二時間ずっと泣き続けて、その間三郎がずっと抱きしめてくれたの。そして泣きやんだ時には心から三郎に惚《ほ》れてた。そしてその夜、あたし達は結ばれたの。互いに求め合って一つになったの。あたしね、それまであのジジィしか知らなかった。だから苦痛を感じても快感なんて一度も感じた事が無かった。だから三郎と一つになった時、そのあまりの気持ちよさに失神したの。本当に全身が痙攣《けいれん》してオシッコを漏らしたの。信じられなかった。この世にこんなに気持ちのいい事があるなんて本当に信じられなかった。世の中には阿片《あへん》を吸ってラリってる時が極楽だなんてぬかすアホもいる。あたしも若い頃大陸に渡って一度だけ阿片を吸った事があるけど、まるで比較にならなかった。水と濃度百パーセントのアルコール以上の差があったわ。そしてその訳を三郎が教えてくれた。爬虫人は肉体と同時に心も愛撫《あいぶ》する事ができるんだよって。そう、あの特殊な能力で直接脳を刺激してくれたの。だから耐え切れずにあたしは失神したの。でもね、三郎はこうも言った。誰でもこうなる訳じゃないって。二人が愛し合ってなきゃだめだって。愛し合ってる者同士の間だけで成立する快感なんだって。

あたしは三郎の虜《とりこ》になった。身も心も完全なる虜。あたし達は愛し合った。朝から晩まで愛し合った。ジジィは愛人の家を転々として帰ってこなかったから好都合だった」

祖母がうっとりとした表情をした。

「お祖父さんはそれでも数ヶ月に一度、家の方に戻ってきたんだ」父親が抑揚の無い声で言った。「でもその度に僕や婆やに何て言ったと思う？　お祖母さんが浮気をしないよう見張ってろと言うんだぜ。自分は散々女遊びをしておいて、自分の女房には禁欲生活を強いていたんだ。自分勝手にも程があるというもんだ。勿論《もちろん》僕は浮気なんかしてないって毎回嘘を吐《つ》いていたけどね。婆やは基本的にお祖父さん派だったけど、僕が何度も説得して渋々同じ嘘を吐かせてたんだ」

「そうだったわね。あの婆や、ジジィに可愛がられてたからあたし嫌いだったけど、あの時だけは色々と世話になったわ」祖母が笑みを浮かべた。「あたしと三郎はね、生まれた時から運命の赤い糸で結ばれていたの。だから日本とナムールという国を飛び越えて、そして人間と爬虫人との壁も飛び越えて、見事巡り合い、愛し合い、幸せになった。もう最高だった。百点満点で終了、って言いたかったけど現実の世界では中々そうはいかないのよね。

そこで二つ、問題が起きた。一つ目はあたしと三郎が恋仲になってるって近所で噂になったのよ。何せ夫婦そのものでしょ？　だからしょっちゅう手を繋《つな》いで商店街に買い物にいってたら見事にバレた。ただでさえうちのジジィが愛人んとこ入り浸って家に帰ってないのが知れ渡ってたから、あそこの奥さんが蜥蜴《とかげ》と浮気してるって問題になってね。さすがにこれはマズいって事になって、隣町にちっちゃな借家をあたし名義で借りて、そこに三郎を住まわせたの。そして夜になると黒い外套《がいとう》と頭巾姿の三郎がお忍びでやってきて愛し合い、夜明けと共に帰っていく『隠遁愛《いんとんあい》』の生活を余儀なくされた。でも全然平気、また近所にバレたらどうしようって思うとドキドキして余計に興奮したしね。取り敢《あ》えず一つ目の問題は解決した。

でも二つ目の問題は深刻だった。そうやって三郎との愛が深まれば深まるほど、ジジィに対する憎しみが深まっていったんだよ。幸せになれば幸せになるほど、今まで残酷な仕打ちを受けてきたジジィが憎くて憎くて仕方なくなった。ある日我慢しきれずに三郎に言ったの。ジジィを殺して結婚しようって。でも三郎は頑として反対した。絶対に殺しちゃだめだと断言した。なぜだと思う？」

祖母は昭を見た。昭は声が出なかった。脳内が激しく混乱しすぎて思考が停止していた。

「それはね、爬虫人の社会には太古からの『掟《おきて》』があるからだよ」父親がソファーから立ち上がった。「爬虫人達はその『掟』に従ってずっとずっと昔から生きてきたんだ。そしてその『掟』の中で一番重い罪が同種を殺すことだった。だから三郎はお祖母さんに、同じ人間のお祖父さんを絶対に殺しちゃいけないと主張したけど、お祖母さんとは絶対に結婚したいとも言ったんだ。そこで僕達三人は話し合った。何度も何度も話し合った結果、みんなで待つことにした。そう、お祖父さんの寿命が尽きる日まで忍耐強く我慢するという事だ。そしてお祖父さんが自然死したらお祖母ちゃんと三郎の結婚式を挙げようって約束したんだ」

父親はそう言うと口元を緩めた。昭は衝撃のあまり口をぽかんと開けた。あの聡明《そうめい》な大学教授である父親が、実父の死を待ち望んでいた事がどうしても信じられなかった。

「驚いたか？」父親が昭の心を見透かしたように言った。「僕はお祖父さん、というか僕にとってのあの父親が本当に大嫌いなんだ。心底憎んでるといっていい。母さんがどれだけ酷《ひど》い目にあってきたか、物心ついた頃から毎日間近で見てきたからね。血は繋がってないけど、僕の本当の男親は三郎だと思ってる」

父親は三郎を見た。三郎も父親を見ると大きく頷《うなず》いた。

「ね、三郎って優しいでしょ？　あんなクズみたいな奴の命すら大切にするんだから」祖母がまた笑みを浮かべた。「その日から毎日、死ね死ね死ね死ねって常に念じながら生活したの。毎朝毎晩神棚に手を合わせてジジィの急死を所望し、夜はジジィの藁《わら》人形にすぐ死ね今死ね今夜死ねって叫びながら五寸釘《くぎ》をバンバン打ちまくった。

だからジジィが『石化筋態症』になった時は複雑だった。絶対に治らない奇病だったのは嬉《うれ》しかったけど、死ぬまで十数年掛かるって知った時はちょっとがっかりした。でもある程度くたばる目安がついたから本当に安心した。それからというもの、死期を早めるために毎日ジジィの味噌《みそ》汁に異物を混入したわ。初めは石油を入れてたの。でもあんまり効かないから、少しずつ変えていった。シンナーやニス、消毒液も入れた。試しに犬の糞《ふん》を拾ってきて溶かして入れた時もあった。その結果下痢をしたから一ヶ月位入れ続けたら、腸に耐性ができたみたいで普通の便になったの。だからまた石油に戻したけど」

祖母は声を上げて楽しそうに笑った。

「そしてお前も知っている通り、去年からお祖父《じい》さんは寝たきりになった」父は歩いてくると祖母の隣に立った。「症状が悪化して首から上しか動かせなくなったんだ。そこで僕達はある事を思いついた。そう、お祖父さんに復讐《ふくしゅう》するという事を。勿論殺さないけど死ぬほどつらい苦痛を与えてはどうかと。そこでみんなで話し合ってある計画を立てたんだが、一つ問題があった。それが昭、お前だよ。何も知らないお前に悟られないようにしなきゃならん。そこでまずお祖父さんの看護を理由に、お祖母《ばあ》さんを二階で寝起きさせるようにした。そしてお祖父さんが病気で変貌《へんぼう》した顔を昭に見られたくないと言っているとと嘘を吐き、お前が絶対二階に上がってこないようにしたんだ」

「そこで初めて復讐が始まったんだけど、一体何をしたと思う？」祖母が満面に笑みを浮かべた。「寝たきりのジジィの前でね、三郎とヤリまくったんだよ。二人で裸になって、入れてるとこ丸見えにしてヤッてヤッてヤリまくったんだ。ジジィどうなったと思う？　あのボケ泣いたんだよ！　涙流してヒィヒィ泣いてやんの！　もう三郎と二人で大爆笑！　手ぇ叩《たた》いて笑った笑った！　今まで生きてきて最高に面白かった。写真撮っとけばよかったよ。あいつエリート軍医だから自尊心の塊なんだ。だから自分のカミさんが爬虫人《はちゅうじん》とヤリまくってイキまくってるとこ見るの耐えられなかったみたい。しかもヤリながら、いかにジジィの性交がつまらなくて幼稚かってことを延々と喋《しゃべ》り続けたからね。でさ、精神的にかなりの衝撃を与えたみたいで、謝るからもう止めてくれって泣きながら言うんだよ。それ見た瞬間嬉しくて三郎と抱き合ったよ、こっちの作戦大成功だって分かったから。で、これはジジィが死ぬまでやり続けようってことになって、三郎を二階に住まわせて毎日毎日見せつけたんだよ。だから三郎は昭に見つからないよう、真夜中に外出して運動してたんだ。驚かせて悪かったね。

そしてあたし達はその復讐を一年間やりきったんだ。我ながらすごいと思うよ。ジジィにはかなりキツかったみたいで、死ぬ一ヶ月位前から頭がイカれて笑いながら子守唄《うた》歌ってたね。まあ、あれはあれで爆笑だったけど。その姿はちゃんと写真撮ってあるから後で見せるよ。

そんな地道な努力が実を結んで、発病から十年が経過した今日、ジジィはくたばった。『医師』が『石』になって死ぬなんてなんか間抜けよね」そう言って祖母は満足そうな顔をした。「あたし今日十月十六日を、『幸せ』の記念日にする。だってあたしの生涯で最高の出来事が二つも起きたんだもん。まさに奇跡の一日だよ！　一つはジジィの死。そして二つ目がこれ」

祖母は興奮した口調で言うと三郎を見た。三郎は頷くと歩いてきて昭の前に止まった。そして右手に持った大きなバスケットの蓋《ふた》を左手で開けた。昭は息を呑《の》んだ。中には赤ん坊が入っていた。絹子と同じ相貌をした、人間と爬虫人の血を引いた赤ん坊がすやすやと眠っていた。

「今朝ジジィが死んで三郎と二人で大喜びしてたら突然陣痛が起きてね、そのまま午前十時に生まれたの。慌てて来てくれた新井先生がこの子を取り上げてくれたのよ」

祖母が満面に笑みを浮かべた。昭は祖母の頬や腹が最近妙にふっくらしていた事、そして今日主治医の新井が一時間遅刻したことを思い出した。

「やっとよ、やっとなの。十七年間ずっと失敗の連続だったの」

祖母は歩いていくと左側の壁にあるクローゼットの扉を開けた。中には棚が三段あり、十数個の円柱型の硝子《ガラス》瓶が整然と並べられていた。昭は目を凝らした。透明な液の中に胎児が沈んでいた。どれも蜥蜴のような頭部を持っていた。

「ちゃんと妊娠はするの。でも殆《ほと》んどが死産なの。たまに生きていても三日持たないのよ。新井先生に訊《き》いたら、男が人間で女が爬虫人の場合はうまくいく場合が多いけど、その逆は難しいっていうの。だから絹子は花枝の一度目の妊娠で無事生まれたけど、あたしと三郎の子はみんな駄目だった。でも今回、気が遠くなるほどの挑戦でやっと健康な子供が生まれたわ」

祖母が幸せそうに微笑んだ。

「目出度《めでた》いことはまだある」そう言って父親が微《かす》かに笑みを浮かべた。「実は僕も今度再婚することになった。相手は絹子だ」

昭は脳が痺《しび》れるのを感じた。ただ父親を凝視する以外なす術《すべ》が無かった。

「僕はずっと花枝の思い出を引き摺《ず》ってきた。さっきお祖母さんが言ったように、爬虫人との性交は想像を絶する快感を味わえる。一度味わうと二度と人間の女を抱けなくなる。しかしそうなるには爬虫人の女と心から愛し合わなければならない。僕の場合それが花枝だった。彼女とは本当に心から愛し合っていた。あそこまで愛し合える爬虫人のメスと巡り合うのは非常に難しい。そんな唯一無二なる花枝をお前のお母さんは嫉妬《しっと》に駆られて殺した。だから僕はお前の母さんを殺したんだ。人間の女の代わりは幾らでもいる。でも心から愛し合える爬虫人のメスと巡り合えるのは一生に一度だ。そこから僕の地獄が始まった。色々な爬虫人のメスと関係を持った。それなりに快感もあるが、花枝には程遠かった。心から愛し合った者同士の性交で起こる快感は想像を絶する。僕も行為の最中何度失神したか分からない。あれを一度味わうと中毒になる。死ぬまで決して忘れることができない。僕は絶望した。もう二度とあの究極の快楽を味わうことはできないのだと思った。

しかしそれは違った。花枝の血を引いた絹子がいたのだ。変化は去年から起きた。僕が防空壕《ぼうくうごう》に行くと今までは笑顔で駆け寄ってきた。でも十二歳を過ぎた頃から無言でじっと見つめるようになった。その目には光が浮いていた。淫靡《いんび》で艶《なま》めかしい光だ。その目を見た途端僕は直感した。絹子は僕を愛していると。心の底から僕を求めていると。そして僕も絹子を愛し、心の底から絹子を求めていた。僕達はその日を境に親子ではなく男と女になった。そして花枝以来十数年ぶりに、あの想像を絶する快感を味わうことができるようになった。だから僕達は結婚する。これが結婚の証《あかし》だ」

父親は右手を突き出した。手首に赤と青の丸い宝石が埋め込まれた腕輪が付いていた。

先ほど絹子がしていたものと同じだった。

「そして今、絹子の腹には新しい命が宿っている。最近つわりが酷くてね。出産予定日は来年の五月だ」

父親が照れ臭そうに言った。昭は絹子が嘔吐《おうと》していたことを思い出した。生牡蠣《がき》にあたったと思い『父様と僕も食あたりになって今朝吐いたんだ』と言ったが返事をしなかった。そして秘密を告白するような口調で『刺身みたいな生物が駄目なの』と答えていた。あの言葉の裏には『生牡蠣は食べていない、つわりで吐いてるの』という意味が含まれていたようだった。

「ねぇ、あたしって物凄《ものすご》く若いでしょ？　五十六歳にはあり得ないほど肌が白くて張りがあるでしょ？」祖母は目をきらきらと輝かせ、左右の頰を両手で押さえた。「不思議なことに三郎と付き合ってから肉体が歳を取らなくなったの。でもね、最近気づいたの。ただ若さが保たれてるだけじゃなくて実際に若返っているってことに。毎朝起きる度にどんどん肌が十代に近づいているのよ。信じられないでしょ？　それでね、なぜそうなるのか三郎と話し合った結果、ある『もの』に注目したの。あたしが三郎と体を交わすようになってから一日も欠かさず摂取している『もの』。それは三郎の精液なの。あたしの体内で十七年間毎日必ず射精してるでしょ、それがこの奇跡を起こしてるって三郎は言うのよ。確かに爬虫人て人間には無い特殊な能力を持ってるから、そう考えるとこれだけの奇跡を起こせるのは三郎の精液以外あり得ないと思うのよ。本当に爬虫人って凄い生き物よねぇ」

祖母が感心したように言った。

「本当にその通りだ」父親は何度も頷いた。「昭、今度お前に爬虫人のメスを抱かせてやる。一度経験したらお前も僕の気持ちを絶対に理解してくれる筈《はず》だ。そして理解した上で僕と絹子の結婚を受け入れて欲しいんだ。いいな」

父親は昭の両肩を両手で叩いた。昭は頭の中が真っ白になり、その場にへなへなとしゃがみ込んだ。そしてベランダに続く硝子戸に凭《もた》れ掛かりながらぼんやりと虚空を見た。

不意に昭の脳裏にある光景が浮かんだ。それは先日見た紅十字大サーカスのフィナーレの場面だった。サーカス団員全員が円形ステージに集合しており、その中央に二頭の白馬に跨《また》がった四匹の爬虫人がいた。トランペットが鳴り響き桃色の紙吹雪が舞い落ちる中、爬虫人達は笑っていた。その四つの笑顔が祖母と三郎と父親と絹子の笑顔にゆっくりと変わっていった。

『今度お前に爬虫人のメスを抱かせてやる』という父親の言葉が甦《よみがえ》った。同時に全裸で寝そべるメスの爬虫人の姿が浮かび上がった。昭の心臓が微かに高鳴り、脳内でどろりとした血が蠢《うごめ》いた。

それは黒い愉悦をたっぷりと含んだ血だった。

極光

憲兵少佐・松本健悟《まつもとけんご》は憲兵隊本部の地下二階にある第参尋問室で煙草を吸っていた。銘柄は国産の『興亜』で、いつもの官給品だった。

松本は海外生活が長かったため元々洋モク専門であり、特に米国産の『ラッキー・ストライク』を嗜好《しこう》していた。しかし米・英・蘭との開戦を切っかけに敵性語及び敵性品は厳禁となり、たちまち珈琲《コーヒー》や紅茶などと共に欧米産の煙草も入手困難となった。仕方なく毎日給与される国産煙草を吸うようになったが、長年の米国産愛好家にとってそれは「煙草」の基準に達していなかった。使用される煙草の葉も巻紙も粗悪でフィルターは付いておらず、それらを梱包《こんぽう》する紙箱の質は悪意を感じるほど簡粗だった。灰色のざらついたクラフト紙に明朝体で小さく『興亜』と印刷されているだけで、洒落《しゃれ》たデザインやロゴはおろかまともな色彩すら存在しなかった。そのため当初は喫煙するたびに決して大袈裟《おおげさ》ではなく、丸めた新聞紙が発する白煙を無理矢理吸引しているような錯覚に陥った。しかし人間とは不思議なもので、一ヶ月ほど吸い続けているうちに脳が『興亜』の不味《まず》さに慣れはじめ、その不快な白煙を煙草の紫煙として認識するようになった。いわゆる順応というやつで、三ヶ月が経過した現在、脳は『興亜』の持続的な同一刺激に対して完全に応化し、その白煙がうまいとさえ感じるようになっていた。

松本は最後の一口を吸い、勢い良く紫煙を吐き出すと、机上に置かれたアルマイトの灰皿に短くなった煙草を押し付けて火を消した。そして腰掛けた木製の椅子の背凭れに上体を預けながら、左腕に巻いた腕時計に目を向けた。それは官給品ではなく私物のロレックス・オイスターで、金文字盤の上の針は午後四時五十分を指していた。

（もうすぐ清水《しみず》が来るな……）

松本は胸中で呟《つぶや》き、文字盤の三時の位置にある日付を見た。微細な四角い小窓には、風防に付いたレンズに拡大されて左右に大きく膨らんだ「8」という数字が見えた。

それは本日が六月八日だということを示していた。

松本は鼻の下に生やした立派な八の字の髭《ひげ》を指先で撫《な》でながら「明日《あした》か、早いものだ」と低く呟いた。

明日六月九日は憲兵少佐・松本健悟の三十六回目の誕生日であり、同時に憲兵生活十五周年を迎えることを意味していた。

松本は左腕に巻いたロレックス・オイスターを改めて見つめた。それは視察で訪れたナムールのフランス人街にある宝石店で購入したものだったが、その時からですら、すでに十年が経過していた。

（ケンゴは大物になる、ワシの目に狂いはない、ケンゴは絶対に大物になる）

耳の奥でしわがれた声が蘇《よみがえ》った。それは二十五年前に他界した祖父の、酔った時の口癖だった。そして何度もそう繰り返した後、祖父は必ずこちらを向いてにんまりと笑みを浮かべ「ワシの孫だからのぅ」と秘密を告白するように囁《ささや》くのが常だった。

「早いものだ……」

松本はもう一度、今度は感慨深げにゆっくりと呟き、静かに目を閉じた。

闇の中、残雪が点在する北穂高岳《きたほたかだけ》の険しい岩肌がぼんやりと浮かんだ。

＊

松本は七人兄弟の長男として、信州の名も無き寒村に生まれた。

両親は小作農で、年間二十円の賃借料を支払い四反ほどの畑を借り受けていた。祖父は腰が悪くて殆《ほとん》ど寝たきりだったが、若い頃は船員をしていた。

当然家は貧しく村内でも底辺に位置した。住居は藁葺《わらぶ》き屋根に板壁の、一間しかない粗末な小屋で、土間に藁を敷き、その上に筵《むしろ》を敷いて家族十人が寝起きしていた。

松本は子供の頃から勤勉で、成績は常に学年でトップだったが進学するだけの余裕はなく、十五歳で高等小学校を卒業すると鉄道の保線係として働き出した。しかし十八歳の時転機がやってきた。隣町に青年練兵学校が開校したのだ。それは前年度に新設された人材育成機関で、高等小学校を卒業した十七歳から二十歳までの勤労青年に修身・公民科、普通学科と軍事訓練を三年間指導し、修了者には二年の兵役を免除するという特典が与えられた。まさに天祐《てんゆう》と判断した松本は、親に相談することなく無断で受験し見事合格、しかも百三十人中首席という快挙を果たし、特待生として入学した。

ここから松本の軍隊生活における快進撃が始まる。授業は主に軍事訓練に比重が置かれ、『歩兵操典』『射撃教範』を根本に銃剣術、射撃訓練、隊列行進等の基本的な教練が行われたが、松本は初年度からその実力を発揮して全教科で満点を取り、教官の少尉らを仰天させる。やがて三年後には当然の如く首席で卒業し、学校長の大佐から最優秀者に贈られる金の懐中時計を下賜された。

翌年春、徴兵検査を受けて甲種合格となった松本は、担当の徴兵官に「希望はあるか」と訊《き》かれ「満州に行かせてください」と志願する。とにかく戦地に赴き、実戦において戦果を挙げるのが出世への一番の早道と考えたのだ。『練学のエリート』の希望は即刻叶《かな》えられ、志願通り満州国への配属が決定。半月後には輸送船で内地を離れ、十日後無事現地に到着。そのまま南部国境付近にある独立守備隊第一大隊第三中隊に入隊する。この、いわゆる国境警備隊への配属が、松本の生まれ持った非凡な才能を引き出す最大の要因となる。

場所が国境だけに抗日ゲリラや他国のスパイの侵入が跡を絶たず、連日のように警備兵が不審者を捕獲しては基地に連行し、事情聴取を行うのが部隊の日課だった。しかし当然のことながら不審者であればあるほど死に物狂いで抵抗し、尋問にも完全黙秘を貫く。そこで必然的かつ合理的かつ最も安直な手段として行われていたのが拷問だった。本来なら憲兵の仕事だったが、辺境の地ゆえ人手が足りず守備隊員がそれに当たっていた。

そして入隊から三ヶ月が経ったある夜、突然松本二等兵が拷問役に指名された。

相手は二人の香港人で、抗日ゲリラ組織フォ・イェンの幹部だった。丸二日殴り続けたが口を割らず、呻《うめ》き声一つ漏らさない。かといって重要な内部情報を熟知しているため殺す訳にもいかず、膠着《こうちゃく》状態に陥った。すると一人の少尉が「試しに練学のエリートにやらせてみよ」と松本を指名した。早速尋問室に呼ばれ、説明を受けた松本はすぐに状況を把握。「お任せください」と告げると腰の銃剣を抜いて一人の男の鼻の下に押し当て、円を描くように口元を一周させて切り裂き、周囲の皮膚ごと唇を切除した。そして剝《む》き出しになった歯列の、上下左右の前歯から犬歯まで計十二本を金槌《かなづち》で叩《たた》き折り、できた隙間に厩《うまや》から運ばせた馬糞《ばふん》を匙《さじ》で目一杯詰め込んだ。男は激しく嗚咽《おえつ》し、ボロボロと涙を流しながら体を震わせて嘔吐《おうと》した。それが三回繰り返されたところで、傍らで見ていたもう一人の男が涙声で謝罪した。そして南部国境付近に展開する抗日ゲリラの正確な位置と人数、所有する重火器の数と種類、弾薬・糧秣《りょうまつ》・被服等の備蓄場所を詳細に説明すると跪《ひざまず》いて手を合わせ、片言の日本語で真剣に命乞いをした。

それを見た中隊の将校達は驚愕《きょうがく》し、同時に衝撃を受けた。苦痛に対しては想像を絶する忍耐力を発揮するゲリラが、幼稚だがひたすら圧倒的な生理的嫌悪感の前に為《な》す術《すべ》も無く崩れ去ったからだ。その快挙は直ちに中隊長の知るところとなり、松本は翌日から正式に守備隊の尋問官の一人に任命された。

それは松本が二等兵から「水を得た魚」になった瞬間だった。

尋問官・松本健悟は炯眼《けいがん》と呼ぶに相応《ふさわ》しい極めて優秀なる洞察力と直感力を用い、一瞥《いちべつ》しただけでその容疑者が「白」か「黒」かを判別することができた。そして「黒」と断定された者には想像の限りを尽くして激烈な生理的嫌悪感を伴う拷問を行使し、百パーセントの確率で口を割らせた。三ヶ月後には守備隊が尋問により入手する敵情の数が前年の十倍に増加、それもほぼ全てが情報の確度において甲、乙、丙、丁の四段階における最高の甲クラスのものだった。それはすぐに二百キロ北東に位置する首都・新京《しんきょう》特別市の師団司令部に伝わり、それが事実と確認されると、市内の憲兵隊本部から直々に松本二等兵へ出頭要請が下った。

二日後松本が命令通り出頭すると、その場で憲兵隊長の少将から「憲兵上等兵に採用する」と通達を受けた。しかも第一種戦地特例法に基づき、競争倍率が約十二倍の筆記試験が免除された。

「なるほど、噂通りのいい面構えをしておる」

憲兵隊長は直立不動で恐縮する松本の顔を無遠慮に見回した。そして納得したように何度も頷《うなず》くと「ワシの目に狂いは無い。貴様は絶対に大物になる」と呟き、にんまりと笑みを浮かべた。松本はその時、老齢の少将のしわがれた声を聞きながら、ああ、この感じ、この不思議な感覚をなんと言うのだったろうかと思い、十秒ほど経過した後にデジャ・ビュという、練兵学校で習った奇妙な発音のフランス語をぼんやりと思い出した。

＊

松本は静かに目を開けた。

眼前の闇に重なり合って浮かんでいた、憲兵隊長と祖父の顔が消え去った。

（あの日から、十五年が経った……十五年だ……）

松本は胸中で呟き、大きく息を吐いた。『光陰矢の如し』というありふれた諺《ことわざ》を、ここまで痛切に実感する日が来るとは夢にも思っていなかったため戸惑いを禁じえなかった。

それ以後の松本はまさに破竹の勢いで出世街道を驀進《ばくしん》し、十年前には練兵学校卒としては史上初の中尉に昇級。それを機に内地への「栄転」が決定し、帰国後は作戦司令官の指揮下にある軍令憲兵から陸軍大臣に属する勅令憲兵となり、帝都郊外にある憲兵教習所の教官を兼務しながら国内の抗日分子の摘発に奔走。その功績が認められて五年前には大尉に、そして一昨年《おととし》には少佐に昇級。その立身出世の物語は憲兵隊の中でいつしか伝説と化していた。

松本は再び大きく息を吐くと、背凭《せもた》れから体を起こして周囲を見回した。

尋問室は第壱から第伍《ご》まであり、その間取りは同じだった。八畳ほどの広さで、床も壁も天井も剝き出しのコンクリートで覆われていた。部屋の中央には灰皿の載った机があり、椅子が向かい合わせで二脚置かれ、その真上から六十燭光《しょっこう》の裸電球が垂れ下がっていた。

後はドアの正面の壁に戦意高揚のためのポスターが一枚貼られているだけで、他には何もなかった。

そして松本は、この尋問室が好きだった。

まさに殺風景そのもの、人の温《ぬく》もりなど一欠片《かけら》も感じない、冷たい牢獄《ろうごく》のようなこの小部屋が大好きだった。血飛沫《ちしぶき》の黒い染みが一面に点在する床も、甲虫の殻のように不気味に黒光りする古い机も、聖画に描かれた光輪のように淡く光る電球も、憲兵を天職とし、尋問室を終《つい》の「職場」とする自分のような叩き上げの軍人にとって、この上なく相応しいものに思えた。

不意に遠慮がちなノックの音がした。

松本は腕時計を見た。針は午後五時零分を指していた。予定通り一七〇〇《ヒトナナマルマル》ちょうどの到着だった。

「誰か」

松本が確認のために訊いた。

「清水少尉、入りますっ」

廊下から、聞き慣れた張りのある声が上がった。

「よし、入れ」

松本は答え、椅子から立ち上がった。

鉄のドアが開き、憲兵少尉の清水が顔を見せた。清水は素早く敬礼し、後ろを振り向いた。すぐに二人の憲兵上等兵に連れられた二人の被疑者の男が入室してきた。上等兵は被疑者を机の前で立ち止まらせ慣れた手つきで腰の捕縄を外したが、後ろ手に掛けた手錠はそのままだった。

「下がれ」

清水が低い声で言った。

二人の上等兵は無言のまま同時に敬礼し、揃って回れ右をして足早に退室していった。

ドアが静かに閉められ、続いて施錠する音が響いた。全ての動きに一切の無駄が無く、必要最低限の音しか立てなかったが、勅令憲兵にとっては当然至極のことだった。

清水は改めてこちらを見、背筋を伸ばして敬礼した。

「清水少尉、一七〇〇に第参尋問室へ被疑者二名を連行いたしましたっ」

「ご苦労」

松本は大きく頷き、眼前の男達に目を向けた。

二人とも灰色の上下の作業服を着、裸足《はだし》だった。

右側に立つ男は二十五歳ほどで、清水と同世代の青年だった。背丈は標準だが筋肉質のがっしりとした体格をしていた。坊主頭で一重の鋭い目をし、口を真一文字に結んでいた。精悍《せいかん》な面構えだが同時に知性を感じさせ、さらに一抹の優しさを湛《たた》えていた。青春物の活動写真で主役を演じる役者のような、あるいは理想に溢《あふ》れる新任の熱血教師のような典型的な二枚目だった。

「おい」

松本が声を掛けた。俯《うつむ》いていた男が顔を上げた。視線が合い、男は三秒ほどこちらを見据えた後、ゆっくりと目を逸《そ》らした。

入室した瞬間「黒」だと断定したが、その判断が正しかったことを松本は再確認した。男の目には光が浮かんでいた。白く硬い光で、それが僅《わず》かに揺れ動いていた。光の正体は怒りだった。それもいわゆる義憤と呼ばれるもので、自分達のやっていることが犯罪ではなく正当な行為で、しかも称賛に値する偉業だと信じ切っている証《あかし》だった。また光の揺れは男の怯《おび》えを示しており、これから拷問にかけられることに動揺しているのが分かったが、この若さにしては揺れ幅が非常に小さく、見た目と同等かそれ以上の秀でた胆力を持っていることも見て取れた。しかし例えば満州で捕えた現役のフォ・イェンのそれと比べた場合、まさに虎と子猫ほどの大差があり話にならなかったが、国内で捕えた者の中では際立つ部類に入った。

左側に立つ男は七十代前半ほどの老人だった。背丈は低く痩《や》せており、弛《たる》んだ皮膚の至る所に黒い老人性色斑《しきはん》ができていた。頭髪は完全に禿《は》げ上がり、腫《は》れぼったい左右の目は目尻《めじり》がだらりと垂れていた。乾いた唇は半開きで、その隙間から上顎《うわあご》と下顎に数本だけ残った黄ばんだ永久歯が見えた。

松本は老人には声を掛けなかった。

入室した瞬間こいつは「黒」ではないと断定していた。老人の目にも光が浮かんでいた。

それはぼんやりとした淡い光であり、例えば泥酔した物乞いや阿片《あへん》で恍惚《こうこつ》とした廃人の目に、あるいは死ぬ間際の、瞳孔《どうこう》の開いた危篤患者の目に、もっと極端に言えば牧場で草を食《は》む乳牛の、欲の無い澄んだ目に浮かぶ光と同種のものだった。

勿論《もちろん》被疑者であるため「白」ではないが、「黒」になるだけの能力、つまり一定の知力、体力、理性、信念を含めた意志の力が完全に欠落していた。そのため松本が老人を見た瞬間想起したのは、盛り場のゴミ置き場にたむろするルンペンだった。

松本は改めて老人を見た。

老人は顔を上げ前方を向いていたが、その目は松本を見ていなかった。

松本の背後にある「何か」をずっと凝視していた。

松本は振り返った。

背後の壁には戦意高揚のためのポスターが貼られていた。『欲しがりません、勝つまでは！』という標語が大きな文字で縦書きされ、その右側には振り袖《そで》と宝石と西洋絵画、左側にはチーズとワイン、そして牛肉・豚肉を表すカリカチュアライズされた牛と豚の絵が描かれ、いわゆる贅沢《ぜいたく》品を日常から排除しようと訴えていた。

松本はまた前を向いた。老人はポスターを凝視したままだったが、その理由など知らなかったし知りたくもなかった。

松本は小さく舌打ちし、微《かす》かに首を捻《ひね》った。

十五年の憲兵生活でこのような人種、つまり有り体に言えば阿呆《あほう》の類《たぐい》を尋問したことが一度も無く、同時にこの阿呆に尋問することなど何一つ無かった。そしてなによりなぜこんな阿呆が、一線級の抗日分子とともにここに立っているのか、その理由が全く理解できなかった。

「例のものはお読みになったでしょうか？」

清水が遠慮がちに言った。

「ああ、読んだ」

松本は小さく頷《うなず》いた。二時間前、当番兵が菊判の封筒に入った六枚の調書を届けに来ており、全てを熟読していた。

調書の内容はこうだった。

本日未明、陸軍省本部ビルの東側に隣接する、帝都防衛部隊・帝甲師団司令部の、本館二階にある作戦会議室から二名の不審者が出てくるのを巡回中の週番上等兵が発見。「誰かっ」と誰何《すいか》したところ無言で逃走したため、上等兵は壁の警報器を鳴らした上、自動拳《けん》銃《じゅう》を発砲しながら追跡。廊下の西端にある階段前まで来た時、不審者の一人が突然均衡を崩し、咄嗟《とっさ》に隣を並走するもう一人の不審者に抱きついた。二人はそのまま転倒して階段を転げ落ち、踊り場の床で頭部を強打。脳震盪《のうしんとう》を起こして失神したところを駆け付けた警備兵らに捕獲された。

押収された所持品の雑嚢《ざつのう》からはライカの小型カメラ二台、消音器の付いたワルサー自動拳銃一丁とともに会議室から盗み出された十七枚の書類が発見された。それらは和文タイプで打たれた、一連番号入りの機密文書であり、その存在を知る者が一部の高級将校に限られていたことから、大規模な抗日組織による計画的な犯行であると断定。同時に司令部内に長期埋伏計画によるスパイが潜入しているとの憶測が飛び交い、師団司令部及び陸軍省は大混乱に陥った。

捕獲された二名の被疑者はすぐに厳しい取り調べを受けたが、一切口を割ることなく完全黙秘を貫いた。唯一判明したのが二人が着用している灰色の上下の作業着についてだった。それらは司令部・裏庭の厩舎《きゅうしゃ》で働く作業員に貸与されているもので、酒保に隣接する被服庫から盗み出されたものと判明。こちらも内部事情に詳しい者が関与していなければ不可能な犯行であり、師団長を始め参謀達の焦りはさらに増大したが、それ以外は杳《よう》として知れず、たちまち膠着《こうちゃく》状態に陥った。しかしへたに感情を露《あら》わにして暴行し、殺害してしまっては元も子も無いため、その筋の専門家である松本に出番が回ってきたという訳だった。

「ちなみに、盗まれた書類が一体何だったのかは分かったのか？」

松本が腕組みをして訊《き》いた。

「はっ、分かりました」

清水は低い声で答え、足早に歩いてきた。そして松本の右の掌《てのひら》を取ると指先で素早くある言葉を書いた。アルファベットで「Polarlicht」だと分かった。

松本は無言だったが内心動揺した。

それは陸軍が極秘に計画している『極光作戦』を意味しており、軍事上の秘密の重要度を表す五つの等級「軍事機密」「軍極秘」「極秘」「秘」「部外秘」の中で、最大級の「軍事機密」に指定されていた。もしその書類が持ち出されていれば、決して大袈裟《おおげさ》ではなく国家の命運を左右する一大事件に発展していた可能性が極めて高かった。

ちなみに極光は英語でオーロラといい、ドイツ語ではポラーリヒトだった。陸軍内では通常その頭文字を取って「K」あるいは「K作戦」と呼称されていたが、憲兵隊では昔から略称などにドイツ語が用いられており、この場合も『極光作戦』のドイツ語訳「ダス・ウンターネーメン・ポラーリヒト」を省略してポラーリヒトと呼ばれていた。

「……危なかったな」

松本は腕組みしたまま呟《つぶや》くように言った。

「同感です。報告を受けた時は正直、冷や汗が出ました」

清水も動揺したらしく、その顔が僅かに青ざめるのが分かった。

松本は眼前に立つ、二人の被疑者を見た。

青年は俯き、老人は依然として壁のポスターを凝視していたが、そのどちらの表情にも大罪を犯したという罪の意識は微塵《みじん》も感じられなかった。

松本の頭にカッと血が上った。同時に前へ出ると青年と老人の顔面に次々と拳《こぶし》を叩《たた》きつけた。二人は仰《の》け反《ぞ》り、崩れ落ちるように倒れた。

「起きて正座せよ」

傍らに立つ清水が低い声で言った。

老人はすぐに起き上がり、その場に正座するとしゃんと背筋を伸ばした。しかし青年は後ろ手に手錠を掛けられたまま前にのめり、床に額を強く押し付けた状態でか細い呻《うめ》き声を上げていた。殴打の衝撃で脳震盪を起こしたらしく、手足を小刻みに震わせながら苦痛に耐えるように歯を食いしばるのが見えた。

「起きて正座せよ」

清水がまた低い声で言い、その腹を蹴《け》り上げた。長靴《ちょうか》のつま先がめり込み青年が短い悲鳴を上げた。しかしここで後れをとるとさらなる制裁が待っている。青年は手足を震わせながら必死に上体を起こし、なんとか正座をして顔を上げた。

「こいつらは何もしゃべらんのだな」

松本が二人を見下ろしたまま訊いた。

「はっ。ただの一言もないそうです。それなりの筋金入り……と思われますが」

清水が横目でこちらを見た。

「この世に折れん筋金などない」松本も横目で清水を見た。「とにかく我々の目的はただ一つ。司令部内で誰がスパイかを聞き出すだけだ。早速始めるぞ。まずは『鉄拳』だ」

「はっ」

清水は腰の左側に提げていた、将校用の革の図嚢《ずのう》を取り外して傍らの机上に置いた。そして留め金を外して蓋《ふた》を開け、中から銀色の小さなものを取り出した。それは直径三センチほどの鉄の輪が横に四つ付いたものだった。

「清水の『拷問鞄《かばん》』は本当に役に立つな」

松本が感心するように言った。

「ありがとうございます」

清水は一礼すると、四つの鉄の輪に右手の人差し指から小指までを入れ、付け根までしっかりと押し込んで拳を握り締めた。

「貴様、名前を言え」

清水は抑揚のない声で青年に言った。

まだ腹部の痛みが残っているらしく、青年は眉《まゆ》を顰《ひそ》めたまま清水を見上げたが、すぐに目を逸《そ》らすと不貞腐《ふてくさ》れたように横を向いた。

清水は無言だった。ただ小さく二回頷くと、おもむろに右腕を振り上げて青年の左頬に『鉄拳』を叩きつけた。鉄が肉を打つ鈍く湿った音が響き、口から血飛沫《ちしぶき》が飛び散った。青年は顔を歪《ゆが》めて大きく呻いた。清水の殴打は止まらなかった。無言で無表情のまま、まるで拳闘用の砂袋を打つように黙々と『鉄拳』を叩きつけた。尋問室には殴打の鈍く湿った音と青年の呻き声が何度も何度も響いた。

漸《ようや》く清水が動きを止めた時、青年の顔は血まみれになっていた。左右の目尻《めじり》や口角、眉《み》間《けん》、鼻筋の皮膚が裂け、流れ出た幾筋もの血が顔面を覆っていた。特に左の目尻の裂傷が深く、ぱっくりと瞳《ひとみ》の形に開いた裂け目からは桃色の肉が露出していた。

「貴様、名前を言え」

清水が抑揚のない声で同じ質問を繰り返した。日頃の鍛錬がものを言い息一つ乱れていなかった。

青年は答えなかった。言葉を発することができないようだった。肩で大きく息をしながら、苦しげに顔を歪めるだけだった。引き攣《つ》った唇からは震えを帯びたか細い呻き声が間断なく漏れていた。

清水がこちらを見た。指示を求めていた。

青年は「黒」だった。それも軍事機密を盗み出そうとした一線級の精鋭であり、その脳内にはこちらが切望して止まぬ抗日分子の情報が充満していた。問題はその取り出し方だった。その方法さえ間違わなければ、その全てを手中に収めることが可能だった。

（……落ち着け）

松本は胸中で呟き自戒した。

勿論《もちろん》失敗の怯《おび》えに対してではなく、青年が口を割る瞬間が待ちきれずに込み上げてくる興奮を抑えるためだった。

松本は静かに深呼吸をすると、青年の隣に正座する老人に目を向けた。全く興味などなかったが、気持ちを静めるため何気なく行った行為だった。

しかしその視線は老人に向けられたまま動かなくなった。松本は何かに気付いた。しかしそれが瞬時には分からなかった。松本は腕組みをし、息を殺して目を凝らした。

十秒ほどでその理由が判明した。

松本の「炯眼《けいがん》」が反応したのは老人の表情だった。

老人は正座しても、相変わらず前方の壁に貼ってあるポスターを凝視していた。そしてその表情には全く変化は見られなかった。その僅《わず》か一・五メートルほど右側では、関係性は未《いま》だ不明だが、少なくとも顔見知りではある青年が『鉄拳』を装着した憲兵の無数の殴打を受け顔面を血まみれにしていた。

常識的に考えて、平静でいられる確率はやはり限りなく低いと思われた。

実戦経験豊富な兵士のような者であれば話は別だが、牧場で草を食《は》む乳牛と同種の光をその目に浮かべた老人に、それは不可能なはずだった。

しかし老人はなぜか、青年への激しい暴行に対し全く動揺していなかった。

松本は腕組みをしたまま、改めて老人の顔を注視した。

目尻のだらりと垂れた左右の目には、あの淡い光が浮かんでいた。さらに注意して見つめるうちに、その光の奥にもう一つ別の光があることに気付いた。

それは微細だが、恒星の如き光度を持った強い光だった。しかも静止したまま微動だにすることがなかった。光の正体は意外にも意志の力だった。「何か」を成し遂げようとする能動的な意志の力がこの一点に集結し、凝結していた。しかも光が全くぶれないことで、本人はその「何か」を必ず成し遂げるという強い信念を持っていることが見て取れた。

松本は息を呑《の》んだ。

　まさか……と思い、そこで二呼吸分ほど思考を巡らせ、いや……ありうる、と思い直した。

　ほんの僅かだが心臓の鼓動が速まるのが分かった。

「清水……」

　松本は低い声で言い、目でこちらへ来いと促した。

　清水は怪訝《けげん》な顔で眼前にきた。

「あのジジィをどう思う？」

　松本は老人を見た。

「どうと言われましても……」

　清水も老人を見た。その顔には露骨に困惑の色が浮かんでいた。

「……ゴミ・クズ・カスの類《たぐい》、としか言いようがないと思いますが」

「そうとしか言いようがない理由は何だ？」

　松本は清水を見た。

「理由は……」

　清水は老人を見たまま言い淀《よど》んだ。

「見た目であろう？　あのジジィの面構えや恰好《かっこう》を見て、出した答えであろう？」

「……まあ、そうです」

　清水は呟《つぶや》き、訝《いぶか》しそうにこちらに目を向けた。松本の質問の意図が分かりかねるようだった。

「あのジジィ……もしかすると、もしかするな」

　松本が押し殺した声で言った。

「え……？」清水が驚いたように目を見開いた。「あの等身大の人糞《じんぷん》も、抗日分子だとおっしゃるのですか？」

「抗日分子で、しかもそれを統括する者だとしたらどうする？」

「まさ……」

　まさか、と言い掛けて清水は言葉を呑み込んだ。松本の目に刺すような光が浮かんでいることに気付いたようだった。

「理由はあり得ないからだ」松本は沈み込むような目で清水を見た。「あの正真正銘の阿呆のジジィが、隣に座っておるクソ生意気な抗日のガキとつるみ、司令部内に侵入することなど絶対にあり得ないからだ。役に立たないだけではなく、必ず足手まといになるうえ、へたをすれば致命傷を負う主因にすらなる。いわゆる百害あって一利なしというやつだ。でもこうして実際におる。一緒に侵入して一緒に捕獲され一緒に並んで正座をしておる。あの一線級の抗日のガキが、敢《あ》えて自分にジジィという手枷《てかせ》足枷を嵌《は》めるのはなぜだ？」

「それは……その必要があるから……」清水は低く呟《つぶや》いた。「……つまり、手枷足枷に見えて、実はそうではない」

「そうだ。一見障害のようだが、実は武器であり防具であるとすればどうだ？　ジジィが敢えて等身大の人糞に見える阿呆《あほう》の演技をしていると仮定すると、また話は変わってくる。ではなぜ演技をしている？」

「……能ある鷹《たか》が、爪を隠しておるのですか？」

「あるいは能ある竜が、宝珠を隠しておるかもしれんぞ」

「まさ……」

清水はまさかと言い掛けて、再び言葉を呑み込んだ。そして俯《うつむ》き、何かを思案するように虚空を五秒ほど凝視した。

「確かに軍事機密の計画書奪取という、奴らの全勢力を注ぎこんだ大計画の実行犯に無能が投入される訳がない」清水は自分に言い聞かせるように呟いた。「それはつまり投入される者は絶対に優秀な……それも厳選された、最優秀の者だと断定してよいということか」

清水は顔を上げた。

「少佐殿、申し訳ありません。自分が至りませんでした。今更ながら改めて、少佐殿の炯眼に感服すると同時に、自分の未熟さを痛感いたしました」

「分かればよい」

松本は小さく頷《うなず》いた。

「で、あのジジィをどうします？　なんならすぐにでも『髑髏《どくろ》』を打ちますが」

清水が傍らの机上に置いた『拷問鞄《かばん》』に目を向けた。

「落ち着け。何事も初めが肝心だ。奴はまだ自分の正体がバレているとは気付いておらん」

松本は小声で囁《ささや》くと、清水とともにそっと後方を振り返った。

青年の右側に正座したまま、老人は正面のポスターを凝視し続けていた。表面的には、その表情はだらりと弛緩《しかん》しており、スキだらけに見えた。

「凄《すご》い芝居をしますね、常人ならまず見抜けないですよ」

清水が感心したように言った。松本の炯眼に対してであり、同時に老人の演技力に対してでもあった。

「このまま油断させておいて、いい頃合いを見計らって一気にカタをつけるのだ。それに隣のガキは最後までもたんから、それまでに相当量の情報を吐く。それに対して奴がどうでるかも慎重に見極めねばならん」

松本が落ち着いた声でゆっくりと言い、清水が納得したように大きく二回頷いた。

「では、次は何をしますか？」

「そうだな、次は『潜孔』だ」

「はっ」

清水は踵《きびす》を返すと傍らの机の前に立った。そして蓋《ふた》の開いた『拷問鞄』に手を入れてごそごそと弄《いじ》ると、直径三センチ、長さ二十センチほどの、コルク栓の付いた硝子《ガラス》の試験管を取り出した。中にはムカデが一匹入っていた。全長が試験管よりも五センチほど長く、尾の部分がひらがなの「し」の形に曲り上を向いていた。碁石のように丸い頭部は橙色《だいだいいろ》、隙間なく二十個ほど連なって胴部を成す四角い体節は鮮やかな黄色で、頭部の一対の触角と、二十対の歩肢は朱色だった。その毒々しい色彩から内地にはいない南方特有のものであることが見て取れた。天井から下がる電球の光を受けてその全身はテラテラと光っており、まるでセルロイドでできた精緻《せいち》な玩具《がんぐ》のように見えた。

清水は歩いていくと青年の前で立ち止まった。

「これが何だか分かるか？」

清水は右手に持った試験管を指さした。

血まみれの青年は顔面の至る所から出血が続く中、焦点の定まらぬ虚《うつ》ろな目でその指先を見上げた。

「これはナムール国に生息するニンギリというムカデだ。オオムカデ目ジルモット科で、御多分に洩《も》れず有毒だ。ナムールでは恐れられていると同時に重宝もされており、高値で取引されている。つまりとても貴重な虫ということだ。例えばニンギリを鶏の腹に詰めて煮込む薬膳《やくぜん》があるし、漢方ではランメイという生薬になって平胆や止痙《しけい》、解毒などの効能がある。ちなみに日本国内で買うと現地の五倍はして、吉原で花魁《おいらん》を買うより高値になるから気をつけろ」

清水は無表情のまま、抑揚のない声で言った。

青年は力無く目を伏せると、低く呻《うめ》くように二言三言何かを言った。

全く聞き取れなかったが、南方のムカデに怯《おび》えて命乞いをしたようにも、力を振り絞って罵声《ばせい》を飛ばしたようにも聞こえた。

　しかし清水は全く意に介さなかった。

「そしてニンギリにはある特性がある。主食が鼠であり、その巣穴に侵入して捕食するため、自分の頭部が入る空間や隙間を見つけると本能的に入ってしまうということだ。そのためナムールでは、就寝中の乳幼児や幼い子供の鼻孔にニンギリが侵入し、そのまま頭蓋《ずがい》内を喰《く》い破って死亡させてしまう事例が毎年百件近く起きている。いやいや、剣呑《けんのん》剣呑。ではそろそろ『潜孔』を始めさせてもらう」

　清水は振り返り、松本に申し訳なさそうに一礼した。

　松本は頷き、歩いていくと青年の背後で立ち止まった。そして右腕を喉元《のどもと》に回して絞めつけ、顔を上向かせた。

「すみません、お手数をかけます」

　清水は数歩前に出て、青年の眼前で片膝《かたひざ》を突いた。

　その途端青年が唸《うな》り声を上げた。ムカデの使用法を知り、耐えられなくなったのか「畜生」と叫ぶと顔を背けようとした。しかし松本が右腕にありったけの力を込めて絞めつけたため動かなかった。青年がまた唸り声を上げた。「畜生畜生畜生」と何度も叫んで抵抗を試みた。しかし顔は上向いたままだった。喉元に回された松本の右腕が顎《あご》をがっしりと固定していた。その上後ろ手に手錠をされたままのため、青年は正座したまま微動だにすることができなかった。

「すみません、お手数をかけます」

清水は同じ言葉を繰り返すと試験管に付いたコルク栓を抜き、開口部を青年の鼻の下に押し当てた。

途端にニンギリが反応した。素早く三センチほど上部に進むと、頭部の一対の触角を開口部から外に出した。朱色の細長い飴《あめ》細工のようなそれは、くねくねとしなやかに動きながら青年の右の鼻孔に入り、無数の鼻毛の生えた内部を素早く動き回って探知した。すぐに侵入可能と判断したらしく、僅《わず》か五秒後、不意にニンギリはズズッと音を立てて試験管から飛び出し、鼻孔内に突入した。そのまま二十対の歩肢を前後に細かく動かしながら黄色い胴部をしなやかにくねらせて、瞬く間にその半分ほどを鼻孔内に潜り込ませた。

「あああああ、ああああああっ」

青年が震えを帯びた声で叫んだ。一重の鋭い目は大きく見開かれ、真一文字に閉じられていた口はあんぐりと開けられた。

すぐにチャクチャクチャクチャクという湿った音が聞こえてきた、それは鼻孔から侵入したニンギリが鼻腔《びこう》内部を口器によって捕食し、咀嚼《そしやく》する音だった。

「んがあああああっ！……んがああ、んがんがあああああっ！」

青年は全身を激しく震わせながら絶叫した。見開かれた目からは涙が溢《あふ》れ出し、血と混じり合い桃色の液体となって床に滴った。あんぐりと開けられた口からは涎《よだれ》が垂れ、突き出された舌が体内に寄生した別の生き物のようにひくひくと痙攣《けいれん》した。

「こやつ、もう泣きおった。意外に涙もろいな」

青年の背後から喉元を絞めつけながら松本が言った。

「抗日分子とは言っても、根は優しい青年なのですね。こんな姿を見たら彼の母上もさぞかし嘆かれるでしょう」

清水が抑揚の無い声で呟《つぶや》いた。

絶叫を続ける青年の右の鼻孔から赤黒い血が流れ出した。それはすぐに左右の鼻孔に広がり、ボタボタと音を立てて床に落ちた。やがて血液は口内にも流れ落ちるようになり、突き出された舌を伝って滴り始めた。

「ニンギリは今、どの辺を喰らっておるのだ？」

松本が訊《き》いた。

「そうですね、胴体の半分ほどが入っているので鼻腔の下鼻甲介《かびこうかい》とか軟口蓋じゃないでしょうか。でも、鼻の奥は全部柔らかいのでどこを喰らっても美味《おい》しいんですよ」

「腹は空かせてあるのか？」

「はい、十日ほど餌は与えていません」

「そうか、ではニンギリにとってまさに喰い放題ではないか」

「はい。それも満漢全席を喰い放題かと思われます」

「なるほど、それは凄いな……」

二人は顔を見合わせ、同時に口元を緩めた。

不意に青年の絶叫が止まった。次の瞬間、ニンギリの胴部がするすると全て鼻孔内に入り、そのまま止まることなく開けられた口から飛び出してきた。

「あ、もう帰ってきた」

清水が慌てて試験管を口元に近づけた。突き出された舌の上で停止したニンギリは、頭部の一対の触角でその開口部を素早く探知、即侵入可能と判断したらしく、約二秒後には試験管内に勢い良く飛び込んだ。

「無事帰還セリ」

清水は素早く開口部にコルク栓を押し込んだ。

松本は青年の首から右腕を離して立ち上がった。やっと解放された青年は一気に脱力し、そのまま前のめりに倒れ込んだ。全身は痙攣するように細かく震え、目は固く閉じられていた。出血は続いており左右の鼻孔と口内から赤黒い血が流れ出ていた。

「やはり十日の絶食では期間が短いのではないか？」

松本が青年を見下ろしたまま訊いた。

「同感です。予定では今の倍は捕食させるつもりだったので、今度は二十日にしてみます」

清水は歩いていき、机上の『拷問鞄《かばん》』にニンギリの入った試験管を戻した。

松本は軍服の右のポケットから煙草を一本取り出した。勿論《もちろん》官給品の『興亜』だった。

そして口に咥《くわ》え、軍袴《ぐんこ》のポケットから銀のライターを摑《つか》み出しながら左側で正座する老人に目を向けた。

同時に松本は息を呑《の》んだ。

老人は正座をしたまま体を捻《ひね》ってこちらを向き、前のめりに倒れ込んだ青年を見つめていた。その顔には満面の笑みが浮かび、目は大きく見開かれて嬉《き》々《き》とした光が浮かんでいた。左右の口角は楽しげに吊り上がり、開いた口から上下に数本しかない永久歯が見えた。

その表情は清水が行った『潜孔』を老人が娯楽として捉《とら》えていたことを示していた。つまりニンギリが青年の鼻孔内に侵入して捕食をし、再び試験管に戻るまでの一連の様子を、隣で芝居でも観るように面白がって眺めていたのだ。

松本は腕組みをすると思わず低く唸った。

また老人の正体が分からなくなっていた。

松本を困惑させているのは老人の目の光だった。その嬉々とした光は本物だった。老人は南方のムカデに鼻腔内を喰い荒される青年の姿を目のあたりにし、心の底から快感を覚えていた。そして本物の残虐行為に対してそういった反応を示すのは、それこそ痴呆《ちほう》の悪化した者や精神に異常をきたした者のみだった。

そしてさらに松本を困惑させているのが、その奥にある光だった。

老人は確かに痴呆症的な反応を見せてはいるが、依然として意識の深層ではあの恒星の如き強い光が、つまり「何か」を成し遂げようとする能動的な意志の力と、その「何か」

を必ず成し遂げられるという強い信念とが敢然と存在し続けているのだ。

松本は過去に三人尋問したことのある多重人格者達の記憶を想起してみたが、その精神状態はみな極度に混乱し、荒廃し、劣化しており、老人のそれとは明らかに違っていた。

松本は歩いていき机の前で歩を止めた。

これから使用されるであろう拷問道具の確認のため、『拷問鞄』を弄《いじ》っていた清水がこちらを見た。

「……清水」

松本が微《かす》かな声で囁《ささや》いた。

「はっ」

清水が答えた。

「あいつにも『潜孔』をやれ」

松本は老人を指さした。

「えっ」清水は驚いた声を上げた。「……しかし、今捕食したばかりで食欲が」

「いいからやれ」

松本は微かな声で命じた。

ニンギリの飼い主として愛玩《あいがん》虫に無理をさせたくないようだったが、軍隊でそんな我儘《わがまま》は通用しなかった。数秒の沈黙の後、清水は「はっ」と小さく答え、『拷問鞄』の中からあの試験管を取り出した。

松本が歩き出し、それに清水が続いた。

二人は老人の前で立ち止まった。

「おい貴様、今の拷問を観ていたな」

松本が低い声で言った。

老人はこちらを見上げると無言で大きく二回頷《うなず》いた。その顔からは笑みが消えており、怪訝《けげん》な表情が浮かんでいた。

「楽しんだか？」

老人はまた大きく二回頷き、口元を緩めた。

「うむ、では貴様にも同じことをしてやる」

松本がそう宣告した途端、老人の顔がパッと明るくなった。そして今度は大きく三回頷くと、自ら顔を上げて左右の鼻孔をこちらに向けた。その顔には一面に喜色が満ちていた。

「な……」

それを見た清水が何かを言い掛けて絶句した。それは松本自身も同様だった。憲兵生活十五年で、このような者は只《ただ》の一人も見たことがなかった。

傍らの清水がこちらを見た。その目には困惑しきった光が浮かんでいた。

「構わん、やれ」

松本は強い口調で命じた。

「はっ」

清水は釈然としない様子のまま手にした試験管からコルク栓を抜き、開口部を老人の鼻の下に押し付けた。すぐに中から一対の触角が伸びて老人の右の鼻孔を探知した。同時に即侵入可能と判断したらしく、ニンギリは僅《わず》か一秒ほどで試験管から飛び出し鼻孔内に飛び込んだ。そしてセルロイドのように光る黄色い胴部を半分ほど潜り込ませた時、老人は満面に笑みを浮かべ「くぅーっ」と嬉《うれ》しそうに叫んだ。そしてそのままズズズズッと音を立てて思い切り洟《はな》を啜《すす》った途端、ニンギリの残りの胴部が鼻腔《びこう》内に吸引された。

「あっ！」

清水が驚いた声を上げた。松本も思わず口を開けて身を乗り出した。

老人が尚も思い切り洟を啜ると、さらに吸引されたニンギリが下鼻道を通って口腔《こうくう》内に落ちてきた。途端に老人は嘔吐《おうと》反射を起こして「おえええええっ」と叫んだ。同時にニンギリの黄色い胴部がとぐろを巻いて舌の上に押し出されてきた。老人はそこでヒャヒャヒャヒャヒャと笑い声を上げると、躊躇《ちゅうちょ》することなく咀嚼《そしゃく》を始めた。

「うわあああああ」

清水が仰《の》け反《ぞ》って悲鳴を上げた。しかし老人は意に介さなかった。満面に笑みを浮かべたまま、ガリゴキボリと派手な音を立てて咀嚼を続けた。やがてその口角から青色の体液が溢《あふ》れだして流れ落ちた時、清水が我に返った。

「やめんか貴様っ！」

清水は腰の革嚢《かくのう》から自動拳銃《けんじゅう》を引き抜いた。松本が「待て！」と叫んだ。しかし清水は銃口を老人に向けた。松本は拳銃を持つ腕に飛びついた。同時に甲高い火薬の破裂音が響いた。正座した老人が倒れるのが見えた。飛び出した薬莢《やっきょう》が床に転がる音がした。

「なにをしておる馬鹿者！」

松本は清水の頬を殴りつけた。

「はっ」

清水は反射的に答えたものの、その顔は怒りで紅潮し歪《ゆが》んだ唇は細かく震えていた。

松本は老人を見た。仰向《あおむ》けに倒れていたが、その体はすぐに動き出して床の上に起き上がった。そしてまた今まで通り床に正座をすると、背筋をしゃんと伸ばした。

老人は左耳から出血をしていたが、いわゆる擦過射創で命中はしていなかった。松本が飛び付いたおかげで弾丸が顔を逸《そ》れ、耳介の外側を掠《かす》めただけで済んでいた。

「大丈夫か？」

松本が低い声で訊《き》いた。

老人は大きく頷き、まだ途中だったらしいニンギリの咀嚼を再開した。そしてそのまま十五秒ほど下顎《したあご》を動かすと、ごくっと大きな音を立てて嚥下《えんげ》した。

「旦那《だんな》、思った通りこりゃあ激ウマですぜっ！」

老人は松本を見て大声で叫ぶと、満面に笑みを浮かべてまたヒャヒャヒャヒャヒャヒャと笑い声を上げた。しかしそこで初めて言葉を発したことに気付いたらしく、慌ててバツが悪そうに俯《うつむ》いた。

「貴様、気でも狂ったか」

松本は清水を見、押し殺した声で叫んだ。

「申し訳ございません。奴はもう三年近く飼っていたもので、かなり情が移っておりまして、つい感情的になってしまいました」

清水は力無く頭を下げた。

「たかがナムールのムカデではないか。あんな虫ケラのために貴様は重要な被疑者を射殺しようとしたのだぞ。今回は目をつぶるが二度目はないと思え。分かったか？」

「はっ。承知いたしました。本当に、本当に申し訳ありませんでした。二度とこのような過ちは犯しません」

清水は改めて深々と頭を下げたが、その表情から薄汚い年寄りに大切な愛玩虫を「捕食」されたことへの怒りがまだ消えず、燻《くすぶ》っていることが見て取れた。清水の怒りは波動となって周囲に拡散した。それは傍らの松本にも波及し、不快な熱となって脳内に充満した。

松本はそこで、火を点《つ》けようとして煙草を咥《くわ》えたままだったことに気付いた。同時に強い苛立《いらだ》ちが込み上げてきて脳内の不快な熱が不快な炎に激化した。

「くそっ！」

松本は煙草を摑んで床に叩きつけた。不快な炎はすぐに怒気に変わり、抑えがたいものとなった。松本は二歩前に出て老人の眼前に立ち、睨《にら》みつけた。

老人が怪訝な顔でこちらを見上げた。その目からは嬉々《きき》とした光が消え、またぼんやりとした淡い光に戻っていた。そしてその奥には本来なら決して共存できるはずのない、あの恒星の如き強い光が、つまり能動的な「意志の力」と強い「信念」が敢然として存在し続けていた。

「貴様は一体誰なんだ？　阿呆《あほう》のルンペンか？　抗日分子の親玉か？　それとも阿呆のルンペンで抗日分子の親玉で、尚且つムカデ喰《ぐ》らいのイカれたクソジジィか？」

松本は上擦った声で叫んだ。

「貴様の成し遂げようとしていることとは一体何だ？　必ず成し遂げられると信じていることとは一体何なんだ？　今すぐここで答えよっ！」

老人の顔が引き攣《つ》った。松本の剣幕に恐れを覚えたらしく、その勢いを押しとどめるかのように頭を左右に振った。理由を言えない、話せないと態度で必死に説明しているようだった。

「何だそれは？　言えんのか？　言葉を発せないというのか？」

松本は鋭い目で睨みつけた。老人は大きく頷いた。

「貴様はつい先ほどムカデを喰らってウマいと叫んだではないかっ！　なぜ今は言えんのだっ！　貴様はワシを愚弄《ぐろう》しとるのかっ！　だったら勘弁せんぞっ！」

松本は怒鳴ると腰の革嚢から自動拳銃を引き抜き、銃口を老人の顔に向けた。

同時に老人がヒイイイイと悲鳴を上げ、口をパクパクと動かした。声を出さずに何かを言っていた。松本は職業柄読唇術が堪能《たんのう》であり瞬時にその意味を理解した。

(隣の旦那《だんな》に許可をいただかねぇと)と老人は口の動きで言っていた。

「なぜこのガキの許可が必要なのだ？　自分の意志でさっさと話せっ！」

松本は引き金を引いた。威嚇発砲だったが弾丸は老人の頬を掠め、背後の壁にめり込んだ。老人は再びヒイイイと悲鳴を上げた。

(誓ったんです。隣の旦那に誓ったんです。この建物にいる時は絶対に言葉を発しねぇって)

老人は忙《せわ》しなく口だけを動かして「話した」。

「なぜそんな誓いを立てた？」

(へい、少し長くなりますが話させていただきます。実は一週間前、偶然に秀子《ひでこ》なる女と出会ったんですけど、その顔を見た途端あっしは一目惚《ひとめぼ》れをしちまいまして、もうそれ以来秀子が恋しくて恋しくて夜も眠れなくなっちまったんです。いわゆる恋の病っていうやつです。それはもう苦しくて苦しくて、脳味噌《のうみそ》がイカれちまうかと思うぐれぇでした。

そしたら二日前、駅前の映画館でチャンバラ映画を観ていたところ、後ろに座ったこの旦那に声を掛けられまして、何でも金回りのいい仕事があるからやってみねぇかって誘われたんです。そいで、筋の途中だったんですが便所に誘われまして、そこで詳しい話を聞いたら、なんとある建物に忍び込んで、あるものを取ってくるだけで二百円をやるって言われたんです。二百円って言えばサラリイマンの年収ぐれぇありますから、普通の人だったらホイホイ引き受けるんでしょう。でもあっしは金に執着はねぇんでお断りしたんです。そしたら、もう二十人ぐれぇの奴らに断られて、決行の日まで時間がねぇ。だから報奨は五百円にするし、その日のうちに十円札の札束で支払う。でも、実は帝甲師団の建物に忍び込んで、どっかの部屋の金庫の中からジュウヨウショルイっていう十七枚の紙を盗《と》るんだって言われたんです。そこであっしはウォオオオオオって心の中で叫んだんです。だって秀子がいるのも、その帝甲師団の敷地の中なんですから)

「何？　その秀子なる女は師団司令部にいるだと？」

松本は驚いて目を見開いた。情報収集や書類の受け渡しで帝甲師団司令部には頻繁に出入りしており、所属する殆《ほとん》どの人間の顔と名前を把握している。そのため慌てて記憶を想起したが、どれだけ意識を集中して女性達の顔と名前を辿《たど》ってみても、秀子なる女は思い出せなかった。

「本当に司令部にいる女なのか？　配属されている部署と正式な名前を言え」

松本は苛立って叫んだ。

(名前は秀子としか知らねぇです。いるのは建物の裏手にあるトタン小屋です)

老人は平然と言った。

なるほど、と松本は思った。それは司令部・本館北側にある厩舎《きゅうしゃ》だった。豚四頭と鶏十二羽を飼育しており、六十代の男女が一人ずつ作業員として働いていた。確か夫婦だったが名前までは知らなかった。つまり七十代のこの老人は、十歳下の人妻に一目惚れしたようだった。

「つまり貴様は、その厩舎の女に会いたくてこの仕事を引き受けたのか？」

（へい、そうです）

老人は口だけを動かして「言って」、頷《うなず》いた。

（あっしは隣の旦那にきちんと事情を説明し、金はいらねぇ、でもその代わり司令部にいる秀子と会わしてくれ、会って、その、その場で一発ヤラせてくれって頼んだんです。そこで秀子とヤラせてくれんなら、あっしは死ぬ気で頑張って、そのジュウヨウ何とかっていう紙切れを盗むのを手伝いやすって言ったんです。そしたら、分かったって言って、絶対に何とかするからお前も絶対に引きうけてくれって。その代わりたった一つだけ条件がある、お前はシロウトだからしゃべるとボロが出る。だから建物の中にいる時は絶対に話をするなって。そう懇願されて頭下げられたんで、あっしも建物の中にいる時は絶対に話をしねぇって誓ったんです）

「そんな戯言《ざれごと》を信用したのか……」

松本は呆《あき》れ果てて呟《つぶや》いた。この世にはどんな国であっても地域であっても、必ず常識というものがある。そしてこの現代の日本の常識において、隣の男が言うようなことは絶対にあり得なかった。女と老人が恋仲ならば、あるいは以前恋人同士だったのならまだ可能性はあるが、二人が全く面識のない状態で、それも夫婦で働いている六十代の女と、まるで動物と交尾でもするように造作無く性交できる訳がなかった。もし唯一可能だとすれば強姦《ごうかん》以外方法は無かったが、それとて師団司令部の敷地内で、しかも他の大勢の兵士や職員、そして夫のいる中で事に及ぶのは到底不可能に思えた。そして隣の男の荒唐無稽《こうとうむけい》な約束を鵜呑《うの》みにしたこの老人も、常識知らずのただの阿呆ということになった。

「貴様、本当に秀子と性交できると思ったのか？」

松本が試しに訊《き》いてみた。

（へい、思いました）老人は大きく頷いた。（隣の旦那は信用できるお方だと、話し方で分かったので信用いたしました。そして昨日の夜遅く、この建物に侵入した際、我儘《わがまま》を聞いていただいて最初に厩舎に行き、早速秀子と一発ヤラせていただきまして、スッキリした後にジュウヨウ何とかという紙切れを旦那と二人で盗みました）

「嘘……」

嘘を吐けっ、と叫ぼうとして松本は声を呑《の》んだ。老人の目に浮かんだ光を見たからだった。そこにはあの淡い光が浮かんでいた。決してブレることなく、静かに柔らかく光るその光は、老人の「嘘」が間違いなく本当だということを証明していた。

（旦那、本当ですよ。信じてくださいよ。秀子と初めて会った日に撮った写真が右の胸ポケットに入ってますから是非見てやって下さい）

老人は催促するように上体を突き出した。

松本は二呼吸分躊躇《ちゅうちょ》した後、老人の着ている作業着の右の胸ポケットに左手を入れ、指先に触れた一枚の写真を引き抜いた。それは通常の白黒写真で、豚舎の柵《さく》の前で同じ作業服を着た初老の男が一人で立っており、足元には二頭の豚がまとわりついていた。

「どこに秀子がいるのだ？　女の亭主しかおらんではないか？」

松本が首を捻《ひね》った。意味が分からなかった。

（いやだな旦那、秀子は右のゴム長の臭いを嗅《か》いでいる娘ですよ）

老人が当たり前のように言った。ゴムの長靴を履いた男の左右の足にはそれぞれ一頭ずつの豚が鼻を押し当てる姿が写っており、右側の豚は左側より一回り小さく見えた。

（小柄で線が細いところが堪《たま》らない二十歳の娘ですぜ。あ、勿論《もちろん》人間の歳にするとですけど）

老人が自慢げに言い、勝ち誇ったような笑みを浮かべた。その目に浮かぶ光も先ほどと同様であり、その言葉が本当であることが分かった。

「じゃあ、貴様は雌豚と……」

そこまで言い掛けて松本はある事に気付き、慌てて振り返った。

背後の壁には戦意高揚のポスターが貼ってあった。そう、老人がずっと凝視していたものだった。

松本は目を凝らした。

そしてすぐに『欲しがりません、勝つまでは！』の標語の左側に、豚肉を表すカリカチュアライズされた豚の絵があるのに気付いた。それは四つん這《ば》いになった雌豚だったが、頭に赤いリボンを付けられた上に左右の目が擬人化され、いわゆる美少女のように二重で長い睫毛《まつげ》があり、黒目の上でキラキラと星が輝いていた。

松本はまた前を向いて老人を見た。

「貴様、あのポスターをずっと見ていたのも、もしかしてあの豚の絵を……」

(そうです、バレちまいましたか。あんまりにも可愛らしくて目が離せなくなっちまって、松子《まつこ》って名前を付けて頭ん中で三回もヤッちまいましたよ)

老人は照れ臭そうに口だけを動かし、ヒャヒャヒャヒャヒャヒャと笑い声を上げた。

松本はそこで老人の目の奥にある、あの恒星の如き強い光の意味を初めて理解した。

老人が能動的な意志を持って成し遂げようとしていたことはポスターに描かれた雌豚との「交尾」であり、老人が必ず成し遂げられると信念を持っていたことは、どんな雌豚とも「交尾」できるという自負だった。

松本は老人から目を逸《そ》らすと大きく息を吐いた。同時に耳の奥で、巨大な建物が崩れ落ちる重苦しい音を聞いたような気がした。

「少佐殿」

背後で清水の遠慮がちな声がした。

松本は呆然《ぼうぜん》としながら振り返った。

「このジジィはさっきから何と言っているのですか？　自分は読唇術が未熟なもので、こいつの口の動きが速くて理解できないのです」

清水が戸惑ったように言った。

松本は清水の顔をぼんやりと五秒ほど見つめた後、ぽつりと呟くように言った。

「奇遇だな、ワシもよく理解できん」

＊

老人と青年はその後、再び現れた二人の憲兵上等兵に連れられて地下一階の拘留室《こうりゅう》にそれぞれ入れられた。清水は陸軍省及び帝甲師団司令部への結果報告と調書作成のため慌ただしく退室していった。

一人になった松本は不意に強い疲労感を覚え、よろめくように傍らの椅子に腰を下ろした。そして背凭《せもた》れに虚脱した体を預けると、しんと静まり返った第参尋問室の虚空をぼんやりと見つめた。

（初めてだ……）

松本は胸中でぽつりと呟いた。

出世街道を驀進《ばくしん》し続け、教練学校卒として初の大佐となり憲兵生活十五周年を迎えた今日この日まで、己の「炯眼《けいがん》」が外れたことは一度もなかった。それも老人を「黒」ではないと見抜いたものの、目の奥にもう一つの異質な光を発見して抗日組織の首謀者ではないかと誤認、最後の最後まで決めあぐねた挙げ句、本人の告白を聞くまでただの性的倒錯者だと見抜けなかったのだ。まさに完敗と言ってよく、十五年間一度も潰《つい》えることのなかったエリート憲兵としての圧倒的な矜持《きょうじ》は完膚無きまでに叩《たた》きのめされていた。

松本は椅子の背凭れに凭れたまま大きく息を吐き、静かに目を閉じた。

闇の中、残雪が点在する北穂高岳の険しい岩肌が浮かび、耳の奥で（ケンゴは大物にな る、ワシの目に狂いはない、ケンゴは絶対大物になる）という祖父のしわがれた声が蘇《よみがえ》った。

松本は久しぶりに、最後にそれを体験したのが一体いつなのか思い出せないほど久しぶりに、幼少期の甘く切ない感情を思い起こした。同時にその死から二十五年経って初めて、祖父にもう一度会いたいと思った。

「……俺も年には勝てぬ、ということか」

松本は低く呟き、ゆっくりと目を開けた。

眼前の闇に浮かんでいた、おぼろな祖父の笑顔が消え去った。

＊

翌日午前九時より、前日に引き続き地下二階の第参尋問室にてより本格的な尋問が開始された。

初めは老人だった。

今度は椅子に座ることを許された老人は、松本の質問に饒舌《じょうぜつ》に答えた。

特にその半生は二十代の清水は元より、幾多の被疑者たちの様々な人生を垣間《かいま》見てきた松本すらをも驚愕《きょうがく》させた。

老人は捨て子だった。どこかで生まれ、どこかに捨てられ、誰かに拾われて横浜の孤児院に引き取られた。生まれながらの天涯孤独であり本名も存在しなかった。そのため今まで使用した何十種類もの名称・呼称があり、現在は「ヘモやん」と呼ばれているらしかった。

老人は孤児院で十歳まで育つと、当たり前のように丁稚《でっち》奉公に出された。それが埼玉の山間部にある、都内の養豚業者が経営する広大な養豚場だった。そこの豚舎で寝起きするようになった老人は自然に、蝶《ちょう》が花の蜜《みつ》に吸い寄せられるかの如く自然に雌豚に興味を持つようになり、気付いた時には本気で恋に落ち、本人の言葉を借りれば「互いに求め合って」交尾をするようになった。

そこから老人と雌豚達との、永遠とも言える愛の時間が始まる。日本全国の養豚場を渡り歩き、様々な種類の、そして様々な年齢の雌豚達と巡り合い、愛し合い、そして一時的な安定を得、その度に湧き上がる恒久的な欲求、つまり「もっと素敵な雌豚がどこかにいるのではないか」という心の声に繰り返し誘《いざな》われ、やがて抗し切れずにまた次の地へと旅立つ。そんな流浪の日々を何十年も繰り返した末、今はある地方の郊外に住む、二人の兄弟の家の離れに住まわせて貰《もら》い、その家で飼われている奇妙な豚の世話をしているとのことだった。そして現在の妻・雌豚の梅子《うめこ》こそが我が豚人生で出合った最高の「女」であり、今が一番幸せだと目を輝かせて言う老人を見、松本はほんの三秒ほどだったが、その汚れた肉体を火炎放射器で燃やしてしまいたい衝動に駆られた。

そして老人の目の光からその半生が実話だと断定された。

思うところは清水も同じらしく、刺し貫くような目でその皺《しわ》だらけの弛緩《しかん》した顔を睨《にら》みつけていた。

老人は退室する際、松本と清水に深々と一礼し、師団内に無断で侵入したことを詫《わ》びた。そして「あっしのような無学なジジィに、ポラーなんとかという小難しい紙切れの価値なんか分かる訳がねぇです」と呟《つぶや》くように言った。

続いて午後は抗日分子の青年の番だった。

昨日『潜孔』を受けて鼻腔《びこう》内に無数の咬傷《こうしょう》を負い、さらに『鉄拳』で顔面に二十箇所にも及ぶ打撲・裂傷を負い、まさにズタボロの状態だったが、尋問は予定通り開始された。しかし昨日と同様に床に正座させられた青年が語った話を聞き、松本と清水は老人の半生を聞いた時以上の衝撃を覚えた。

青年の話はこうだった。

ちょうど一週間前、駅前の映画館でチャンバラ映画を観ていたところ、後ろの席に座った男から声を掛けられた。それがあの「ヘモやん」と呼ばれている老人であり、驚くほど高収入の仕事があるからやってみないかと誘われる。男は二十五歳で、上野界隈《かいわい》に住む独身の大工だった。仕事の腕は良く、給料も人並み以上のものを得ていたが如何《いかん》せん賭《か》け事が好きで毎晩博打《ばくち》に明け暮れ、気付くと親には言えぬほどの借金をしていた。そんな折長年付き合っていた八百屋の一人娘が妊娠、これを機に所帯を持とうと話がまとまり秋には式を挙げる運びとなった。しかし借金があるとはどうしても言い出せず、かといって金を工面する当ても相談する相手もなく、一人悶々《もんもん》と思い悩んでいた矢先の予期せぬ儲《もう》け話だったため男は即座に飛びついた。

二人は便所に場所を移し、人目が無いのを確認すると大便用の個室に入った。

老人の話は単純明快だった。都内のある軍事施設に侵入し、指定された書類を盗み出すだけで四百円を即日支払うというものだった。それはサラリイマンの平均年収のおよそ倍額に相当する大金であり、男にとっては喉《のど》から手が出るほど欲しくて堪《たま》らないものだった。しかし場所が場所だけに捕えられれば間違いなく死刑となる。男は腕組みをしたまま逡《しゅん》巡《じゅん》し、やる、やらないの狭間《はざま》で激しく揺れ続けていると、老人は男の肩を叩き「安心なさい」と笑みを浮かべた。なんでもある特殊な方法を施すことによって恐怖を全く感じない精神状態となり、しかも別人のように豪胆になるから心配は無用だという。半信半疑で老人の宿泊する旅館の一室にいくと、そこで西洋式催眠術なる奇妙な暗示法を口頭で施術され、一時間が経過した頃には自分は完全にナムールの抗日ゲリラだと思い込み、日本軍はおろか羆《ひぐま》やライオン、果ては死までもが全く怖くなっていた。しかしそれは罠《わな》で、特殊な酩酊《めいてい》状態となった青年に対し、老人は帝甲師団本館ビルに侵入し、『極光作戦』の計画書なるものを奪取せよと命令。そのまま何度も同じ言葉を繰り返すことにより完全に洗脳してしまう。

そこから青年の記憶は曖昧《あいまい》になる。灰色の上下の作業服を着せられ、暗闇に乗じて司令部内の裏口から内部へと侵入。老人はそのまま豚舎に向かい、一匹の雌豚に後ろからのしかかって交尾する。その後本部ビルの作戦会議室から『極光作戦　概要』と記された十七枚の書類を奪取するも、廊下に出たところを発見され逃亡。階段の前まで来たが酩酊状態のため均衡を崩し、咄嗟《とっさ》に老人にしがみついて二人とも転倒。階段を転げ落ちて失神。気付くと正座した状態で『鉄拳《てっけん》』による殴打の嵐を受けていたが、その全てが泡沫《ほうまつ》の夢の如くおぼろげで現実感の無いものだった。しかし『潜孔』が始まった途端、青年は文字通り地獄に落ちる。試験管からニンギリが現れたと同時に意識が覚醒《かくせい》したのだ。理由は青年が幼少の頃から虫の類《たぐい》を心底苦手としており、特にムカデやゲジゲジを最も嫌悪していたからだ。つまり青年はニンギリが鼻孔内に侵入した瞬間から鼻腔内を散々捕食後、口内から出ていくまでの全てを鮮明に記憶してはいるが、その直後からまた記憶が曖昧になり現在に至るとのことだった。

青年は啞然呆然《あぜんぼうぜん》とする松本と清水を見上げると、自分は本当にただの大工であり断じて抗日分子などではない、危険なのはあの老人であり今すぐ銃殺しなければならない国賊だと力説した。彼の双眸《そうぼう》に浮かぶ光から、その全てが事実だと松本は断定した。そして老人は何らかの方法で己の眼光を操作し、調節して憲兵生活十五年の松本をも騙《だま》したのだと、松本自身が苦悩の末に結論づけた。

しかし事態はさらに急展開を迎える。急報を受けた憲兵五人が老人の収監されている拘留室に突入したところ、窓に嵌《は》め込まれていた四本の鉄格子全てが根元からきれいに切断され、「へモやん」と呼ばれている老人の姿はどこにもなかった。それらの鉄格子を何でどうやって切断したのか、そして老人が一体どこに向かって逃走したのか誰にも分からなかった。

また青年の証言を元に都内にある旅館にも憲兵隊が向かい、二人が入った部屋を捜索した。勿論《もちろん》老人の姿はおろか体毛一本残されていなかったが、憲兵の一人が襖《ふすま》の隅に落書きがあるのを発見した。それはHBの鉛筆で「das Unternehmen Polarlicht」と走り書きされていた。ダス・ウンターネーメン・ポラーリヒト、言うまでもなく極光作戦を意味した。そして清水からその報告を受けた瞬間松本はあることに気付き、「あっ!」と叫んで立ち上がった。

老人は六月十日の午前中に尋問を受けた後、退室する際「あっしのような無学なジジィにポラーなんとかという小難しい紙切れの価値なんか分かる訳がねぇです」と呟くように言っていた。しかし松本も清水も尋問中にポラーリヒトという単語を発したことなどただの一度も無かった。それは陸軍が極秘に計画している『極光作戦』、つまり国家の命運を左右する「軍事機密」そのものであり、尋問中に口を滑らせる可能性など絶対にあり得なかった。

「……嘘だ」

松本は絞り出すようにして、やっとその一言だけを呟いた。まさに無学そのものの老人が、ポラーリヒトというドイツ語を、しかも憲兵隊内だけで使用されている極めて特殊な呼称を知りうるはずがなかった。しかし老人は確かに言っていた。こちらを向いてはっきりと発音していた。

(可能性があるとしたら……)

松本は強い眩暈《めまい》を覚えながら、必死で自問し思考を巡らせた。

「……誰かが、変装しているのか……」

そう声に出して自答した松本は、数秒後また「あっ！」と叫んだ。同時に背中一面にざわざわと鳥肌が立ち、黒い革の長靴《ちょうか》を履いた両足が微《かす》かに震えだすのが分かった。

松本は立っていることができず、よろめくようにして椅子に腰を下ろした。

「……だ、大丈夫でありますか？」

傍らに立つ清水が怯《おび》えたような顔でこちらを見た。

松本はその問い掛けに対し声が出ず、虚《うつ》ろな目で清水を見上げると頭を力無く左右に振った。

＊

その日から、松本の脳裏にある男の残像が蘇《よみがえ》るようになった。初めはぼんやりとしたものだったが、日増しにその淡い影は具体的・立体的なものに変貌《へんぼう》していき、一ヶ月が経過した頃には鮮明な映像として脳内に固着していた。

男の名は流山寺明人《りゅうざんじあきと》。

裏の日本陸軍史にその名を深く刻印した、本当の意味での伝説の男。

流山寺は陸軍士官学校を卒業後、少尉として陸軍の特務機関に引き抜かれた。そこで十年間に亘《わた》り国の内外に於《お》いてありとあらゆる謀略を学び、会得し、実践して次々と目覚ましい功績を打ち立てる。

特にその名を大本営の参謀達に知られるようになったのが一九一七年のキ―一号作戦からだった。第一次世界大戦では今までの常識を次々と覆す多くの戦法戦略がとられたが、その最たるものの一つが化学兵器だった。一九一五年、ドイツ軍が致死性の塩素ガスを散布したことにより、その後実戦における毒ガス使用はどの戦線でも常態化した。同時に化学兵器が極めて重要な軍事的価値を持つと認識した各国は独自に研究開発を進めたが、その最先端をいっていたのがドイツだった。当時日英同盟によりイギリスと同盟関係にあった日本は連合国側として参戦しており、その関係上『敵国』の情報収集を目下の急務としていた。そこで毒ガスの最新技術を盗み出すべく選ばれたのが流山寺だった。彼は優秀な変装技術を駆使してアラブ人の貿易商に変装すると、戦時下の混乱に乗じてポーランド国境からドイツ国内に密入国し、列車を乗り継いで三日後には首都ベルリンに到着。すぐに枯渇が危ぶまれていた石油の売買を口実に軍部に接触し、目標である陸軍省科学局への侵入に成功する。そして隙をついて研究室に忍び込むが、毒ガスの製造法を記した書類を物色中警備兵に捕獲。秘密警察に引き渡され、そのまま牢獄《ろうごく》に監禁される。しかし取り調べと、それに伴う拷問を受けるまでの僅《わず》か三十分の待機時間中に、革靴の踵《かかと》内に隠していた小型の爆薬で窓の鉄格子を爆破して逃走。途中追跡してきた二名の警備兵を巧みな柔術によって打ち倒し、およそ五メートルの煉瓦《れんが》塀を乗り越えて敷地内からの脱出に成功する。そのまま再びポーランドに戻った流山寺はすぐに記憶していた毒ガスの製造方法を便箋《びんせん》十枚に書き記し、ワルシャワのホテルで待機していた駐在員に手渡した。それらはさらに別の特務機関員に託されて一月後には無事日本に持ち込まれる。流山寺が記憶を元に書き記した最新のマスタードガスの『製造書』は、大戦後から本格化した国内における化学兵器の開発と生産に多大なる影響を与えた。

この一件で類稀《まれ》なる実力を認められた流山寺は陸軍の作戦参謀に大抜擢《ばってき》されると、たちまちその実力を発揮した。

特に首都防衛の脆弱《ぜいじゃく》さを声高に主張した結果、九年後に近衛《このえ》師団の十倍の規模を持つ日本初の帝都防衛部隊・帝甲師団の創立を実現させる。そして初代師団長に就任すると、その思想をさらに先鋭化させ、二年後には帝甲師団で使用される全ての武器・装備・被服に対して師団内での独自開発を主張。独断で陸軍技術本部内に開発室を作ると、陸軍省に今までの一・七倍の予算を請求し、激しい議論の末却下される事件が起きる。その頃から参謀本部との折り合いが悪くなり、流山寺を誹謗《ひぼう》中傷するビラなどが陸軍省内で度々発見されるようになる。経過する月日とともにその軋轢《あつれき》は加速度的に深まっていき、ついに十年前の秋、定例の参謀会議の最中、予算の駆け引きを巡って近衛師団の参謀達と激しい口論となり、会議は中断。一時的に騒ぎは治まるものの、休憩時間にちょっとした罵《ののし》り合いから胸倉の掴《つか》み合いを経て大乱闘に発展。激高した流山寺は携行していた自動拳銃を乱射して近衛師団の副参謀を射殺、参謀長に重傷を負わせて取り押さえられる。その代償は大きく、即刻開廷された軍事裁判では問答無用で銃殺刑を言い渡され、上告は即日却下された。

それにより流山寺秋人少将は二週間後に刑を執行され、その波乱の人生に幕を下ろした。

享年六十歳だった。

*

松本は生前の流山寺を一度だけ肉眼で見たことがあった。

銃殺刑になる一年ほど前、陸軍省の一階の廊下で肩がふれるような距離をすれ違った。

流山寺との交流は最後までなく、その声も聞いたことがなかったが、すでにその悪名は広く知れ渡っていたため、男が流山寺だと視認した途端松本は思わず目を凝らした。

流山寺の顔からは何の表情も読み取れなかった。やや瘦《こ》けた頬に一重の細い目、少しだけ禿《は》げ上がった額には数本の横皺《よこじわ》があるだけで、これといった特徴は見られなかった。

その時の記憶、俯《うつむ》き加減で遠くを見るような目をしたその横顔を想起するたび、松本の耳の奥底ではヒャヒャヒャヒャヒャヒャヒャヒャヒャというあの笑い声が、くぐもった木霊《こだま》のように虚ろに響き渡るのだ。

凱旋

元陸軍軍曹・丸森清は森林の中を歩いていた。

一人だった。

森林は標高三百メートルほどの小山にあった。シロナガスクジラの背中のような形をしており、一面にマツやサワラ、ヒノキなどの様々な針葉樹が入り混じって繁茂していた。

丸森がいるのは南側の山裾《やますそ》の一角で、シロモミが密生する地域だった。マツ科の常緑針葉樹の一種であるシロモミは樹高が二十五メートルから三十メートルあり、鱗《うろこ》状の樹皮は電球の硝子《ガラス》玉のように白みがかった灰色だった。枝には黒い星状毛が見られ、その左右からは細くて固い針状の葉がびっしりと生えていた。それらは鮮やかな水色をしており、鋭く尖《とが》った先端はムカデの触角のように大きく二叉《ふたまた》していた。

森林の中はしんと静まり返り、霧雨のように重く、密度の濃い冷気で満ちていた。冷気は冷たいというよりも痛いと感じられ、剥《む》き出しになった鼻先や耳介は勿論、軍手を嵌めた両手の爪先にまで容赦無く染み込んできた。

地面には朽葉色に変色した枯れた雑草が広がり、所々で焦げ茶色の湿った土が見え隠れしていた。頭上では無数の梢《こずえ》が重なり合い、幾重にも交叉《こうさ》して網目状を成していた。その隙間から晩秋の淡い日差しが射し込み地面に微細な斑模様《まだら》を映していたが、森林内がほぼ無風状態のため、枯れ草に付着した鱗粉《りんぷん》のように微動だにしなかった。

丸森は緩やかな斜面を五十メートルほど上った地点で立ち止まり、大きく息を吐いた。防寒のため口元に巻いた手拭《てぬぐ》いを通って外気に触れた呼気は、ほんの僅《わず》かだが白く曇った。歩き出してからすでに二時間近くが経過していた。全身がだるくて重いという自覚はあったが不思議と疲労は感じず、冷気も辛《つら》くはあるが耐え難いとまでは思わなかった。しかし気力体力に余裕がある訳でも、苦痛を吹き飛ばすような希望や信念がある訳でもなかった。空腹と睡眠不足のため、まともな感覚が鈍化しているだけだった。

丸森は傍らのシロモミの根元にしゃがみ込み、休息を取りたい衝動に駆られたが、五秒ほど逡巡《しゅんじゅん》して思い直した。

理由は二つあった。一つは休息すること、つまり歩行という移動運動をやめることで体温が急速に低下し、冷気の痛みをもろに体感してしまうためであり、もう一つは休息することで鈍化した感覚が正常に戻ってしまい、激しい疲労感に襲われるためだった。今の自分にとってはそのどちらも致命的となる確率が高かった。具体的にはせっかく二時間も掛けて十六キロの行程の四分の三を走破した労力が水の泡と帰す恐れがあった。それは、この小山を越えると目的地である村の中心部に到達し、宿で温かい食事を取った上ふかふかの布団で眠れるということでもあった。そしてその眩暈《めまい》がするほど甘美な「ゴール」はたった四キロ先に位置していた。

「しっかりせい……丸森軍曹、貴様それでも軍人か」

丸森は低く呟《つぶや》くと右の拳《こぶし》で己の右頬を殴りつけた。ゴッ、という鈍い音と共に衝撃で視界が左右に揺れた。頬粘膜が切れたらしく口内に塩辛い味が広がった。

丸森は勢い良く唾《つば》を吐き出し、また大きく息を吐いた。そして「しっかりせい、しっかりせい」と小声で繰り返しながら頭上を見上げた。

木々の梢の間から秋晴れの澄みきった青空が見えた。綿菓子のような丸みを帯びた積雲がまばらに浮かび、その下を一羽のトンビがゆったりとした速度で大きく右に旋回していた。しかし視界に映る全ての色彩は漂白されたように白み、輪郭を失ってぼんやりと滲《にじ》んで見えた。そのため現実感は甚だ希薄であり、自分が今どこにいるかという認識も酷《ひど》く曖昧《あいまい》だった。

丸森は混乱し、困惑した挙げ句、目を閉じてゆっくりと息を吸った。湿った土の匂いがし、同時に鼻腔《びこう》内にひりっとするような微《かす》かな痛みを覚えた。

それは周囲の空気が冷え切っているからだけではなかった。空気を構成する粒子そのものが、南国の熱を帯び、熟れた果実の匂いのするそれとは根本から違っているためだった。丸森は熱帯に生息するシダ類のだらりと垂れた葉と、温帯に生息するマツ科の針状の固い葉の違いが、空気の粒子の違いにも通底しているような気がした。そしてその匂いと痛みで、自分が今この瞬間マレー半島のナムールではなく極東の島国日本にいるのだな、と改めて実感した。

眼前の暗闇に金光源三郎大佐の残像が浮かび上がった。

淡い皮膜に包まれたようなその姿は、眼前の風景と同様に色褪《いろあ》せて見えるため現実感は希薄だったが、「何をしておる、早くここに来い！」という大佐の叫び声が耳の奥で響いた途端、心臓がどくりと大きく脈打った。

その瞬間丸森は三ヶ月前、ナムールの首都・カノアの師団司令部内で金光大佐を刺殺し、国賊の極みであり万死に値する脱走兵となったのだと再認識した。それ以来自分は辛うじて生の領域に踏みとどまってはいるものの死との境界は完全に取り払われ、差し迫った生命の危機を常に意識しながら、半ば虚脱した状態で生きてきたことを思い出した。そのため丸森の脳内にはいつしか残照の風景に似た終末感のようなものが発生し、重度の熱傷のように意識の奥深くに染み入ってそのまま固着していた。

「畜生……」

丸森は吐き捨てるように呟いた。

しかし呟いただけで特に意味は無かった。

すべては済んだことであり、今更どうすることもできなかった。同時に大佐を刺殺することが生きるために残された唯一の道であり、今となっては不可抗力としか言いようがなかった。そのため後悔はおろか一抹の罪悪感すら抱いておらず、現在自分が置かれている状況も、体感している苦痛も、すべて帰国前に予測した範囲内のもので当然のこととして受け入れていた。

つまり妙な言い方ではあるが、大局的には全てが滞りなく順調に進行していた。ただ限局的に見て空腹と睡眠不足がたたり、一時的に肉体が疲弊しているだけだった。

丸森は黒い毛糸の帽子を深く被《かぶ》り直し、膝下《ひざした》まである厚手の外套《がいとう》の襟を立てた。

空腹の胃がぐぐもった音を立てて大きく鳴った。それはナムールで何度も見かけた水牛の嘶《いなな》きに似ていた。

丸森は村の宿に着いたら、まず温《ぬる》めの熱燗《あつかん》を飲もうと思った。そして酒の肴《さかな》に熱々のおでんを腹一杯食べようと思った。その二つの願いが叶《かな》えられたら、その場で捕縛されて射殺されても悔いは一欠片《かけら》も残らないと本気で思った。

「しっかりせい……丸森軍曹、貴様それでも軍人か」

丸森は低く呟くと、たった一人の「行軍」を再開した。

＊

シロモミの木々の間を縫ってさらに五十メートルほど斜面を登った時、不意に眼前の視界が開けた。

丸森は立ち止まった。

二十メートルほど前方に百坪ほどの平地が見えた。一面に白い穂を付けたススキが生い茂っており、平地の中央には錆《さ》びついた二門の八センチ高射砲が放置され、砲と砲の間には直径二メートルの四式照空燈《とう》が下向きになって倒れていた。

陸軍の防空陣地の残骸《ざんがい》だった。

以前は高射砲部隊が駐屯していたようで、後方に迫る山の急斜面には隊員の住居と見られる横穴式の防空壕《ぼうくうごう》の入り口も見えた。

丸森は傍らのシロモミの根元にしゃがみ込み、木陰から息を殺して辺りを注視した。

防空陣地跡は静かだった。遠くから野鳥の囀《さえず》りが聞こえてくるだけで人の気配は全くしなかったが、なぜか森林から出る気にならなかった。

理由は違和感だった。

何かが原因となって全体の調和を乱していた。

しかしそれが一体何か、まだ判明しなかった。

丸森はすぐに陸軍軍曹・丸森清に戻り、目を凝らし、耳を澄ませ、周囲に漂う空気を慎重に嗅《か》いだ。

やがてその原因が判明した。

前方三十メートルの地点、つまりこの森林を出て十メートル先のススキの群れの下に、無造作に敷かれた筵《むしろ》が見えた。下に何かがあって筵は低い山脈のように起伏していたが、その長さも形もちょうど人が横たわっているように見えた。すぐに気付かなかったのはその上に折り取られた幾本ものススキの穂が載せられて巧妙に擬装されているためだった。

丸森は引き続き慎重に臭いを嗅いだが、こちらがやや風上にあるためかこれといった腐臭は特に感じなかった。

丸森は地面に伏せると匍匐《ほふく》前進をして素早く進み、森林の途切れる地点で再び傍らの木陰に隠れた。そして再び目を凝らし、耳を澄まし、臭いを嗅いだがやはり人の気配はしなかった。丸森は左腕に巻いた腕時計を見た。針は午後四時七分を指していた。晩秋の日暮れは早く、後二十分もすれば日没が始まりたちまち視界は闇に包まれる。

『検死』するなら今だった。

丸森は体を起こして膝立ちになると外套のボタンを上から二個外し、左の脇の下に右手を突き入れて黒いものを引き抜いた。それは護身用の散弾銃だった。狩猟用の二連式で、銃身と銃床を極端に切り詰めてあるため全長三十センチほどしかなかった。一ヶ月ほど前に安価で入手したもので、手製の革嚢《かくのう》に入れて脇の下に吊り下げていた。至近戦、特に塹壕《ざんごう》戦用に改造されたもので野戦には不向きだったが、無いよりは遥《はる》かにましだった。

丸森はまた地面に伏せると匍匐前進で森林から出、そのまま百坪ほどの平地に侵入してススキの中に分け入り、瞬く間に筵の前に到着した。そこで初めて異臭がした。夏場の魚屋の店先に漂うような薄《うす》らとした生臭さだった。

(やはり死体か……)

丸森は両肘《りょうひじ》を突いて上体を起こすと、右手に持った散弾銃の先で筵の左端をめくった。

「あっ……」

その途端丸森は不覚にも声を上げた。それは人間の死体ではなく爬虫人《はちゅうじん》の死骸だった。

丸森は眉《まゆ》を顰《ひそ》めながら目を凝らした。横たわった死骸はあの蜥蜴《とかげ》そっくりな顔を上向かせ、耳まで裂けた口が半開きになっていた。右の口角からは先端が二つに割れた紫色の舌が垂れ下がっていたが唾液《だえき》が乾ききって硬直し、舌背《ぜっぱい》は砂漠のようにひび割れていた。顔の両側にある巨大な眼球は上方を向いていた。光の消えたその表面も乾燥して微細な皺《しわ》が幾つも走り、角膜の部分が靄《もや》がかかったように白濁していた。

丸森はその半開きの口内からあの生臭い異臭が漏れ出ているのを意識しながら筵を摑《つか》み、一気に引き剝《は》がした。同時に丸森はまた声を上げそうになり、すんでのところで口をつぐんだ。

爬虫人は全裸で、股間《こかん》を見てメスだと分かった。まだ若く、二十歳前後の年頃の女に見えた。左胸に直径二センチほどの丸い銃創が二つあり、その下方のみぞおちの辺りに二輪の白い花が縦に手向けられていた。それはリュウノウギクという白い小さな菊で、この辺りの山々では至る所に咲いていた。彼女の全身はナムール人と同じく褐色の皮膚で覆われていたが、その色彩からは確実に血色が失われ、青ざめているのがはっきりと見て取れた。

「なんなんだ、これは……」

丸森は低く呟き、首を捻《ひね》った。なぜこんな山奥の廃墟《はいきょ》に場違いも甚だしい若い爬虫人のメスの死骸が、それもまだ死亡して数時間ほどしか経過していない新鮮なものが、擬装を施されて遺棄されているのか見当もつかなかった。

不意に背後でズシュッという低い音がした。同時に右耳を衝撃が掠《かす》めた。丸森は反射的に地面に伏せた。撃たれていた。至近距離だった。小銃弾だと分かった。耳元を擦過した銃弾が皮膚を裂くような凄《すさ》まじい空気圧を起こしていた。銃声がしないのは消音器を付けているからだった。また背後からズシュッ、ズシュッと音がして頭上を二発の銃弾が掠めた。弾道は丸森の頭部から数センチしか離れていなかった。

「動くなっ」

すぐ後ろで叫び声がした。男の野太い声だった。すぐに兵士だと分かった。この距離まで接近されても全く気配がしなかった。完全に野戦慣れしていた。

丸森はうつ伏せになったまま「ああ」と答え、小さく頷《うなず》いた。実際動いていなかったし、動くつもりもなかった。

男がさらに接近してきてすぐ側で立ち止まった。そっと顔を向けると三十センチほど右の後方に一対の黒い編上靴《へんじょうか》が見えた。思った通り帝国陸軍のものだった。終わった、と丸森は思った。兵士に捕獲されればその所属部隊に引き渡され、数日後には形だけの軍事裁判を経て問答無用の銃殺刑が待っていた。ナムールを脱出してから今日までの数多《あまた》の苦労を考えるとあまりにもあっけない、そしてみじめな最期だった。

「畜生……」

丸森は吐き捨てるように呟《つぶや》いた。

「銃を捨てろ！」

男が怒鳴った。叩《たた》きつけるような声だった。丸森は右手に持った散弾銃の引き金から指を離し、その銃身の端を摘《つ》まんでゆっくりと頭上に掲げた。男はすぐに奪い取った。

「なめやがって」

男は唸《うな》るように言い、丸森の背中を思い切り踏みつけた。編上靴の分厚い踵《かかと》が背骨を打ち、その鋭い痛みに丸森は呻《うめ》き声を上げた。

「てめぇ、名前を言え」

男はまた唸るように言った。続いて後頭部に固くて丸い銃口が押しあてられた。

「ま……」

丸森は思わず本名を言い掛けて、我に返った。

男はこちらを「てめぇ」と呼んでいた。軍人が相手を、たとえそれが不審者であっても「てめぇ」と呼ぶことなど今まで一度も聞いたことがなかった。少なくとも丸森は階級が同級かそれ以下、そしてそれ以外の不審者、容疑者等に対しては常に「貴様」と呼んでいた。

丸森は言い淀《よど》んだ。

「てめぇ、俺の声が聞こえねぇのか？　さっさと名前を言え」

また男の声がした。

丸森の心臓がとくりと小さく鳴った。

男はまた「てめぇ」と言い、さらに己のことを「俺」と言っていた。軍人が己を呼称する際はどんな時でも「自分」のみであり例外はあり得なかった。つまり「俺」という言葉を躊躇《ちゅうちょ》なく自然に使う背後の男は軍人ではないという何よりの証拠となった。しかしただの地方人、つまり普通の猟師や血の気の多い村の若者ではないことも確かだった。男はそれほどまでに圧倒的で濃厚な殺気を全身から放っていた。

「……作田《さくた》、茂《しげる》だ」

丸森は偽名を名乗った。東京の布団屋で丁稚《でっち》奉公していた時の、同い年の仲間の名前だった。

「てめぇ兵隊だな？」

男が叫んだ。

「違う、ただの旅行者だ」

丸森ができうる限り落ち着いた声で答えた。

「嘘吐《つ》くんじゃねぇ、騙《だま》されねぇぞ。ならなんで匍匐前進して桃代《ももよ》に近づいた？」

男の声が甲高くなり、後頭部の銃口がさらに強く押しあてられた。一瞬桃代とは誰のことか分からなかったが、すぐに死亡していたメスの爬虫人のことだと気付いた。その名前といい、「桃代」と言った時の男の口調といい、人間の女に対するそれと全く変わることがなく、丸森は男とメスの間にどす黒い関係があったことを知ったが、昨今の爬虫人を取り巻く風潮ではそれとて珍しいことではないため、特に驚かなかった。

「あれは二年間の兵役に就いた時に覚えたんだ。だから昔を思い出して……」

「嘘吐くんじゃねぇって言ってんだろうがっ！」

男は苛立《いらだ》った声で叫び、さらに強く背中を踏みつけた。編上靴の踵が背骨にめり込み軋《きし》んだ音を立てた。丸森は顔を歪《ゆが》めて大きな呻き声を上げた。

「だったらこれはなんだっ！」

男は銃口の先で丸森の右手の甲を突いた。激痛に思わず手を開くと、男は銃口で掌《てのひら》の真ん中を突き、地面に押し付けた。

「見ろっ、人差し指にタコができてるじゃねぇか、これは兵隊ダコだろ！　兵隊の指に必ずあるあの兵隊ダコだろ！　違うのか！」

男が勝ち誇ったように叫んだ。丸森は返事をせずに小さく舌打ちをした。それは連日の訓練で自動小銃の引き金を引き続ける結果、右手人差し指の第二関節の裏側にできる直径一センチほどの胼胝《たこ》だった。全員ではないが、ある一定の年数を軍隊で過ごした者には必ずできるもので、世間一般では「兵隊ダコ」「鉄砲ダコ」と呼ばれていた。

「これがあって兵隊じゃねぇとはよくも言いやがったな！　この俺様によくもぬけぬけと見え透いた嘘を吐きやがったな！　まったくもってふてぇ野郎だよ！」

男は丸森の後頭部を思い切り蹴《け》り上げた。ガッ、という鈍い音と共に強い衝撃を受けた。眩暈《めまい》がし、視界がぐにゃりと歪んだ。丸森はくぐもった悲鳴を上げ、力無く地面に顔を押し付けた。

「まったくもってふてぇ野郎だよ、こん畜生」

男は丸森の襟首を鷲摑《わしづか》みにすると、うつ伏せのまま強引に地面を引き摺《ず》っていった。自然と胴体の下に挟まる形となった右手の甲が幾つもの小石に擦《こす》れ、その度に微細な疼痛《とうつう》が起きた。

痛い、痛い、止めてくれ、ひりひりする、ひりひりする……

丸森はそう言ったつもりだったが、実際には半開きの口から洩《も》れた、か細い呻き声でしかなかった。右の甲の皮膚が次第に剝離《はくり》していき、血が滲《にじ》み出るのが分かった。

ああ、早くマーキロを塗らないと、化膿《かのう》してしまう……

丸森はそうぼんやりと思いながら、静かに意識を失った。

＊

意識が覚醒《かくせい》した時、丸森は固い床の上で蹲《うずくま》るように横たわっていた。

辺りは薄暗く、傍らで橙色《だいだいいろ》の炎が大きく揺れ動いており、パチパチと木が燃え盛って爆《は》ぜる音が断続的に響いていた。

丸森はゆっくりと上体を起こした。そこは学校の教室二つ分ほどの広さを持つ四角い空間で、四面の壁も床も天井も、みな灰色の古びたコンクリートでできていた。

丸森は五秒ほど辺りを見回した。九時の方向五メートルの地点に、つまり壕《ごう》の中央に木材が突き入れられた一斗缶が置かれ、橙色の炎と火の粉を盛んに噴き上げていた。傍らには燃料用に切断されたらしい様々な種類の木材や板切れが山盛りに置かれていた。そのため壕内の気温は外気とは比べ物にならぬほど暖かく、手の爪先の痛みもいつの間にか消えていた。周囲の壁際には軍のドラム缶や麻袋、針金で括《くく》られた薪《まき》の束、紙のラベルの貼られた一斗缶、弾薬箱や大きな木箱などが乱雑に積み重ねられ、ちょっとした貯蔵庫のようになっていた。

やがて丸森はここが、放置された二門の高射砲の後方に見えた、あの防空壕の内部だと理解した。つまりここは山の急斜面に掘られた横穴の中であり、自分を捕獲した謎の男の住居でもあるようだった。

丸森はそこで右手の甲にひりつくような痛みを覚えた。同時に先ほど引き摺られている時地面に擦れて擦り剝《む》いたことを思い出した。慌てて右手を見て、そこで初めて両手首に銀色の手錠が嵌《は》められているのに気付いた。しかし捕虜は後ろ手に拘束されるのが通例であり、なぜ手前で拘束されているのかよく分からなかった。

さらに丸森は厚手の外套《がいとう》や毛糸の帽子、メリヤスのセーター、綿の茶色いズボン、毛糸の靴下、革製の長靴《ちょうか》も脱がされていることに気付いた。身に着けているのは駱駝《らくだ》色の丸首シャツにステテコと褌《ふんどし》のみであり、携帯していた荷物や所持品も何一つ見当たらないことから、全てを回収された上で男の検閲を受けたようだった。

「おい」

不意に声がした。

丸森は驚いて顔を向けた。一斗缶で燃え盛る炎の向こうで人影が立ち上がったのが見えた。それは声質から自分を捕えたあの男だと分かった。薄暗い壕内では橙色の炎があまりに眩《まぶ》しく、その背後を視認することができぬため気付かなかったのだ。

　男は歩いてくると丸森の眼前、三メートルほどで立ち止まった。丸森は口をぽかんと開けてその姿を凝視した。男はその口ぶりから兵士嫌いのように思えたが、なぜか兵士、というか兵士のような恰好《かっこう》をしていた。南方用の上下の迷彩服を着、迷彩の戦闘帽を被《かぶ》り、顔にはゴム製の防毒面を着けていた。先ほど見た内地用の黒い編上靴を履き、迷彩服の上には同じく内地用のカーキ色のマントを纏《まと》っていたが、これだけは将校専用の高級品であり他の兵・下士官用の被服とは生地の質が違っていた。右肩には三十発の弾倉の付いた五《ごう》二《にい》式自動小銃を掛けており、銃口の先端には予想通り筒状の消音器が装着されていた。また左の肩から襷掛《たすきが》けで布鞄《ぬのかばん》を提げていた。それは通常防毒面を収納している『被甲嚢《のう》』と呼ばれるもので、ずんぐりとした円筒形をしていた。

　丸森は男の顔を見た。防毒面を着けているため目鼻立ちは見えなかったが、硝子《ガラス》の眼鏡越しに見える目や露出した首筋の皮膚、声の高さなどから二十代前半ほどの青年と推定された。そしてその統一性の無い、兵士「のような」奇妙な軍装は、さしずめ熱烈な帝国陸軍愛好家のように見えた。

　男は迷彩服のポケットから銀色の光るものを取り出し、こちらに放り投げた。ちゃぽん、と液体の撥《は》ねる音を立てて傍らに落下したのは、酒を携帯するための平たい銀色の水筒、いわゆるスキットルだった。

「中にはウヰスキーが入っている。英国製の高級品だ。これからてめぇと酒を飲みながら語り合う。これは命令だ。分かったか？」

男は両手を腰に当てながら鷹揚《おうよう》に言った。

丸森は言い淀《よど》んだ。それがどこまで本当か判断がつかなかった。また五秒ほど床に転がるスキットルを見つめた後、その銀色の平たい水筒を手錠を嵌められた両手で取った。その大きさと重みから中に二百ccほどのウヰスキーが入っているのが分かった。両手が手前で拘束されているのも、男と酒を飲むためだとしたら説明がついた。

丸森はスキットルの蓋《ふた》を回して開け、匂いを嗅《か》いだ。久しぶりの本物のウヰスキーの香りが鼻腔《びこう》内に絡みつき、くらっと眩暈がした。我慢できず啜《すす》るようにして一口口に含み、飲み込んだ。琥珀《こはく》色の液体が口内と食道に上品な芳香ととろけるような甘味を残して胃に落ちた。丸森は思わず呻《うめ》き声を上げた後、「美味《うま》いっ……」と唸《うな》るように呟《つぶや》いた。

＊

寂れた横穴式の壕内で二人きりの奇妙な「酒宴」が始まった。

燃え盛る一斗缶の側に腰を下ろした男は、スキットルではなく通常の軍用水筒を取り出し、そこに入れられたウヰスキーを飲んだ。

最初の五分ほどは沈黙が続いた。

男は自ら開いた「酒宴」にもかかわらず何も話さなかった。ウヰスキーを嘗《な》めるように飲みながら、口元に意味ありげな笑いを浮かべて丸森の顔をじっと眺めた。しかしその目に敵意は無く、それどころか好意といってもいいような和らいだ光が浮かんでいた。

やがて男は迷彩服の右の胸ポケットから煙草を一本取り出して口に咥《くわ》え、携帯用の箱マッチを擦って火を点《つ》けた。そして勢い良く紫煙を吐き出すと「なんで俺がてめぇを殺さずに助けたか分かるか？」と静かに言った。

丸森は真面目に十秒ほど思案してから頭を左右に振り、「……分かりません」と低い声で答えた。

「これだ」

男は迷彩服の左の胸ポケットから細長いものを取り出した。

それはドイツ製の黒い万年筆だった。確かに自分の所有物だったが、いつ、どこで入手したかは思い出せなかった。

「ここにこう書いてある」

男は万年筆のキャップに付いた金色のクリップを指差した。

「槍《やり》・創立十周年記念」

「あっ……」

丸森は声を上げた。それはカノアの師団司令部にいた時に受領したものだった。丸森がナムールに赴任した年に現地で執り行われた槍師団創立十周年記念式典にて、出席者全員に配られた記念品だった。

「貴様はやはり兵隊だ。しかも槍師団に所属していたということはつまり、マレー半島のナムール国に駐屯していた兵隊ということになる。そうだな？」

男は万年筆のクリップを指差したまま詰問口調で言ったが、その目には依然として和らいだ光が浮かんでいた。

丸山は肯定しても危険は無いと判断し、無言で頷《うなず》いた。

「だから俺はてめぇを助けたのさ」

男は少し自慢げに言い、万年筆を左の胸ポケットに戻した。

「じゃあなんでナムールに行ってた兵隊だからって、てめぇを助けたか分かるか？」

「……」

丸森はまた真面目に十秒ほど思案してから、頭を左右に振って「……分からないです」と呟いた。

「それはな、俺の親父がナムール人で、俺の母親が日本人だからさ」

男はとっておきの秘密を打ち明ける子供のような口調で言うと、迷彩模様の戦闘帽を脱ぎ、ゴム製の防毒面を外した。

「あ……」

丸森は思わず声を漏らした。

男の顔は確かに日本人離れしていた。眉《まゆ》は濃くて太く、目は睫毛《まつげ》の長い大きな二重だった。鼻梁《びりょう》は太くて鼻孔は広く、唇も肉厚だった。そして何より、皮膚の色が薄《うっす》らと褐色に染まっていた。それは先ほどみた爬虫人のメスの肌の、ちょうど半分ほどの色合いだった。

「驚いたか？」

男は楽し気に言った。丸森はぽかんと口を開けたまま無言で頷いた。

「これからてめぇに質問をする。正直に答えろ。てめぇの名前と階級、兵科、年齢を答えろ」

「名前は……作田茂です。階級は軍曹、兵科は歩兵科、年齢は二十八歳です」

丸森は先ほど使った偽名を繰り返したが、他は正直に答えた。

「なるほどな」

男はにやりと笑い、坊主刈りにした頭をがりがりと音を立てて掻《か》いた。

「てめぇ、さっき銃身をぶった切った散弾銃を持ってたけどよ、あれは自分で造ったのか？」

「いえ、ここに来る途中……ある港町で漁船の船長から買いました。まあ、いわゆる密売を副業としている人です」

「幾らだ？」

「一円五十銭です」

「あんなガラクタが一円五十銭？　てめぇどれだけ足元を見られてんだよ」

「他に銃器の類《たぐい》が無かったんです……手ぶらだと物騒なので」

「腰抜けが」

男は吐き捨てるように言った。丸森は「はぁ……」と呟くと目を伏せた。

「てめぇの持ち物を調べさせてもらったけどよ、他にも色々と物騒なもんが入っとったな」

男は肩から提げた被甲嚢の蓋を開け、中から雑嚢を取り出した。それは丸森がナムールからずっと腰にぶら下げてきたものだった。男は右手を突き入れ、中に詰まったものを次々と放り出していった。コンクリートの床の上に折り畳み式ナイフ、缶切り、三本の五寸釘《すんくぎ》、小型のスパナ、鋭く研がれた鉄製のフォークなどが音を立てて転がった。

「なんじゃこれは？　これぞまさにガラクタそのものじゃねぇか。てめぇ、こんなんで何と戦おうとしてたんだ？　今どきダンゴ虫だってこんなんじゃ死なねぇぞ」

男が呆《あき》れたように言った。

「とにかく金が無かったんで、拾ったものを自分で改良しました。だからどうしても銃が欲しくて欲しくて、そんな時に船の中でさっきの奴を見せられちまって、つい……」

「なにがついだ馬鹿野郎。それで安物買いの銭失いってか？　まさに腰抜け様様じゃねぇか。ちなみによ、こん中に色んな種類の弾がごちゃごちゃ入っとるけど、何が何発あるか把握しとるか？」

「……五ミリの拳銃《けんじゅう》弾が五発と、六・五ミリの小銃弾が三発……そして散弾が四発です」

丸森は記憶を辿《たど》って答えた。軍人だった頃の習慣で無意識のうちに全て憶《おぼ》えていた。

「正解だ。さすが兵隊だな」男は感心したように言った。

「これも全部拾ったのか？」

「いいえ、船長から散弾銃を買った時、おまけに貰《もら》ったものです」

「てめぇは阿呆《あほう》か？　それともド阿呆か？　おまけってよ、散弾銃しかねぇのに他の鉄砲の弾貰って一体何になんだよ？　てめぇみてぇな正真正銘の腰抜け大馬鹿大統領、生まれて初めて見たわ」

男はまた呆れたように言うと、右の口角を吊り上げてこれみよがしの嘲笑《ちょうしょう》を浮かべた。

そして雑嚢《ざつのう》の中に右手を突き入れて弾を鷲掴《わしづか》みにすると、「阿呆は－外、馬鹿は－内」と叫びながら丸森に向かって投げつけた。それらは肌着のみでしゃがみ込む丸森の体に当たり、ばらばらと音を立てて床に落ちた。

『晩秋の豆まき』は三回で終了した。男は困惑して俯《うつむ》く丸森を尻目《しりめ》に声を上げて大笑いすると、空になった雑嚢を傍らの燃え盛る一斗缶に投げ入れた。

「てめぇ、なんで軍隊を辞めた？」

男が唐突に言った。丸森は虚を衝《つ》かれて顔を上げた。男はいつの間にか真剣な表情になっていた。

「てめぇ、脱走兵だな」

男が断言するように言った。丸森の心臓がどくりと鳴った。反射的に否定しようとした。

「違う！」と叫ぼうとした。しかしなぜか喉《のど》が引き攣《つ》れて声が出なかった。丸森は口を半開きにしたままゆっくりと視線を逸《そ》らし、無言で虚空を見つめた。

「その顔を見ると図星だな？　やっぱりそうか、思った通りだ。ならば無事内地に帰還できたことを祝ってやろう。お帰りなさい、脱走兵殿！」

男は芝居がかった口調で叫び、大袈裟《おおげさ》な動作で敬礼した。

「てめぇナムールで一体何をした？　どんなヘマをやらかした？　まあ、脱走兵といやぁ古今東西、敵前逃亡か上官殺しって相場は決まっとるけどな。てめぇもそのどっちかをやらかして、ナムールくんだりから逃げ出す羽目になったんだろ？」

男は得意げに言い、こちらを覗《のぞ》き込むように見た。丸森は、脇の下に冷や汗が滲《にじ》み出るのを意識しながら恐る恐る男と目を合わせた。二回連続の正解に心中を読まれているような薄気味悪さを覚えた。

「また図星か？　てめぇはどんだけ単純明快な男なんだ？　分かり易いにも程があるわ。もういい、そのどっちをやったかなんて別に興味ねぇし知りたくもねぇわ。とにかく重要なのは、てめぇも俺と同じく軍から追われてるってことだ。俺はな、てめぇにすらなることができねぇ人間なんだ。つまり脱走兵にすらなる資格がねーんだよ。もう分かったろ？つまり俺は徴兵検査すら受けてねー超国賊の第一種非国民なんだよ」

丸森は目を見開いた。

「そ、それじゃあ、ト……」

トンズラ鼠、と言い掛けて慌てて言葉を呑《の》み込んだ。それは徴兵忌避者に対する蔑称《べっしょう》であり非礼に当たると思ったからだ。しかし男は全く意に介する様子はなく、当然至極とばかりに大きく二回頷いた。

「そうだ、俺は世間で言うトンズラ鼠のクソったれだ。そしてそれを恥だなんて一秒も思ったことはねぇ。なぜだか分かるか？　それはこの皮膚のせいだ。俺の体に注入された半分コのナムールの腐った血のせいだ。俺はこの血のせいで物心付いた頃からまともな人間扱いをされたことがねぇ。いつでもどこでも薄汚ねぇ犬っコロみてぇに扱われて爪弾《つまはじ》きにされてきた。俺が八歳の時、船員だった親父の乗った船がインド洋で沈没して乗組員全員がくたばった。その二年後元々病弱だった母親が肺病を患ってくたばって、天涯孤独になった俺は孤児院に預けられた。それからが本当の地獄の始まりだった。町中の札付きのクソガキ共に囲まれてよ、それはそれは夢のような七年間だったぜ。朝起きては殴られ、昼休みになれば殴られ、夜寝る前に殴られた。来る日も来る日も殴られて鼻血が止まる暇が無かったくれぇだ。飯なんか一日一食喰《く》えれば御の字でよ、酷《ひど》い時になると一週間ぶっ続けで三食全てを横取りされて、しょうがねぇから水飲んで草喰って、夜中に台所の残飯漁《あさ》って凌《しの》いだんだ。で、十七歳の春についに我慢の限界が来てよ、真夜中に俺をイジめた主犯格の三人と、それを笑って見てた院長の四人の頭を斧《おの》で叩《たた》き割ってブッ殺してよ、夜明け前に孤児院から飛び出したんだ。そして貨物列車に潜り込んで東京から脱出して、そのままひたすら地方を逃げ回った。

でもよ、ただ闇雲に逃げ回ってた訳じゃねぇんだぜ。目的地はちゃんと決まってたんだ。逃げる前から、孤児院に入る前から、鼻水垂らしてたクソガキの頃からすでに決まってたんだ。そう、ナムールだ。俺は親父の国ナムールに一度でいいから行きたい……っていうか、一度でいいから帰りたかった。俺は日本じゃ犬っコロ扱いだけど、ナムールじゃ、日本人の血が半分入ってるだけで立派な人間として扱われるって、俺がイジめられて泣く度に死んだ母親が言ってたんだ。だからどっかの港から貨物船に忍び込んでよ、あのマレー半島のド真ん中にある、俺の本当の国に帰りたかったんだ。

　でもだめだった。戦時中でどこの港も軍港と化しちまって、警備が厳し過ぎて忍び込む隙なんてありゃしねぇ。結局兵隊が少なくて警備の甘い、山の方へ山の方へと逃げ続けた結果、この村に辿り着いたって訳だ。つまりてめぇと一緒でよ、この山を越えて村の中心地に行こうとして、たまたまこの防空陣地跡を見つけたのさ。初めは一晩だけ泊るつもりだった。でもこの壕《ごう》の中には前の部隊が残していった武器や弾薬、被服、寝具、それに糧《りょう》秣《まつ》の缶詰なんかがわんさとありやがった。しかも三日経っても四日経っても村の人間が誰一人やってこねぇ。そうすると、また話は変わってきてよ、こんなに住み心地がいい場所で、しかも家賃はただとなると、なかなか他にはねえなってことになってよ、結局俺はそれから約一年半、この壕に住み続けてる。

　これは後で知ったんだが、五年前にここで陸軍の演習があったんだ。その時運び込まれた未使用の毒ガス弾が木箱ごと破裂して、この山一体にガスが充満して大騒ぎになったんだってよ。で、結果的にそれは水性の糜《び》爛《らん》性ガスですぐにその効力は消えたらしいんだけど、村の人間にゃそんな区別なんかつかねぇから、毒ガスは毒ガスでしかなくて、つまり吸った者全員が死ぬ、ただひたすらに恐ろしいガスが陣地の土地全てに染み込んだって情報のみが広がってそのまま定着してよ、未《いま》だに誰も近づかねぇのさ。まあ何事にも例外はあって、たまに村のガキ共がこそこそやってきて、奴らが持参した酒や煙草と部隊の残留品の缶詰なんかを物々交換したりしてるけどな」

男はそこで話を切ると手にした軍用水筒に口を付け、喉を鳴らして美味《うま》そうにウキスキーを飲んだ。

「……この村の名前は何と言うのですか？」

丸山は遠慮がちに訊《き》いた。

「雨音《あまね》村だ。天から降る雨に音と書いて雨音村。ちなみにこの山はマルタ山といって村の東方に位置する」

男は自慢げに言った。

「じゃあ、あの……」丸森はそこで二秒ほど躊躇《ちゅうちょ》した後、思い切って訊いた。「……あの、亡くなった桃代さんて方も、雨音村の人なんですか？」

丸森の脳裏に、胸を撃たれて仰向《あおむ》けに横たわる爬虫人《はちゅうじん》のメスの死骸《しがい》が浮かんだ。

「そうだ、桃代は村の女だった」

男は呻《うめ》くように言いながら頷《うなず》くと、また水筒をあおり喉を鳴らしてウキスキーを飲んだ。そして大きく息を吐くと「あいつが悪いんだ」と吐き捨てるように呟《つぶや》いた。

「桃代は村長の家で働いていた女中だった。でも村長にとって桃代は拳闘《けんとう》用の砂袋でしかなかった。どういう意味か分かるか？　つまり腹が立ったりむしゃくしゃした時に、胸倉を摑《つか》んで気の済むまで殴りつけるために雇っていたのさ。桃代は耐えられなくなって家出をし、ここに逃げてきたんだ。あいつは爬虫人だから、この陣地の毒がとっくに消えて安全になったことを人間にはない特別な力で知ってたんだ。俺がここに住む前から、嫌なことがあるとこの壕に来てこっそりと泣いていたのさ。だから、ちょうど一年前に村長の家から逃げ出した桃代がここに来てみると、いつの間にか見知らぬ男が暮らしていて驚いたんだけど、もっと驚いたのは俺の肌を見た時さ。つまり俺にも自分と同じナムールの血が流れてるってことを、爬虫人の直感で一瞬で理解して死ぬほど喜んだんだ。あいつの夢はただ一つ、何とかして故国に帰ることだったから、とにかくナムールに飢えてたんだ。桃代は懐かしさのあまり自分から俺に接近してきた。俺も初めは驚いたけど、あいつのキラキラと輝く瞳《ひとみ》を見て、すぐに危険じゃない、それどころか俺を心から必要としてると理解できた。俺の中のナムールの血も、きっと桃代を見て反応したんだと思う。俺達はどちらからともなく自然と求め合い、その日のうちに結ばれて、そのままこの壕内で『新婚生活』を始めた。

　桃代は女中だったから家事が達者だった。山の中から色んな食材を獲《と》ってきては、びっくりするほど美味い料理を毎日食べさせてくれたし、様々な薬草を摘んできては調合して、色んな薬や美容液、滋養の酒までも作ってくれた。そして意外だったのが桃代に秘密の友達がいたということだった。何だと思う？　なんと河童《かっぱ》だったんだ。てめぇは実際に河童を見たことがあるか？」

「いえ、ないです」

丸森は頭を左右に振った。地方の、それも僻地《へきち》と呼ばれる地域の、特に山間部の水辺に河童が棲《す》むことはよく知られていたが、肉眼で見たことはただの一度もなかった。そして二十八年生きてきて知り合いになった者の中にも、河童を実際に見たという者は一人もいなかった。

「村の北方に広がる森の中に蛇腹《じゃばら》沼という沼があるんだが、そこにモモ太とジッ太とズッ太という河童の三兄弟が棲んでてよ、桃代が遊びにいくと沼で獲れた銀ブナを料理して馳走《ちそう》してくれるそうだ。俺も連れて行けと頼んだら、基本的に人間は嫌いだけど、あたしの紹介だったら何とかなると言って、今度鉄砲を持った若い男を連れていくと長男のモモ太に約束してたようだ。俺も河童と会うのは初めてだから楽しみにしていたんだが、まあ、今となっては全てがパアだな……」男はそう言うと、小さく息を吐いた。「それ以外にもな、桃代と河童はキチタロウという、人間には見えねぇモノノケの類《たぐい》と知り合いで、そいつを神のように崇拝していた。なんでも森の北端にあるヒノキの古木に宿っているそうだ。他にも森の中には秘密がまだまだあって、人間の知らない生き物がわんさと隠れていると言っていた」

男は言葉を切り、遠くを見るような目をした。

「……あの頃は楽しかったなぁ。多分俺の人生の中で一番幸せな時期だったんだろうなぁ。

毎日桃代と一緒に手を繋《つな》いで山の中を歩いた。木苺《きいちご》を獲って食べたし、川で水浴びもして河原で日向《ひなた》ぼっこもした。シマリスを追いかけて丸一日木登りをした日もあった。……でもちょうど二ヶ月前から桃代の機嫌が悪くなった。原因は俺だ。俺は桃代と暮らし始めてから、必ず金を貯めて二人でナムールに『帰る』と約束していた。毎晩その話をしては、二人で盛り上がってた。でも、実際そんなことは不可能だった。それは桃代も分かっていたはずなんだが、ある日突然いつになったらナムールに帰れるのかと俺に詰め寄るようになった。俺が話を濁すと怒りを露《あら》わにするようになり、その度合は日に日に増していった。そして今朝だ。またナムールに帰りたいと駄々をこね出し、挙げ句の果てに俺を詰《なじ》り始めた。あんたもやっぱり嘘吐《つ》きだ、村長と一緒であたしを騙《だま》してうまく利用するつもりだったんだろうと捲《まく》し立て、最後の最後で言いやがった。あんたはナムール人なんかじゃない、薄汚れた血の混じった偽物のナムール人だって。……畜生、なんでそんなこと言うんだ。ナムールじゃ日本人の血が半分入ってるだけで、立派な人間として扱われるんじゃねぇのか？　なのになんでそれを、俺の唯一の美点を罵倒《ばとう》されなきゃならねぇんだ？　そう思った途端頭ん中がカッと熱くなって、気付いたら桃代を撃ち殺してた。畜生……なんでだ……やっと手に入れた幸せだったのに……なんでたった一瞬でぶっ壊れちまった……畜生、畜生」

男は頭を力なく何度も左右に振った。そしてゆっくりと水筒に口を付けると、そのまま喉《のど》を鳴らして残りのウキスキーを飲み干した。

「てめぇとは、いい友達になれると思ったんだが……」

男はこちらを一瞥《いちべつ》した。丸森は意味が分からず無言で首を傾げた。

「二人でこの壕で楽しく暮らせたかもしれんのに、てめぇが約束を破りやがったからすべてがパアだ……」

男は胡坐《あぐら》を掻《か》いたまま肩に掛けた五二式自動小銃を下ろし、機関部の右側に付いた装填《そうてん》柄を勢いよく引いた。ガシャッ、という音と共に薬室に銃弾が装填された。男はまた小さく息を吐くと、素早く銃口をこちらに向けた。

「なっ……」

驚いた丸森が目を見開いた。何をすると叫んだつもりだったが突然のことに声が詰まり出なかった。

「……や、約束を破ったって、……どういうことですか？」

丸森は声を絞り出すようにして、やっとそれだけを言った。語尾が露骨に震えていた。

約束をした憶《おぼ》えも、破った憶えもなかった。

「さっき、てめぇに質問する時言ったよな？　正直に答えろって」

男は迷彩服の左の胸ポケットから黒いものを取り出し、こちらに放り投げた。それはナムールで受領した丸森の万年筆だった。

「でもてめぇは正直に答えなかったんだよ。マルモリキヨシさんよ」

男は吐き捨てるように言った。同時に丸森の心臓がどくりと嫌な音を立てた。丸森は名前を聞かれた時、用心のあまり二回とも作田茂という偽名を名乗っていた。そして丸森が持っていた槍《やり》師団十周年記念の万年筆は個人ごとに贈与されたもので、キャップのクリップの右側には一本ずつ、本人の名前がローマ字で刻印されていた。

『KIYOSHI　MARUMORI』という文字が脳裏を過《よぎ》った。

不意に丸森の背中一面が冷たくなり、同時に背骨の中がびりびりと痺《しび》れ出した。それは数本の電光が放電しながら蛇のように激しくのたくっているような感覚だった。

『警告』だっ……と丸森は胸中で叫んだ。

カノアの師団司令部で金光大佐に殺害されそうになった時、本能が自分自身に発した生命の危機を知らせるあの警告だった。つまり眼前の男は完全なる殺意を以《もつ》って銃口をこちらに向けており、右手の人差し指が引き金を引けば自分は確実に絶命することを意味していた。

丸森の首筋に冷たいものが広がった。それはたちまち両肩に広がり、手前で手錠を掛けられた両手が小刻みに震えだした。

「……す、すみません、これには、これには、わ、訳が」

「やかましいっ！」

丸森の震える声を男の怒声が遮った。その途端背骨の痺れがドッと激しさを増し、腰の深部にまで鋭い痛みが走った。自分の死期が目前に迫っているのが分かった。固く冷たい恐怖が鋭い槍となって脳を刺し貫いた。思考が停止し、眼前の視界から急速に現実感が失われた。

「てめぇも俺を裏切りやがった。てめぇも桃代と同じだ。だからてめぇもぶっ殺すっ！　畜生！　畜生！　畜生！　畜生！　どいつもこいつもなめやがって！　なめくさりやがって！　俺を誰だと思ってる！　誰に向かってなめた口をきいてやがる！　教えてやる！　教えてやるよ！　生まれてから今この瞬間まで嫌というほど味わってきた、極上の怒りと苦しみをこの鉛のクソ弾にブチ込んで、てめぇの頭に注入してやる！　そしてその空っぽの脳味噌《のうみそ》を吹き飛ばされた瞬間、てめぇは俺が、この俺様が、この世でたった一人の真の戦士だということを」

突然火薬の破裂音が響いた。同時に男が仰《の》け反《ぞ》って倒れ、傍らの一斗缶から小さなものが飛び出した。それは素早く回転しながら床に落ち、カラカラと音を立てて転がって眼前で停止した。

丸森は唖然《あぜん》としながらそれを見た。

一発の薬莢《やっきょう》だった。大きさで六・五ミリの小銃弾だと分かった。

「あっ……」

丸森は思わず声を上げ、一斗缶に目を向けた。中では男が投げ入れた丸森の雑嚢《ざつのう》がぶすぶすと音を立てて燻《くすぶ》っていた。丸森は慌てて周囲の床を見回した。そこには先ほど男が『豆まき』をした際投げつけた銃弾が散乱していた。丸森は目を凝らした。発射前の小銃弾は二発転がっていた。薬莢と同じく六・五ミリだった。間違いなかった。男が空だと思って一斗缶に入れた雑嚢には小銃弾が一発残っていたのだ。それが燃え盛る火に長時間炙《あぶ》られたことにより暴発し、飛び出した弾頭が傍らにいた男に命中したのだ。

丸森はよろめきながら立ち上がると、ゆっくりと歩いていき一斗缶の前で立ち止まった。男は仰向《あおむ》けに倒れていた。喉元に直径二センチほどの銃創が一つあった。銃弾はそのまま貫通したらしく、襟元から流れ出した赤黒い血がゆっくりと床の上に広がっていた。

丸森は片膝《かたひざ》を突き、男の傍らに転がる五二式自動小銃を手に取った。久しぶりに持った帝国陸軍の主力小銃は左右の掌《てのひら》にとてもよくなじんだ。丸森は手錠の掛けられた両手で自動小銃を中段に構え、機関部後端にある照門と銃口の先端にある照星を覗《のぞ》き込んだ。同時に全身の皮膚が発火したように熱を帯び、脳内の血液が沸き立って波濤《はとう》のように大きくうねった。

丸森の口元が緩み、笑みが浮かんだ。

自然に出た笑みだった。

兵隊の血が騒いでいる、と丸森は思った。そしてこれこそが本当の俺なのだな、とも思った。

丸森は自動小銃を下ろし、仰向けに倒れる男に目を向けた。

男は南方用と内地用の軍装を組み合わせた奇妙な恰好《かっこう》で死んでいた。

初めて見た時、それは酷《ひど》く滑稽《こっけい》な姿に見えたが、今はそうは思わなかった。

男にとってここは『戦場』だったことを知った。

ナムール人と日本人の間に生まれ、数々の差別に苦しみながら孤児院で育ち、十七歳で復讐《ふくしゅう》を果たした男は兵役忌避者として軍の指名手配を受け、流れ流れて辿《たど》りついたこの防空陣地跡で武装してたった一人の『世界大戦』に突入し、爬虫人《はちゅうじん》のメスとの愛憎の果てに、同じくナムールからの脱走兵・丸森清の持っていた小銃弾を浴びて見事『名誉の戦死』を遂げたのだ。

そして俺の『戦場』もここなのだ、と丸森は思った。

自分は『名誉の戦死』を遂げたこの名も知らぬ男から武器・弾薬・被服等を引き継いで、ここで丸森清だけにしか成し得ない『世界大戦』に突入する。自分の意志の赴くまま勇猛果敢に奮闘し、破竹の勢いで進撃を繰り返して敵陣を次々と攻略せしめ、最後の大突撃を敢行して怨敵《おんてき》を撃滅した暁には、この男と同様に自分も『名誉の戦死』を遂げるのだ。果たしてそれが具体的にどういった死に様なのか今の時点では知るよしもなかったが、仮にそれがどんな悲惨なものであっても、丸森は絶対に後悔しない自信があった。

同時にそれこそが己に課せられたたった一つの義務であり大義なのだと思った。

丸森は元いた場所に戻ると、腰をおろして胡坐を掻いた。そして傍らに置かれたスキットルを取り、喉を鳴らして一気に飲み干した。ウキスキーが空っぽの胃に染み渡り、ほんのりと顔が上気するのが分かった。

(森の中に蛇腹沼という沼があるんだが、そこにモモ太とジッ太とズッ太という河童《かっぱ》の三兄弟が棲《す》んでてよ)

耳の奥で男の声が蘇《よみがえ》った。

沼に行ってみようか、と丸森はぼんやりと思った。

なぜだか一度彼らに会い、その顔を間近で見てみたい衝動に駆られた。

河童達は死んだ男の顔を知らず、鉄砲を持った若い男という知識しかないはずだった。

そこでこの五二式を持ってふらりと蛇腹沼に行き、「桃代の連れだ」と言えば意外にあっさりと迎え入れてもらえるような気がした。

丸森は倒れた男に目を向け、どこかに手錠の鍵《かぎ》が入っているはずだと目で探りながら、河童達に会ったらまず何と言って挨拶《あいさつ》しよう、と思考を巡らせた。


（了）

解説――粘膜小僧がまたまたまたやらかした！

村上貴史

■第四粘膜

粘膜戦士――このタイトルを見て身体の奥底が妖《あや》しく蠢《うごめ》いた方々も多いだろう。粘膜で戦士なのだ。そういう方々は、この解説を読む以前に、まずは本文を読むがよい。あなたが期待するような粘膜が五つも待っているので。

そうでない方々には、少しばかりこの飴村行という作家の粘膜なる世界を紹介しておこう。

飴村行のデビュー作であり、最初の粘膜である『粘膜人間』は、二〇〇八年、第十五回日本ホラー小説大賞の長編賞を獲得し、刊行された。強烈に印象的なタイトルだが、内容はそのタイトルをはるかに凌駕《りょうが》するインパクトを備えていた。

父の再婚相手の連れ子である小学生の雷太に、二人の兄たちは手を焼いていた。なにしろ雷太は小学生ながら一九五センチ一〇五キロの巨漢であり、父の頬をためらわず竹刀でひっぱたくような子供なのである。二人の普通の中学生が力を合わせたところで歯が立たないのは明白だ。そこで彼等は、河童《かっぱ》の力を借りることにした……。

というわけで河童である。『粘膜人間』は日本とおぼしき国が舞台だが、その日本は、河童が存在するような日本なのである。時代背景としては、太平洋戦争の頃であり、徴兵忌避者は非国民として酷《ひど》い目に遭う。そんな土地と時代を舞台にした『粘膜人間』は、こってりとしてぬめぬめした描写と印象深いオノマトペ、予想もつかない展開などで多くの読者の心を強烈にとらえた。

その翌年刊行されたのが、第二の粘膜である『粘膜蜥蜴』だった。この作品、舞台は日本だけではなく、東南アジアのフランス領の国ナムールにまで拡がっている。時代設定は『粘膜人間』をそのまま引き継いでいるが、河童は登場しない。そのかわりにヘルビノという爬虫《はちゅう》人が登場する。ナムールには爬虫人が棲息《せいそく》しているのだ。こんな世界で繰りひろげられる秘境冒険小説にして愛の物語でもありトリッキィな構造を備えた『粘膜蜥蜴』は、まったくもって異形の作品でありながら、なんと第六十三回日本推理作家協会賞を長編及び連作短編集部門で受賞したのだ。デビュー二年目、デビュー二作目にしてこの戴冠《たいかん》である。貫井徳郎の『乱反射』との同時受賞だったが、貫井が一九九三年のデビュー以降こつこつと真面目に作品を発表し続けての受賞だけに、よけいに飴村行の突出ぶりが印象に残る。

三番目の粘膜は『粘膜兄弟』（二〇一〇年）だった。この作品も当然のことながら過去二作の世界観を踏襲し、そして、重要な存在としてフグリ豚なる豚が登場する。このインパクトたるや、もう、なんというか、嗚呼《ああ》……。一人の女性を好きになった双子の青年たちの物語などという生ぬるい紹介も可能だが、そんな文章を逸脱する世界が描かれていることは、粘膜シリーズを一冊も読んだことがない方でも十分に予想できるであろう。

そして今ここにあるのが、あなたが手にしているのが、第四の粘膜『粘膜戦士』である。この新作には、五つの粘膜世界が収録されている。粘膜初の短篇集なのである。粘膜長篇未体験の方々で、その〝濃そうな雰囲気〟に手を出すのをためらっている方々であれば、本書の短篇で粘膜世界を垣間《かいま》見てみるのもよかろう。十分に粘膜らしい粘膜を味わうことができるので。

■五つの微粘膜

第一の微粘膜（要するに本書の第一話のことだ）は「鉄血」と題された一品。舞台はナムールだ。

陸軍軍曹・丸森清は、金光大佐の呼び出しを受け、彼の部屋を訪ねた。ナムールに来て三年になる大佐は、よほどこの地が性に合ったのか、水に当たることもなく、ナムール各地の味を愉《たの》しみながら健康に過ごしていた。健康すぎるほどだ。五一歳になったにもかかわらず、肌はつやつやとしており、性欲もいまだに衰えない。日に最低でも三回の射精が欠かせないという大佐に命じられるまま、二八歳で小太りの丸森清は、ある任務を果たすことになる……。

まあ、どんな任務なのかはある程度想像がつくだろうが、その任務と報酬、そしてその後の展開は全く想像できまい。傍若無人な欲望の顚末《てんまつ》を描くこの一篇、ほぼすべてが司令部の一室のなかで繰りひろげられている。おぞましく、奇っ怪で、なおかつどこか滑稽《こっけい》なこの一幕物の舞台劇を、まずは第四粘膜の幕開けとして愉しむとしよう。

ちなみにこの「鉄血」、第一話としてナムールの状況や爬虫人についてきっちりと紹介している。ちゃんと先頭打者の役割を果たしているのだ。そうした点に飴村行のクレバーな小説作りが垣間見えている。

そうそう忘れちゃいけない。この「鉄血」には〝ベカやん〟なる人物が登場するのだ。ベカやん。『粘膜人間』の読者であれば決して忘れることのないであろうベカやんだ。あちらのベカやんとこちらのベカやんが同一人物かどうかは判らないが、体型であるとかタバコの好みであるとか、特殊な能力（『粘膜人間』の一九一頁や「鉄血」の六八頁に記載された能力だ）などからすると同一人物のようにも思えるし、〝中年〟という『粘膜人間』での描写、「鉄血」での年齢設定を比較すると別人のようにも思える（両作品の厳密な年代設定が不明なためなんともいえないのだ）。同一人物かどうかはさておき、〝ちゃっ、ちゃっ、ちゃっ〟という擬音の使い方や、その擬音を発生させる行為の呼び名、あるいは、足を突っ張らせたり大量のなんとやらのほとばしる様の描写などは、きっちりと入念に両作品を重ねてある。これもまた、飴村行のある種のクレバーさを示しているといえよう。

しかしまあ、「鉄血」を『粘膜人間』の前日譚《たん》と考えると、ベカやんの造形に非常なる深みが感じられるのも事実である。その方が愉しいが、ここではひとまずこのベカやんとあのベカやんの関係については、本書を読み終えるまで保留しておこう。

微粘膜の二枚目が「肉弾」である。偉大なる兄を持った少年の物語だ。

俊夫の家に兄の繁之が帰ってきた。繁之は、ナムールでの闘いにおいて深い傷を負いつつ、そこから驚異的な回復を示し、さらに人体改造手術を受けて陸軍初の機斥兵の試作機となり、一等兵から七階級特進で陸軍少尉となった人物である。学校で兄は日本の誉れとたたえられ、ガキ大将である町長の息子にも感心された。その繁之が警備の任務に就いた際、事件が起きた……。

その事件以降の俊夫をめぐる地獄絵図や、さらにそこからの復活を目指す冒険、さらにその背後で明らかになる陰謀、そして兄弟愛とさらに深いところでの自己愛が語られることの一篇。特に後半の展開が実に見事で、これは飴村行の構成力を明示した一篇ということができよう。最後の最後の段落まで気を抜けないのである。それにしても、『粘膜蜥蜴《い》』で初めて姿を現したナムールの抗日ゲリラ組織ルミン・シルタがこんなかたちで活かされるとは――飴村行の発想力おそるべし。

三枚目の微粘膜。「石榴《ざくろ》」だ。

陸軍士官学校のドイツ語教授である父とその両親である祖父母とともに、十二歳の昭は二階建ての洋館で暮らしていた。昭の祖父は全身が少しずつ石のように硬化していく『石化筋態症』という奇病を患っており、その醜い顔を孫に見せたくないとの理由で、祖父のいる二階に昭が上がることは固く禁じられていた。そうした暮らしをしていた昭は、爬虫人が活躍するサーカスを父親と見に行った夜のこと、自宅の庭に黒い外套《がいとう》に黒い頭巾《ずきん》の人物がいるのを目撃する。その男はのんびりと体操をすると、昭の視界から歩み去っていった。あれは一体誰なのだろう。そしてその翌日のこと、昭は食べることを禁じられている石榴を口にしようとしてしまう……。

家庭内のいくつかの禁忌、その奥に隠されている秘密を昭が知っていく様をねっとりと描いた「石榴」は、本短篇集のなかでは最も動きの少ない作品である。動きは少ないが、昭が見ることになる真実は、心理的に相当にグロテスクだ。その真実の妖しい魅力が読者を搦《から》め捕る危険な一篇である。

四枚目の微粘膜は「極光」。極光とは、オーロラのことであるが、陸軍においては、軍事機密計画『極光作戦』を意味していた。その『極光作戦』の書類が帝都防衛部隊・帝甲師団司令部から盗まれた。幸い犯人の二人は盗難直後に取り押さえられ、機密は無事だったが、内部事情に詳しい者の手引きがなければ、とてもこんな犯行は成し遂げられない。スパイが潜入しているのか……。

捕縛された青年と老人を、松本少佐と清水少尉のコンビが拷問する模様を中心とした短篇である。松本と清水のコンビといえば、『粘膜人間』で大活躍したあの二人だ。今回もまたおぞましい拷問が連続するので、拷問フェチはきっと大喜びだろう。清水の『拷問鞄《かばん》』から取り出される拷問ツールの数々を二人は駆使する。「鉄拳《てっけん》」「潜孔」「髑髏《どくろ》」。「髑髏」の怖ろしさは『粘膜人間』の読者はよくご存じだろうが、今回初登場の「潜孔」もなかなかに強烈である。ナムール仕込みのこの拷問ツールに是非ご注目あれ。

そして、そうした拷問で読者の感覚を徹底的に揺さぶると同時に、この「極光」は、周到な伏線で理性にも強烈に訴えるのだ。しかもその後の余韻の残し方も見事。飴村行の冷静な計算がよく実感できる一篇である。

ちなみにこの「極光」には、『粘膜兄弟』の読者が驚喜するようなネタも仕込まれている。まさかあれがここに出てくるとは。なお、『粘膜兄弟』より先にこちらを読んでも支障はないので念のため。

最後の粘膜は、本短篇集の締めくくりに相応《ふさわ》しく、「凱旋」という何とも雄々しいタイトルが付けられているが、内容もまたそれに見合っている。

彼は、森のなかをたった一人で歩いていた。密度の濃い冷気で満ちた森だった。空腹と睡眠不足を解消しないまま歩き続けた彼は、やがてある死体を発見する。女の——いや、メスの死体だった。メスの爬虫人が死んでいたのだ。なぜこんな山奥で若いメスの爬虫人が死んでいるのかと首をかしげる彼を、銃弾が襲った……。

ナムール帰りの兵士を描いた一篇であり、飴村ワールドを構成する重要な部品となるであろう一篇である。この「凱旋」は、『粘膜蜥蜴』で初めて読者の前に姿を現した爬虫人やナムールを、『粘膜人間』と結びつける役割を果たしているといえば、その重要度が判ろうというものだ。さらに、詳細を記すことは避けるが、この短篇集を締めくくる役割も果たしている。独立した短篇としては、人間と爬虫人、そして両者の混血という様々な命が様々なかたちで散っていくなかで、それぞれの死というものを、もう一度じっくりと考えさせられる。飴村行の粘膜作品群のなかで、最も異色で、最も静かな一篇といってよかろう。

それにしてもこの五篇は、短篇であるだけに、飴村行らしさがぎゅっと凝縮されている。凝縮されていて濃厚であり、かつ、脳天気な陽気さが抑制され、遊びが少ない（『粘膜蜥蜴』の「フレフレぼっちゃん」のような）。そんな濃密な飴村ワールドがそのまま読者にぶつけられ、読者は、その濃いかたまりを嚥下《えんか》せざるを得なくなる。なんとスリリングな短篇集であることか。

■粘膜と非粘膜

さて、デビュー作の『粘膜人間』はまず、飴村行が見た夢に基づいて、短篇として書かれた。ある少女の死で完結するかたちで仕上げた段階で、飴村行はふと思ったのだ――ここで少女が死ななければ、彼女が受ける拷問についてもっと話を膨らませられる、と。気がふれるほどの拷問を書けば、またグロ度がアップするだろうということも考えて拷問を中心に第弐章を書き、そして第参章を追加して物語を完結させたのだ。

こうしたかたちで、ある意味その場その場で考えながら作品を完成させた飴村行だったが、第二作（すなわちプロとしての第一作）『粘膜蜥蜴』では、結末のどんでん返しをきちんと考え、それに向かって作品を仕上げていったという。そう、計算の人なのである。その計算と、計算だけでは生み出すことのできない言葉遣いや文章が同居するのが飴村行の脳だ。本書の五つの短篇は、その類《たぐ》い希《まれ》なる脳からひり出されたものであることがよく判る。『粘膜兄弟』もまた同様に生まれた作品であった。

ついでにいえば、飴村行は努力の人でもある。ナムールを書くために、彼は太平洋戦争当時の日本兵の手記を何冊も徹底的に読み込んだ。日本兵たちが南の島で援軍も食料も得られずに泥のなかで死んでいく苦しみの感覚を想像できるようになるまで、読んで読んで読んだのだ。そうして会得した皮膚感覚がこの『粘膜戦士』で十分に活かされていることは、いうまでもない。

粘膜シリーズだけが着目される飴村行だが、彼はそれだけの作家ではない。『粘膜兄弟』の翌年には『爛れた闇の帝国』という長篇を発表している。主人公の一人は高校生の正矢。彼の日常はとんでもない状態になっていた。不良の先輩がどうしたはずみか正矢の母親と付き合い始めたのだ。自宅でいちゃつきまくる先輩と母親。生きる気力も薄れてくるというものだ。もう一人の主人公は、監禁され、手枷《てかせ》などで拘束された男である。記憶を失っていた彼は、足首を切り落とされる拷問を受けながら、自分がどうであったか思い出すよう強制されるのだ。

この二人の主人公の物語は、それぞれに先の展開が読めず魅力的であるし、さらにそれらが相互にどう係《かか》わるのかという興味で読み手を魅了する。もちろん鮮やかな結末は予想以上に満足のいくものである。もちろん飴村行らしく拷問シーンなどもあるが、粘膜シリーズよりは、理性的な面を強調した作りとなっている。こちらも是非読んでみて戴《いただ》ければと思う。

短篇としては、現代を舞台としつつ異世界の生物を交えた「ゲバルトX」（初出は異形コレクション『怪物團』）や、トイレの怪談を集めたアンソロジー『厠の怪　便所怪談競作集』に収録された「糜爛性の楽園」などがあるが、この「糜爛性の楽園」がかなりの曲者《くせもの》だ。短篇の大半が糞尿《ふんにょう》と性交に直結した描写なのだが、そこから純愛がほのかに香ってくるのだ。粘膜シリーズでも、異形ではあれ、純愛がちらちらと顔を出している。その飴村流の純愛を純なかたちで描いた短篇として注目しておきたい（とはいえ、飴村流の純なかたちであることには留意戴きたい）。

■粘膜未来

さて。

本書を以《もっ》てして、三つの長篇粘膜と五つの短篇粘膜が世に放たれたことになる。また、すべての作品もくっきりとつながった。この粘膜世界は今後どのように拡がり、どのように深みを増していくのだろうか。この短篇集で〝機斥兵〟などという新たなネタも登場しているので、さらに変化を持って増殖していきそうな予感もする。自分自身を粘膜で語るなら〝粘膜小僧〟だという飴村行が、この粘膜シリーズをどこかで完結させようとしているのか、あるいはずっと書き続けようとしているのかは不明だが、これからも付き合い続けたいシリーズである。ちょいと大声では宣言しにくい面もあるが、それでもしっかりと付き合い続けたい。

初出一覧　掲載誌はすべて「野性時代」

「鉄血」　二〇一一年七月号
「肉弾」　二〇一一年十二月号
「石榴」（「石榴の季節」改題）　二〇一〇年七月号
「極光」　二〇一二年一月号
「凱旋」　書き下ろし

粘膜戦士《ねんまくせんし》
飴村《あめむら》　行《こう》

角川ホラー文庫　17280

平成24年２月25日　初版発行
令和６年12月15日　13版発行

発行者――山下直久
発　行――株式会社KADOKAWA
〒102-8177　東京都千代田区富士見2-13-3
電話 0570-002-301（ナビダイヤル）
印刷所――株式会社KADOKAWA
製本所――株式会社KADOKAWA
装幀者――田島照久

●お問い合わせ
https://www.kadokawa.co.jp/（「お問い合わせ」へお進みください）
※内容によっては、お答えできない場合があります。
※サポートは日本国内のみとさせていただきます。
※Japanese text only

ISBN978-4-04-100177-6 C0193

角川文庫発刊に際して

角川源義

第二次世界大戦の敗北は、軍事力の敗北であった以上に、私たちの若い文化力の敗退であった。私たちの文化が戦争に対して如何に無力であり、単なるあだ花に過ぎなかったかを、私たちは身を以て体験し痛感した。西洋近代文化の摂取にとって、明治以後八十年の歳月は決して短かすぎたとは言えない。にもかかわらず、近代文化の伝統を確立し、自由な批判と柔軟な良識に富む文化層として自らを形成することに私たちは失敗して来た。そしてこれは、各層への文化の普及滲透を任務とする出版人の責任でもあった。

一九四五年以来、私たちは再び振出しに戻り、第一歩から踏み出すことを余儀なくされた。これは大きな不幸ではあるが、反面、これまでの混沌・未熟・歪曲の中にあった我が国の文化に秩序と確たる基礎を齎らすためには絶好の機会でもある。角川書店は、このような祖国の文化的危機にあたり、微力をも顧みず再建の礎石たるべき抱負と決意とをもって出発したが、ここに創立以来の念願を果すべく角川文庫を発刊する。これまで刊行されたあらゆる全集叢書文庫類の長所と短所とを検討し、古今東西の不朽の典籍を、良心的編集のもとに、廉価に、そして書架にふさわしい美本として、多くのひとびとに提供しようとする。しかし私たちは徒らに百科全書的な知識のジレッタントを作ることを目的とせず、あくまで祖国の文化に秩序と再建への道を示し、この文庫を角川書店の栄ある事業として、今後永久に継続発展せしめ、学芸と教養との殿堂として大成せんことを期したい。多くの読書子の愛情ある忠言と支持とによって、この希望と抱負とを完遂せしめられんことを願う。

一九四九年五月三日